커피점 탈레랑의 사건 수첩 3

마음을
미혹에 빠트리는
블렌드

COFFEE TEN TAREERAN NO JIKENBO 3

by Takuma Okazaki

Copyright© 2014 Takuma Okazaki
Original Japanese edition published by TAKARAJIMASHA, Inc.
Korean translation rights arranged with TAKARAJIMASHA, Inc.
Through JM Contents Agency Co., Korea.
Korean translation rights © 2025 O'FAN HOUSE

오카자키 다쿠마 지음

양윤옥 옮김

커피점 탈레랑의 사건 수첩 3

마음을
미혹에 빠트리는
블렌드

차례

프롤로그 011

제1장	바리스타 대회	017
제2장	리허설	041
제3장	첫째 날	091
제4장	둘째 날	169
제5장	둘째 날, 수수께끼가 풀리다	257
제6장	그 후	353

에필로그 371

옮긴이의 말 377

일러두기

— 본문의 괄호 안 문장은 옮긴이 주입니다.
— 본문의 볼드 서체는 원서에서 방점으로 강조된 부분입니다.
— 인명과 지명을 비롯한 고유명사의 외래어 표기는 국립국어원 외래어표기법에 따랐으며, 관례로 굳어진 것은 예외로 두었습니다. 특히 커피에 관한 용어는 익숙한 입말을 살리기도 했습니다.

아아, 이제 더 이상 커피잔을 들 수 없겠구나.

장 자크 루소

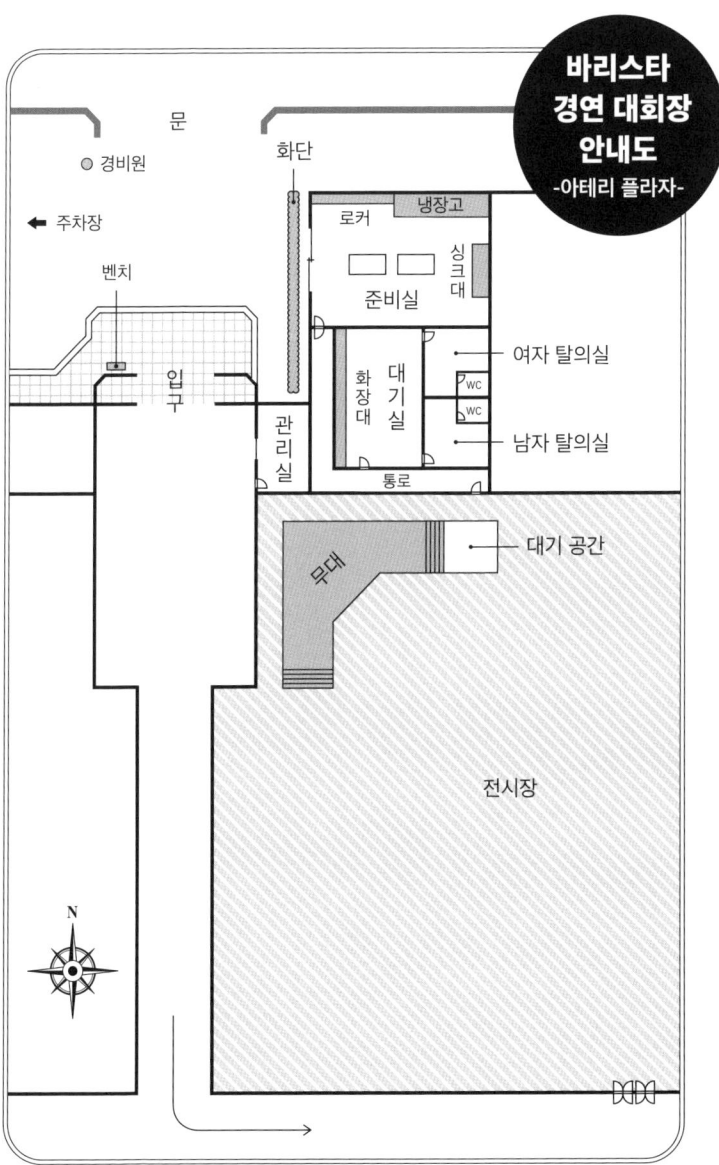

프롤로그

5년 전

문이 열리는 소리가 났다.

"어서 오세요."

센케 료는 작업을 중단하고 고개를 들어 미소로 새 손님을 맞이했다. 그는 카운터 위의 쟁반에 갓 볶아낸 커피 원두를 펼쳐놓고 핸드 픽으로 한창 흠 있는 원두를 골라내던 중이었다.

커피점 문 옆에 서 있는 사람은 아직 소녀라고 해도 될 만큼 자그마한 여자애였다. 어깨 근처까지 내려온 머리칼이 반짝거렸다. 아가일 체크무늬 카디건에 카키색 반바지를 입은 옷차림은 완연한 가을빛이다. 10월도 하순에 접어들어 소녀의 머리 너머로는 도시를 둘러싼 산과 나무들이 은은한 붉은빛으로 물들어 가는 기척이 느껴졌다.

낯익은 얼굴은 아니다. 직업상 한 번 왔던 손님은 어쩐지 기억하게 마련이다. 처음 온 손님일 텐데도 소녀는 마치 오래 드나들던 단골처럼, 테이블 석이며 주간지나 패션지가 꽂힌 잡지꽂이 같은 덴 눈길도 주지 않고 성큼성큼 안으로 들어왔다. 그러고는 카운터 앞의 높은 의자, 그것도 굳이 센케의 바로 코앞 자리를 골라 앉았다.

"센케 료 씨지요, 얼마 전에 바리스타 대회에서 우승하신."

소녀는 카운터에 두 팔을 짚고 얼굴을 내밀며 말했다. 생김새와는 딴판으로 어른스러운 목소리였다. 자연스럽게 흘러나온 게 아니라 미리 준비해 온 말이기 때문에 어딘지 조화롭지 않은 느낌이 드는 게 아닐까. 별 근거도 없이 센케는 그런 생각을 했다.

"예, 내가 센케 료인데요."

반쯤 장난삼아 센케는 한 팔을 배에 대고 깊숙이 허리를 꺾으며 과장되게 인사했다.

교토시 변두리의 이 커피점은 센케가 아직 20대였던 몇 년 전, 혼자서 개업했다. 자신의 가게를 갖는다는 건 그의 오래된 목표였지만, 빠듯한 자금으로 운영하기가 그리 쉽진 않았다. 좀 더 널리 홍보하고 좀 더 많은 단골을 만들어 하루빨리 경영을 궤도에 올릴 필요가 있었다. 그러기 위해 지금까지 해온 다양한 홍보의 집대성으로, 그는 이달 초에 개최된

'제1회 간사이 바리스타 경연 대회(약칭 KBC)'에 참가했고, 초대 우승자로 뽑혀 영예로운 왕좌에 올랐다.

최근의 커피점 인기와 맞물려 바리스타라는 직업의 인지도가 서서히 올라가던 중에 처음으로 개최된 대회였기 때문에 언론에서는 다양한 특집 기사를 쏟아냈다. 그런 의미 있는 대회에서 우승했을 뿐만 아니라 타의 추종을 불허하는 압도적인 실력을 보인 센케는 당장 그날부터 간사이 최고의 바리스타라는 명성을 마음껏 누리게 되었다. 그의 이름을 듣고 일부러 찾아오는 사람들이 많아서 단 한 달 만에 손님이 세 배로 증가했다.

그래서 이 소녀처럼 센케 료를 만나볼 목적으로 찾아오는 손님이 요즘 한둘이 아니었고 바로 며칠 전에도 똑같은 일이 있었다. 그런 손님들을 센케는 겸손한 마음가짐으로 최대한 친절하게 대해왔다. KBC 우승은 그에게 큰 영예를 안겨줬지만, 센케는 이제 자신의 목표뿐만 아니라 업계의 장래까지 내다보았다. 자신의 존재를 계기로 바리스타라는 직업에 관심을 가진 사람이 많아졌으니 당연히 그 첫 대상인 자신이 프로 바리스타로서 합당한 자세를 보여주는 게 긴 안목으로 보면 커피 업계 전체의 성장으로 이어진다. 국내에서 바리스타의 지위 향상은 센케가 처음으로 커피 전문점에 취직해 일을 시작한 무렵부터 품어온 간절한 소망이기도 했다.

"KBC 특집 기사를 보고 센케 씨를 알게 됐어요. 실은 저도 교토 시내 커피점에서 일하거든요. 이런 훌륭한 분이 근처에 계신다고 해서 급히 찾아왔습니다."

소녀는 단숨에 말을 쏟아냈다. 동업자라는 건가. 그렇다면, 하고 센케는 편안한 말투로 대답에 나섰다.

"정말 영광이군요. 그 대회에 관심이 있다면 내년에는 그쪽도 도전해 봐요. 목표를 정해놓으면 덤덤하게 일하는 것보다 훨씬 많은 것을 배울 수 있으니까."

"아뇨, 저는 그냥 아르바이트일 뿐이에요."

두 눈을 찡긋하며 소녀는 손을 저었다. 커피를 내리면서 센케는 귀여운 여자애라고 생각했다.

"하지만 저도 커피점 일을 하면서 비로소 알았어요. 정성껏 내린 커피를 마시고 손님이 환하게 웃으면 정말 흐뭇하다는 거. 아직은 배우는 중이지만 좀 더 맛있는 커피를 내드릴 수 있기를 진심으로 바라고 있답니다."

거기서 소녀는 등을 꼿꼿이 세우더니 카운터에 이마를 대다시피 고개를 숙이며 말했다.

"그래서 부탁드릴게요, 커피를 맛있게 내리는 법을 가르쳐주세요."

가게에 있던 몇몇 손님들이 일제히 소녀 쪽을 돌아보았다. 센케는 당황스러웠다.

"아니, 잠깐. 이봐요, 고개 들어요."

"가르쳐주실 거예요? 고맙습니다!"

그런 대답을 한 기억은 없으나 소녀의 반짝이는 눈동자를 보니 딱 잘라 거절하기도 난감했다. 무의식중에 센케는 손으로 이마를 짚었다. 평소에는 위생을 생각해 손님 앞에서는 절대 하지 않는 몸짓이다.

"커피를 내리는 법이라면 말이야 간단하지만 실제로는 원두에 관한 지식이며 드립 기술에 향미의 안정까지, 배워야 할 게 정말 많아요. 도저히 안 될 것까지야 없지만, 대충 몇 시간 만에 배울 수 있는 게 아닌데?"

센케의 말에 소녀는 난처한 표정이었다.

"아무래도 그렇겠죠?"

"여기까지 다닐 수 있겠어요? 꽤 오래 걸릴 텐데."

"아, 그럴 수도 없고……. 저희 커피점에도 나가야 하니까요."

이번에는 카운터에 턱을 얹고 의기소침해져 버렸다. 맛있는 커피니 뭐니 하는 추상적인 말을 하면 당연히 이런 대답을 듣게 될 텐데, 여기까지 찾아오면서 그런 생각은 전혀 못 했을까.

문득 깨닫고 보니 센케는 웃고 있었다. 소녀의 대담함과 저돌적인 면에 도리어 호감이 갔다. 아마도 일을 시작한 지 얼마 안 된 것이리라.

"이름이 뭐죠?"

소녀를 위해 내린 커피를 내밀며 센케는 물었다. 잔을 들어 커피를 한 모금 마시더니 소녀는 어설픈 연기 따위로는 도저히 빚어낼 수 없는 황홀한 표정을 지으며 말했다.
"제 이름은……."

제 1 장

바리스타 대회

별로 재미없는 이야기가 있어요.

그렇게 그녀는 말했다.

커피점 탈레랑은 교토 시내, 니조 도미노코지 사거리를 북쪽으로 조금 올라간 곳에 호젓하게 자리 잡고 있다. 도로를 마주하고 나란히 선 옛 가옥 두 채의 처마와 벽으로 만들어진 터널을 빠져나가면 눈앞에 비밀스러운 정원이 나타나고, 그 안쪽에 세월의 흐름을 고스란히 간직한 서양식 목조건물이 우뚝 서 있다. 그곳이 바로 커피점 탈레랑이다.

나는 벌써 1년여 전부터 이 커피점의 단골손님이고, 단순히 단골손님이라는 입장을 뛰어넘는 뜻깊은 인연이라고 나름대로 자부하고 있다. 10월이 시작되고 며칠 지난 오늘, 항상 하던 대로 입구의 종을 울리며 탈레랑에 들어서자, 목을 빼고 기다렸다는 듯이 그녀―이 커피점의 바리스타를 맡고 있는 기리마 미호시가 말했다. 재미없는 이야기가 있어요, 라고.

"재미없는 얘기라니, 이건 재미없잖아요."

나도 모르게 튀어나온 말에 나 자신도 무슨 말인가 싶었다. 그 연유를 밝히자면, 내가 이곳에 온 것은 미호시 바리스타가 간밤에 전화로 나를 호출했기 때문이다.

"재미있는 이야기가 있어요. 가까운 시일 내에 탈레랑으로 오세요."

알겠다고 대답한 다음 날, 즉 오늘이 마침 휴일이다. 그래서 이렇게 찾아왔는데 그사이에 재미있는 이야기가 재미없는 이야기로 홱 바뀌었다. 내가 들을 이야기가 180도 달라지다니, 이건 재미없지 않으냐. 나로서는 그렇게 항의하고 싶었다.

"어쩔 수 없어요. 나도 가능하면 설레는 마음으로 아오야마 씨를 맞이하고 싶었는데."

미호시 바리스타께서는 화가 나신 듯했다. 검은 보브 머리 아래, 그러잖아도 동그란 얼굴이 불룩해진 뺨 때문에 금세라도 터질 듯 빵빵했다. 신분증 없이는 술도 살 수 없을 만큼 어려 보이는 얼굴이지만, 나이는 나보다 한 살 많은 스물넷. 키는 153센티미터라는데 아무래도 슬쩍 높여 말한 게 아닌가 하고 나 혼자 짐작 중이다.

이 나이대의 여자답지 않게 평소에는 수더분한 성품인데, 이따금 기분이 영 아닐 때가 있다. 그리고 대부분의 경우, 그 분노의 창끝은 특정한 인물에게로 향하곤 했다. 카운터 자리에 앉은 나는 저절로 그 인물을 향해 고개가 스르륵 돌아갔다.

작은 테이블 네 개뿐인 아담한 커피점 한구석에 덩그러니 놓인 목제 의자. 군데군데 칠은 벗겨지고 낡아빠진 그 자리를 자신의 지정석으로 삼으신 분은 니트 모자를 쓰고 스포츠신문에 푹 빠져 있는 모카와 마타지라는 이름의 영감님이다. 이 커피점의 사장이자 조리 담당이며, 미호시 씨의 외할머니의 남동생에 해당하는 인물이다. 입 주변에 수북한 은빛 수염과 예리한 눈빛은 언뜻 보면 나이 지긋한 남성의 강한 카리스마가 느껴지지만, 실상은 이 커피점을 찾는 아가씨들에게 틈만 나면 구애 작전을 펼치는 흑심 가득한 영감님이다. 그런 눈에 거슬리는 경박한 언동이 이따금 미호시 씨의 강한 분노를 사곤 했다.

내 시선을 알아보고 미호시 씨가 쓴웃음을 지었다.

"아뇨, 이번에는 아저씨가 잘못한 게 아니에요. 아저씨는 오히려 피해자였죠."

"그럼그럼, 항상 나만 잘못하는 줄 알면 큰 착각이구먼. 자네, 그거 참말로 큰 실례여."

때를 만났다는 듯 모카와 씨가 나를 비난했다. 이건 여담이지만, 그의 사이비 교토 사투리는 4년 전에 돌아가신 그의 부인이 가르쳐준 것이다. 교토에 산 지 오래되었으나 그는 교토 출신은 아니다.

미호시 바리스타는 커피 원두를 핸드밀에 넣고 손잡이를 수평으로 돌려 드르륵 갈기 시작했다. 아무 말 하지 않아도 그녀는 내가 오면 반드시 뜨거운 커피를 내려준다.

작년 연말과 올여름에 몇 가지 '사건'을 함께 겪은 터라서 이제는 단순한 손님과 직원의 관계를 뛰어넘은 사이다. 적어도 나는 그렇게 이해하고 있다. 그런 미호시 바리스타를 처음 만난 것도 우연히 뛰어든 이 커피점에서 그녀가 내게 준 한 잔의 커피 덕분이었다. 남들의 두세 배는 커피를 사랑하는 자로서 내가 그토록 찾아 헤매던 최상의 커피, 그녀가 내린 커피는 그야말로 환상적인 커피 맛을 구체적으로 보여주었다.

"그래서, 대체 무슨 이야기예요?"

커피 원두는 막 갈아낸 순간에 가장 좋은 향기를 발한다. 카운터 너머로 풍겨 오는 그 향기를 맡으며 나는 입을 열었다. 재미없는 얘기부터 들어줘야 재미있는 얘기도 해줄 거라고 생각했기 때문이다.

"실은 손님에게 혼이 났어요."

미호시 씨는 팔의 회전을 멈추고 어깨를 툭 떨구며 말했다.

"어떤 남자분이 창가 테이블 석에서 커피를 주문하셨죠. 몇 분 뒤에 내가 커피를 내드렸고 그분은 테이블 위의 설탕 그릇에서 설탕을 넣어 드셨어요. 근데 갑자기 막 화를 내시더라고요, 이거 소금 아니냐고."

나는 허리를 틀어 문제의 테이블 석을 보았다. 한쪽에 놓인 흰 자기 설탕 그릇에 티스푼 자루가 삐죽 튀어나와 있다. 그밖에 메뉴와 종이 냅킨 등이 있었지만 소금을 넣어둘 만한 용기는 없었다.

"그분께 양해를 구하고 설탕 그릇을 확인해 봤죠. 근데 정말로 소금이 들어 있는 거예요. 밑에 반쯤은 설탕이고 위쪽이 소금이었어요. 깜짝 놀라서 곧바로 사과했는데 그분은 기분이 상했는지 커피값도 안 내고 가버렸어요. 그러니 나는 당연히 아저씨를 추궁했죠."

"모카와 씨를?"

"실은 전에도 아저씨가 설탕통에 깜빡 소금을 넣은 적이 있거든요. 그때는 내가 미리 알았기 때문에 별일 없었지만, 이번에도 또 똑같은 실수를 하신 줄 알았죠."

나는 테이블 석의 것과 똑같은 설탕 그릇을 카운터에서 열어보았다.

"이건 꽤 작군요. 몇 번 퍼내면 설탕이 금세 떨어질 것 같은데요?"

"네, 설탕이 눅눅해지지 않도록 일부러 작은 것을 쓰니까 그만큼 자주 보충해야 해요. 평소에 그 일을 아저씨가 맡았으니까, 마지막으로 설탕을 넣은 게 언제냐고 물어봤어요. 돌아온 대답은 어제저녁, 가게 문 닫은 뒤였다는 거예요."

미호시 씨는 조금 전에 모카와 씨도 피해자라고 말했다. 그렇다면 그에 대한 의심은 억울한 누명이라는 게 밝혀졌다는 얘기다.

"설탕을 어제저녁에 넣었으면 모카와 씨의 실수가 아닌 건가요?"

"실은 그 손님이 오기 전에 똑같은 창가 테이블 석을 이용한 분이 있었거든요."

나는 다시 한번 뒤를 돌아보았다. 창문과 가장 가까운 의자 위에는, 비쳐든 햇살을 받으며 동그랗게 몸을 만 샤를의 모습이 있었다. 샤를은 수컷 샴고양이로, 작년 여름 어떤 사건으로 탈레랑에 데려온 이 커피점의 마스코트 같은 존재다. 처음에는 나한테도 곧잘 안기던 귀여운 새끼 고양이였는데 1년이 지난 지금은 어른 고양이의 풍격을 갖추면서 완전히 넉살 좋은 녀석으로 변해버렸다. 최근에는 키워주는 주인과는 달리, 먹이를 챙겨주는 것도 아닌 나 따위는 아무래도 제 아래로 여기는 구석이 있었다. 그래도 부르면 못 이기는 척 다가와 등을 쓰다듬게 해준다.

"그분은 에스프레소에 설탕 그릇 안의 설탕을 넣어 드셨어요. 그때도 소금이 들어 있었다면 그걸 알지 못했을 리 없어요."

"소금인 줄 알면서도 차마 말을 못 한 건 아닐까요? 그런 일도 있잖아요. 이를테면 음식점 요리에서 머리카락이 나왔는데도 블랙 컨슈머라고 생각할까 봐 차마 말을 못 하는 경우가 많다던데."

"그건 아니에요."

딱 잘라 부정하더니 미호시 씨는 갈아낸 원두로 드립에 들어갔다.

"실은 그 사람, 내가 좀 아는 분이었어요. 설탕 그릇에 소금이 있는데 그냥 넘어갈 만큼 별 의미도 없는 배려를 해주실 분이 아니에요. 알았다면 틀림없이 내게 말했을 거예요. 이건 단언할 수 있어요."

어라? 나는 본론에서 벗어난 지점에서 작은 위화감을 느꼈다. 상대의 성격까지 파악할 만큼 친숙한 사람이라면 왜 처음부터 그렇다고 말하지 않았을까. 만일 친구나 친지였다면 '창가 테이블 석을 이용한 분이 있었다'는 식으로 에둘러 표현하지 않았을 것이다.

설마 남자? 갑자기 심장이 불규칙하게 뛰었다.

현재 미호시 씨에게 남자 친구가 없다는 것을 나는 한 가지 사연을 통해 알고 있었다. 하지만 예전에는 무척 사교적인 성격이었다니까 그 무렵에 사귄 사람이라면 '아는 분이었다'고 과거형으로 표현한 것과도 부합된다. 나아가 처음부터 내게 아는 사람이라고 밝히지 않았던 것과도.

단순한 손님과 직원의 관계를 뛰어넘은 사이, 라고는 해도 실제 나와 미호시 씨는 연인 사이도 뭣도 아니다. 그럼직한 말들이 전혀 오고 가지 않은 건 아니지만, 결국 지금처럼 어중간한 거리를 유지하는 관계로 자리가 잡혀서 서로 상대의 속마음을 굳이 확인하려 하지 않았다. 어쩌다 같은 날에 휴일이 잡히면 밖에서 만나기도 하지만 아직도 평소에는 정중한 말로 대화하는 상황이다. 말하자면 어디선가 또 다른 이성의 존재가 어른거리면 멈칫 놀랄 만큼 위태위태한 관계인 것인데, 이건 순전히 자업자득이라고 할 수밖에 없다.

"그러면 분명 모카와 씨 잘못은 아니겠군요." 부정적인 생각에서 시선을 돌리며 나는 말했다. "하지만, 그럼 대체 누가?"

"아오야마 씨는 누구 짓이라고 생각하세요?"

미호시 씨는 반대로 내게 질문을 던졌다. 그 말투를 통해 나는 확신했다. 그녀는 이미 마음에 짚이는 사람이 있는 것이다.

평범하지만 귀여운 생김새도, 정중하기는 하지만 어딘가 고지식해서 자꾸만 놀려먹고 싶어지는 성품도, 물론 환상적인 커피를 내려주는 것도 그녀의 장점임에 틀림이 없다. 하지만 가장 큰 장점이 무엇이냐고 하면 나는 역시 그녀의 총명한 두뇌라고 잘라 말한다.

1년여의 교제 중에 나는 그녀의 예리한 사고력이 때로는 누군가를 구해내고 때로는 누군가를 훈계하고, 또한 때로는 누군가를 치유하는 장면을 거듭 목격해 왔다. 그녀 주변에서 일어나는 사건들, 그리고 느닷없이 터지는 불가해한 사건들에 정면으로 맞서서 해명을 시도할 때, 거기에서는 단지 호기심에 그치지 않는 그녀만의 선량함과 정의감이 언뜻언뜻 드러나곤 했다. 그래서 나는 늘 그것을 가장 큰 장점으로 꼽고 있다.

그런 그녀가 오늘은 내게 답을 맞혀보라고 한다.

"방금 해준 얘기로 나도 범인을 알 수 있다는 건가요?"

미호시 씨는 딱히 긍정도 부정도 하지 않았다. 지그시 드립에 집중하면서 뭔가 겸연쩍은 듯 시선을 떨구고 있었다. 엇, 뭔가 겸연쩍은 듯?

생각해 보니, 그녀는 자진해서 '재미없는 이야기'를 꺼냈으면서 왜 이제 곧 답이 나올 단계에 내게로 되던졌을까. 참고로 말하자면, 내 사고 회로는 미호시 씨와는 달리 평범하기 짝이 없어서 이럴 때마다 한참 빗나간 답을 내놓는 경우가 대부분이다. 그녀의 발에 거치적거린 적은 많았어도 도움이 된 사례라고는 겨우 몇 번, 손에 꼽을 정도뿐이다. 그녀는 그런 내 입을 통해 범인을 짚어내려고 하는 것이다.

순간, 딱 감이 왔다. 한마디로, 그다음 이야기는 그녀 스스로 말하기가 거북한 내용인 것이다.

"혹시 크게 화를 냈던 그 손님, 처음 온 사람이 아니었나요?"

미호시 씨는 슬쩍 고개를 끄덕였다.

"아하, 알겠네." 나는 턱을 슬슬 쓰다듬으며 말을 이었다. "그 손님은 탈레랑에 드나들면서 어떤 이유로든 미호시 씨에게 개인적인 앙심을 품었어요. 그날도 태연히 탈레랑에 찾아와 기회를 노려 자신이 설탕 그릇에 슬쩍 소금을 넣어놓고는 그걸 커피에 타서 마시고 소란을 피웠군요. 미호시 씨를 혼내고 창피를 줄 목적으로 자작극을 연출한 거예요. 어때요, 맞습니까?"

커피점 탈레랑에 대한 앙심이라는 해석도 가능하지만,

미호시 씨의 표정을 보아하니 그 못된 자작극의 타깃은 다름 아닌 미호시 씨인 것 같았다. 그녀 스스로 뭔가 짚이는 게 있는 눈치인 것이다. 그 이유에 대해서도 나는 어느 정도 짐작이 갔다.

"네, 나도 같은 생각이에요."

살짝 얼굴을 붉히며 미호시 씨는 그 까닭을 이야기해 주었다.

"한 달 전쯤이었나, 그 손님이 왔었어요. 근데 커피를 마시고 나가면서 커피값 대신 내 손에 쪽지를 쥐여 주는 거예요. 처음에는 커피점과 관련된 일을 하시는 분인 줄 알았는데 쪽지를 보니까 일부러 자기 전화번호를 썼더라고요. 어이가 없어서 등 떠밀어 보내버렸죠. 이런 민폐는 사양합니다, 하고."

어디선가 들어본 듯한 이야기다. 작년에 내가 했던 실수가 다시 떠올라 식은땀이 났다. 그녀가 나한테도 방금 말한 그런 식으로 대했다면 나는 그걸로 앙심까지야 품지 않았겠지만 아마 이 커피점에 두 번 다시 오고 싶지는 않았을 것이다.

"그때 여기에 그분 말고도 손님들이 꽤 있었어요. 우리가 실랑이하는 것을 보고 다들 킥킥거리며 웃었어요. 그분은 아마 몹시 창피했던 모양이죠. 나한테 앙심을 품었다고 해도 어쩌면 당연한 일이에요."

그녀가 털어놓은 이야기는 대략 내 예상대로였다. 하지

만 그저 남의 일로 흘려 넘길 수 없는 얘기라서 섣불리 내 생각을 입 밖에 내기가 조심스러웠다. 그래서 무난한 말 한마디를 던지는 것으로 마무리해 버렸다.

"황당한 재난이었네요."

"그야말로 황당한 재난이었지. 그런 시답잖은 장난 때문에 괜히 나만 의심을 받았구먼. 나 원 참, 기가 막혀서."

모카와 씨가 불쑥 끼어들었다. 1년 내내 미녀를 뒤쫓는 일로 여념이 없는 영감님이지만, 매번 야멸치게 거절을 당하면서도 침울해하거나 앙심을 품는 일은 본 적이 없다. 시답잖은 장난, 이라고 딱 잘라 내뱉는 그의 말이 이번만은 대단히 남자답게 들렸다.

미호시 씨는 카운터를 나와 방금 내린 커피를 내 앞에 내주었다. 은은히 피어오르는 김은 적절한 온도로 추출되었다는 것을 보여주었고, 콧속을 가득 채우는 향기는 열정적으로 후각을 자극했다. 그 액체를 입에 넣으면 예민한 신경의 혀는 넘치지도 모자라지도 않는 쌉쌀한 맛과 아주 조금의 신맛, 그리고 마음을 부드럽게 풀어주는 단맛을 발견한다. 맛볼 때마다 익숙해지는 일도 싫증 나는 일도 없는 감동을 몰고 오는, 그야말로 지상 최고의 커피 한 잔이다.

"그건 그렇고, 어젯밤에 재미있는 이야기라고 했던 건 뭐예요?"

후우 한숨 돌리고, 새삼 물어보니 미호시 씨는 팸플릿 한

권을 내밀며 가슴을 쭉 폈다.

"짜잔, 내가 여기에 나가게 됐답니다."

"제5회 간사이 바리스타 겨, 겨, 경연 대회?"

표지에서 춤추는 글자들을 읽다 보니 저절로 더듬거리는 소리가 나왔다. 미호시 씨는 뜻밖이라는 표정이었다.

"아오야마 씨는 당연히 이 대회를 아실 거라 생각했는데?"

이 커피점에서 지상 최고의 커피를 만난 뒤로 그 빈도가 급격히 줄었지만, 예전에는 나 혼자 맛있는 커피를 찾아 각지의 커피점이며 카페를 순례했다는 것은 그녀도 알고 있었다. 그래서 이 대회에 대해 당연히 알 거라 생각한 모양인데, 물론 나도 그 존재 자체는 파악하고 있었다. 더듬거린 것은 그 대회를 몰라서가 아니었다.

"이 대회, 이미 폐지되지 않았어요?"

그 말에 미호시 씨는 금세 상황을 이해한 모양이다.

"아, 작년 한 해만 중지됐죠. 이유는 공식적으로 알려지지 않았지만 제4회 대회 때 작은 트러블이 있었다는 소문이 돌았어요."

바리스타들끼리 경쟁하는 것에 별 관심이 없는 나는 그 대회에 대해 자세히는 알지 못했지만 그래도 5년 전 제1회 대회가 개최되던 무렵의 일들은 기억하고 있다.

전국협회에서 제정한 '커피의 날'에 맞춰 대회가 열린 게 5년 전 10월 1일이었다. 한 명의 천재 바리스타의 탄생과 함께 대회는 큰 성공을 거두어 간사이 커피 업계가 갑작스럽게 성황을 이루었다.

다만 그 당시는 내가 아직 간사이에 건너오지 않은 때였고, 그 이후에 대해서는 거의 알지 못했다. 대회에 대한 정보를 거의 들어본 적이 없을 정도니까 잠시 잠깐의 성황으로 끝난 모양이었다. 그러던 참에 대회가 중지됐다는 소식을 듣고 나는 대회 자체를 폐지한 것으로 짐작했다. 5년 전이 제1회 대회였고 올해가 제5회라면 단 한 해만 중지됐다는 건 계산상으로는 맞는 얘기다.

"이 대회, 커피의 날에 맞춰서 개최했지요?"

올해 10월 1일은 이미 지나갔다. 미호시 씨는 제1회 대회 때만 그 날짜였다고 답했다.

"어느 해는 평일이고 어느 해는 휴일이 되니까 아무래도 불편해서 제2회 때부터 매년 11월 초 주말에 교토 시내에서 열기로 했대요. 식품 관련 기업 전시회의 중요 이벤트로 진행되는 거예요. 올해는 공휴일과 겹쳐서 마침 사흘 연휴니까 토요일에는 대회장 설치와 리허설, 그리고 일요일과 월요일이 대회 기간이에요."

팸플릿을 받아 훌훌 넘겨보았다. 내내 시선을 떼지 못한 채 나는 머릿속에 떠오른 대로 깜빡 입에 올려버렸다.

"미호시 씨도 남들과 경쟁하는 데는 별로 관심이 없는 줄 알았는데?"

비난하려는 것은 아니었다. 단순히 평소 이미지와 다르다고 느꼈을 뿐이다. 내가 그런 성향이라고 남에게까지 똑같은 가치관을 강요할 생각은 없다. 오히려 높은 곳을 목표로 실력을 연마하는 그녀의 자세가 대단하다는 마음도 있다.

그래도 미호시 씨의 대답이 변명 비슷한 여운을 풍겨서 나는 그렇게 만들어버린 나 자신의 경솔한 말이 몹시 미안했다.

"돌아가신 부인의 가르침을 충실히 지키면서 커피를 내릴 뿐이라고 말했던 사람이 다름 아닌 나니까 아오야마 씨가 그렇게 생각하실 만도 하죠. 하지만 간사이 바리스타 경연 대회는 나한테 아주 특별해요. 바리스타로서 아주 소중한 것을 배우는 계기가 된 대회니까요."

커피점 탈레랑은 이미 세상을 떠난 모카와 씨의 부인이 개업해서 부부가 운영해 왔다. 미호시 씨가 이곳에서 일하기 시작한 것은 5년 전 봄, 전문대학에 입학하면서 교토로 건너왔기 때문이었다. 아르바이트라는 형식으로 커피점 일을 거들면서 부인에게서 자상하게 하나하나 가르침을 받았다. 그래서 부인의 커피 맛을 지켜내는 일은 고인에 대한 경애의 마음 그 자체였다.

하지만 커피에 관한 지식을 흡수하는 일이라면 물불을 가리지 않는 미호시 씨다. 더구나 바리스타라는 칭호는 부인에게서 물려받은 게 아니라 자기가 좋아서 쓴 것이기 때문에 이 대회에서 뭔가를 배웠다는 말은 그녀다운 일이라고 나는 생각했다.

"오래도록 동경하던 대회였어요. 여기서 아르바이트 일을 하던 제2회 때부터 해마다 지원했죠. 하지만 처음 3년 동안은 능력이 미치지 못해 번번이 예선에서 탈락했어요. 겨우 자신감이 붙기 시작한 작년에는 대회가 중지됐고, 네 번째인 올해, 드디어 본선 진출권을 따낸 거예요."

"벌써 예선을 치렀어요? 그러면 그렇다고 미리 말해줄 것이지, 우리 사이에 매정하게시리."

"그래도 애써 격려해 주셨는데 올해도 또 예선 탈락이면 난감하잖아요. 나도 나름대로 자존심이 있다구요."

그건 나도 알고 있다. 아니, 지금까지 그녀와의 만남을 통해 그걸 상당히 중시하는 성품이라는 건 누구보다 내가 잘 안다.

예선은 서류 심사, 그리고 드립과 에스프레소 추출 등의 기본적인 실무로 치러졌다. 단지 실제로는 기술적인 능력보다 근무하는 커피점이나 그 실적이 중시되는 것 같다고 미호시 씨는 해설을 덧붙였다. 탈레랑은 지난 반년 동안 경영 개선을 통해 손님이 부쩍 늘었다. 게다가 지난여름에 터진 사건의 영향으로 뜻하지 않게 전보다 훨씬 더 유명해졌다. 그 덕분에 올해 처음으로 예선을 통과했을 거라는 그녀의 의견에는 일리가 있었다. 또한 대회가 1년의 공백을 거치면서 올해 지원자가 감소한 것 역시 그녀에게 유리하게 작용한 모양이었다.

"대회까지 한 달 남은 어저께, 개최 측에서 보낸 팸플릿이 도착했어요. 그래서 이제는 아오야마 씨에게 알려야겠다고 생각했죠."

"그렇군요. 그나저나 승산은 있어요?"

압박을 가할 심산으로 내가 물었다.

"글쎄요, 만전을 기할 생각이긴 한데, 그것만은 단언하기가 어렵네요. 하지만 출전하는 이상, 우승을 목표로 열심히 해보려구요."

"오, 웬일로 의욕이 대단하시네."

"당연하죠. 무엇보다 우승자는 상금 50만 엔에 이탈리아로 연수도 보내준대요."

"이탈리아……."

에스프레소의 본고장이자 바리스타 문화의 발상지다. 커피 애호가라면, 아니, 커피 애호가가 아니더라도 수많은 세계유산과 명품 요리를 맛보기 위해 누구든 한 번쯤은 이탈리아 여행을 꿈꾸었을 것이다.

나는 마지막 몇 모금의 커피를 마시며 새삼스럽게 그녀에게 미소를 건넸다.

"아, 역시 미호시 씨가 내리는 커피는 각별해요. 그나저나 해외여행을 해본 적이 있던가요? 이탈리아라고 하면 아득히 머나먼 이국땅, 설령 주최 측에서 안내해 준다고 해도 혼자 떠나기에는 아무래도 불안할 텐데요?"

"외국에 거의 가본 적이 없어서 불안하지 않다면 거짓말이겠지만……."

"그래서 말인데요……."

나는 가슴에 손을 얹고 가볍게 인사를 건넸다.

"미호시 씨가 이번 대회에서 우승하신다면 불초 소생 아오야마가 이탈리아까지 동행해 드릴까 합니다만."

"떡 줄 사람은 생각도 않는데 김칫국부터 마신다는 속담, 바로 이런 경우를 두고 하는 말이겠죠?"

미호시 씨는 도토리처럼 귀여운 눈을 가늘게 뜨고 웃었다.

"아오야마 씨와 동행하면 뭔가 유리한 게 있을까요? 해외 경험이 풍부하다든가 어학에 능통하다든가."

"유감스럽지만 두 가지 다, 전혀 아닙니다."

"……."

"하지만 다른 문화에 대한 이해력은 누구보다 뛰어날걸요. 친척 중에 미국에서 자란 사촌 여동생이 있거든요."

"그건 별로 관계가 없을 거 같은데? 그보다 여행 경비는 어떻게 하시려고요? 주최 측에서 동행을 허락하더라도 비용까지 대주지는 않을 텐데."

"이탈리아 연수 겸 여행이라면 대충 50만 엔이면 되겠죠, 뭐."

"헉, 50만 엔?"

그녀는 말문이 턱 막히는 듯했다. 게다가 신문지를 꾹꾹 뭉친 듯한 표정이랄까, 그야말로 한 번도 본 적이 없는 표정이 되었다.

"네에, 공짜로 따라가지는 않겠다는 뜻이에요. 아무튼 앞으로 한 달 동안 이 대회를 향해 내 지식을 총동원해 미호시 씨와 함께 연습하고 작전을 짜고 다양한 각도에서 전력을 다해 도와드리죠. 우승을 목표로 둘이 손을 맞잡고 열심히 뛰어보자고요."

엄지손가락을 번쩍 세우며 윙크를 두 번, 아니, 세 번 날렸다. 미호시 씨는 어이없다는 듯 아랫입술을 툭 내밀고 한숨을 섞어 대답했다.

"어쩐지 손해 보는 느낌이지만, 뭐 좋아요."

"정말이죠? 방금 내 귀로 틀림없이 들었어요, 나중에 딴소리하기 없기예요."

"하긴 그런 거라도 하셔야죠, 아오야마 씨는 뭐든 열심히 뛰지 않는 분이니까요."

크윽. 목구멍에서 괴상한 소리가 터졌다.

가시 돋친 그 말은 단순히 내가 게으른 인간이라고 지적한 게 아니다. 그녀와의 거리를 좁히려는 열의도 없고 관계를 발전시키려는 적극성도 없다고 은근히 비난하는 말이기도 했다.

그녀는 이따금 뜨끔해지는 말을 던지곤 한다. 그런 말이 도리어 나를 멈칫거리게 한다는 걸 그녀는 알고 있을까……라는 건 한심한 나 자신을 얼버무리려는 변명일 뿐이다.

나는 오기가 나서 머리를 부여잡으며 선언했다.

"네네, 알겠습니다. 아무튼 이번 대회에서 우승할 때까지 나도 후원하겠지만 우선은 미호시 씨가 열심히 해주실 수밖에 없겠죠. 실제로 우승한다면 그때부터는 내가 나설 차례예요. 이탈리아까지 동행했으면서 그냥 맨손으로 돌아오게 할 수는 없죠."

"정말이죠? 방금 내 귀로 틀림없이 들었어요, 나중에 딴소리하기 없기예요."

그렇게 말하고 미호시 씨는 빙긋이 미소 지었다. 자신이 증인이라는 듯 창가에서 샤를이 한차례 야옹 울었다.

그 이후로 한 달 동안 나는 평소보다 더 오랫동안 탈레랑에 머물면서 미호시 씨의 연습을 도와주었다. 원래부터 뛰어난 미호시 씨는 연습을 거듭하면서 더욱더 실력이 높아졌다. 대회 날짜가 하루하루 다가오면서, 미호시 씨가 정말 우승하는 게 아닌가 하는 생각이 저절로 들었다. 그건 다른 참가자와 비교해서 내린 상대평가도 아니고, 그녀가 만들어내는 커피 맛에 대한 객관적인 판단이라고도 할 수 없는, 한마디로 아무 근거도 없는 자신감이었지만, 그렇게 생각하게 할 만한 박력이랄까 천부적 재능 같은 것을 그녀는 갖고 있었다.

그렇게 우리는 말 그대로 만반의 준비를 한 뒤에 대회 날을 맞이했다.

하지만 그곳에서 우리는 다시금 기묘한 소동에 휘말리고 말았다.

4년 전

"에휴, 완전히 망쳤어요!"

카운터에 턱을 얹고 소녀는 세상 종말을 맞이한 듯한 표정을 지었다. 그녀에게 뜨거운 커피를 내주고 센케 료는 다정한 위로의 말을 건넸다.

"그렇지 않아. 그런 대회는 무엇보다 참가하는 데 의의가 있어. 더구나 첫 도전인데 예선을 통과해서 본선까지 진출했잖아."

며칠 전에 치러진 제2회 KBC에 대한 얘기였다. 제1회 때 보여준 센케의 활약이 여기저기 매스컴에 소개되고 기사로 실리면서 대회에 지원한 바리스타들이 전년도의 두 배가 넘었다. 그에 따라 출전자의 수준도 높아져 작년에는 본선에 올랐는데 올해는 예선에서 탈락해 버린 바리스타도 적지 않았다.

그런 가운데 커피점에서 일한 지 고작 1년밖에 안 된 눈앞의 소녀가 본선에 진출한 것은 놀라운 일이었다. 막상 본선 때는 중압감에 짓눌렸는지 출전자 중 최하위의 결과로 끝나버렸지만 그건 실력이라기보다 경험의 차이였다.

센케는 확신하고 있었다. 이 소녀에게는 재능이 있다고.

"나도 센케 씨처럼 대회장을 후끈 달아오르게 하고 싶었다고요."

그제야 고개를 들었지만, 여전히 카운터에 팔꿈치를 짚은 채 소녀는 불쑥 말했다. 사실은 그럴 필요가 전혀 없는데도 몹시 침울한 얼굴이다.

제1회 KBC에서 우승한 뒤로 센케가 경영하는 이 커피점에는 커피 애호가뿐만 아니라 수많은 바리스타와 그 지망생들이 찾아왔다. 기술력 향상을 위해 탐욕스럽게 조언을 청하는 사람, 수줍은 듯 흘끗흘끗 쳐다보기만 하는 사람, 유난히 자주 찾아와 죽치고 있는 사람 등 각양각색이었다.

소녀도 그중 한 사람으로 1년쯤 전에 처음 이 커피점을 찾아왔다. 그때 센케가 무심코 KBC에 도전해 보라고 권했던 것이다. 그때부터 센케의 제자를 자칭하며 그녀는 바리스타 수업이라는 명목으로 한 달에 한두 번, 자신의 휴일을 이용해 찾아오곤 했다.

"내년에 다시 출전하면 돼. 지난 1년 동안 이만큼 쑥쑥 성장한 걸 보면 언젠가 내 왕좌를 위협하는 건 네가 될지도 모르겠다."

셴케는 그녀의 눈을 빤히 바라보며 전혀 과장이 아닌 본심을 털어놓았다. 작년보다 강적이 많았던 제2회 대회에서 간단히 연속 우승이라는 쾌거를 이뤄낸 천재 바리스타 셴케에게 그녀는 한층 더 심취한 기색이었다. 동경은 때로 힘을 키운다. 그녀는 앞으로 더 많이 성장할 게 틀림없었다.

"또 그런 말씀을. 셴케 씨는 정말 칭찬의 달인이세요."

단순한 공치사라고 생각한 모양이지만, 그러면서도 싫지는 않은 눈치였다. 기분이 풀린 것에 안도하며 셴케는 덧붙였다.

"다음 대회 때는 후회 없는 성과를 낼 수 있게 다시 1년 동안 열심히 해봐."

"네! 지켜봐 주세요, 내년에는 틀림없이 본선에서 대활약을 펼칠 테니까. 무엇보다 나는 셴케 씨의 제자니까요."

그렇게 말하고 소녀, 즉 야마무라 아스카는 스스럼없는 웃음을 내보였다.

제2장 리허설

1

사흘 연휴의 첫날이자 토요일 오후였다. 멈춰 선 자동차 문을 열고 넓은 주차장에 내려서자 추적추적 내리는 비가 아스팔트 바닥을 두드렸다.

"도착했어요, 아테리 플라자."

활짝 편 우산을 내밀며 나는 옆에 선 미호시 씨에게 말했다. 정육면체 두 개를 앞뒤로 엇갈려 붙인 모양새의 투박하고 거대한 건물을 우러러보며 그녀는 대답했다.

"네, 드디어 도착했네요."

감개무량한 한마디였다. 그녀가 처음 도전한 제2회 대회 때부터 항상 이곳에서 개최되었다니까 오래도록 꿈꾸던 곳에 드디어 발을 디딘 셈이다. 이 순간에는 어떤 응원의 말도 별로 효과가 없을 것 같아 나는 그녀가 먼저 말할 때까지 입을 다물기로 마음먹었다.

가장 가까운 긴테쓰 후시미 전차 역에서 서쪽으로 약 1.5킬로미터. 이 아테리 플라자 건물에서 제5회 간사이 바리스타 경연 대회KBC가 열린다. 교토에서도 가장 거대한 전시장을 가진 시설이다. 이번에는 이 대회를 메인 이벤트로 하는 식품 관련 기업 전시회가 개최되지만, 그 밖에도 1년 내내 다양한 행사에 이용된다. 이건 여담인데, '아테리'라는 명칭은 artery(동맥)와 art(예술)라는 두 단어를 합한 것으로, 교토 문화의 동맥이 되는 시설이라는 바람을 그 이름에 담았다고 한다.

"대단하구먼. 교토에 산 지도 벌써 수십 년째인데 이런 데는 처음 와봤어."

뒤늦게 운전석에서 내려선 모카와 씨도 은근슬쩍 내 우산 속으로 들어서며 감탄의 말을 내뱉었다. 몸의 반쯤이 밀려난 미호시 씨는 손바닥으로 하늘을 가리며 말했다.

"일기 예보로 미리 알기는 했지만, 이 빗속에 전차 역에서부터 걸어왔다면 정말 힘들었겠어요. 아저씨 차 덕분에 살았어요."

"에이, 그딴 거 신경 안 써도 되는구먼. 너하고 나는 오랜 세월 함께 일해온 사이 아니냐. 한번 열심히 해보겠다는데 나도 이 정도는 해줘야지."

모카와 씨는 겸연쩍은 듯 검지로 뺨을 긁적였다.

어제저녁의 일이다. 그럭저럭 연휴 일정을 빼내 사흘 내내 미호시 씨를 도와주게 된 나는 최종 회의도 할 겸 폐점 후의 탈레랑을 찾았다.

"도구며 재료를 각자 가져가니까 짐이 많을 것 같아요. 대회장까지 어떻게 가죠?"

"그러게요. 아오야마 씨가 짐을 들어주신다면 역에서 걸어가도 되니까 전차를 이용할 생각이에요."

"예보에 의하면 내일 비가 온다던대요? 물에 젖으면 곤란한 재료도 있잖아요."

"아, 날씨는 예상을 못 했네. 그럼 택시를 타야 하나……."

그런 대화를 주고받는데, KBC 팸플릿을 들여다보던 모카와 씨가 불쑥 말했다.

"그럼 내가 태워다줄까? 차로 가면 금방일 거여."

갑작스러운 친절이 적잖이 뜻밖이어서 나는 미호시 씨와 시선을 마주쳤다. 감사한 말씀임은 틀림없지만 그녀는 일단 사양하는 태세를 취했다.

"아이, 괜찮아요. 정식 대회 날이라면 모르지만, 리허설까지 아저씨 신세를 지면 너무 미안해서."

"괜찮구먼. 어차피 네가 없으면 커피점 문도 못 열잖어. 웬만해서는 볼 수 없는 우리 미호시의 경사스러운 무대인데 나도 그 정도는 힘을 보태야지."

"고마워요, 아저씨!"

여느 때와 다르게 기특한 모카와 영감님의 말씀에 미호시 씨는 심히 감격한 모습이었다. 나 또한 딱히 반대할 이유가 없어서 아저씨의 호의를 받아들이기로 했다. 그렇게 우리는 아직 대회 전날인데도 셋이 나란히 아테리 플라자에 들어서게 되었다.

그렇긴 한데 이게 좀 묘했다. 미호시 씨는 눈물까지 글썽이며 모카와 씨에게 고마워했지만 그건 지나치게 순진한 반응이 아닌가 싶었다. 모카와 영감님을 나보다 훨씬 오래

겪어봤으니, 그가 어떤 원리에 따라 움직이는 인물인지 미호시 씨가 모를 리 없을 텐데.

"정말 모카와 씨에게도 열심히 뛰어볼 자리가 될 것 같네요."

어젯밤에 팸플릿을 유독 찬찬히 들여다보던 영감님의 모습을 머릿속에 떠올리며 나는 아무렇지도 않은 척 한마디 던졌다. 출전자들을 얼굴 사진과 함께 소개한 팸플릿이다.

"이번에 참여하는 여성 바리스타들이 하나같이 미인들이잖아요."

그러자 모카와 씨가 내 쪽으로 어깨를 쓱 들이밀었다.

"그렇지? 특히 나는 그 사에코라는 바리스타가……."

"아저씨, 그럼 그것 때문이었어요?"

그 순간, 나는 땅속에서 솟구쳐 오른 듯한 무시무시한 기운을 감지했다.

미호시 씨가 내뱉은 말에서 풍겨오는 기운이다. 모카와 씨가 한사코 몸을 들이미는 통에 우산 밖으로 밀려난 그녀의 앞머리에서 빗방울이 뚝뚝 떨어졌다. 고개를 살짝 숙여 눈가에 그늘이 진 그 모습은 일본 영화나 드라마에 자주 등장하는 어린아이의 망령 같았다.

모카와 씨가 허걱 숨을 삼켰다.

"아녀, 노, 농담이구먼……."

"농담은 무슨!"

미호시 씨가 내게서 우산을 홱 낚아채더니 아테리 플라자 입구를 향해 혼자 성큼성큼 가버렸다. 나는 두 손을 허리에 짚고 영감님을 쓰윽 노려보며 말했다.

"아니, 난 무슨 죄냐고요, 진짜."

"네가 불씨를 당겼잖어, 이런 멍청이."

"그나저나 어쩌다 저렇게 드센 아가씨가 되었을까요?"

"나이 들수록 죽은 마누라를 똑 닮아가는 것 같다니까."

우리는 총총걸음으로 미호시 씨를 따라갔다. 11월의 비는 예상 밖으로 써늘해서 참 잘도 이런 빗속에서 펄펄 끓듯이 화를 내는구나, 하고 나는 또다시 혼날 만한 생각을 했다.

2

자동문을 지나 건물 안으로 들어가, 우선 온몸에 묻은 빗물을 손수건으로 닦아냈다. 로비 정면에 이쪽을 향해 아치형으로 둥그렇게 튀어나온 접수 카운터가 있었지만, 직원은 보이지 않았다. 왼편에는 허리보다 조금 높은 정도로 얇은 유리를 둘러친 작은 사무실이 있었다. '관리실'이라는 팻말이 옆에 붙은 걸 보니 관리인이나 경비원이 상주하는 모양이다.

"알려준 전시장은 저 안쪽인 거 같아요."

겨우 따라잡은 미호시 씨의 등에 대고 말했다. 여기저기에 내걸린 방향 안내 표시를 보며 그녀는 고개를 끄덕였다.

오늘은 각 기업에서 부스를 설치하는 날이어서 전시장은 사람들의 출입도 많고 좀 어수선했다. 전시장 입구에서 스태프 점퍼를 입은 젊은 여성 도우미들에게 KBC 출전자 일행이라고 말하자, 목에 거는 이름표를 사람 수대로 나눠주었다. 빈칸에 이름을 써넣으면 관계자라는 증명이 되는 모양이었다. 나나 모카와 씨가 어떤 사람인지 일일이 확인하지 않는 걸 보니 의외로 그런 쪽의 규제는 느슨한 것 같았다.

"와아, 장관이네."

전시장에 들어서자마자 예상을 뛰어넘는 면적에 압도되었다. 얼핏 둘러봐도 부스 수가 200개는 훌쩍 넘었다. 기업마다 한껏 정성 들여 상품을 전시하고, 그 사이를 누비듯 스태프들이 바쁘게 뛰어다녔다.

심상치 않은 열기에 미호시 씨도 흥분한 기색이었다.

"이쪽은 음료, 저쪽은 조리 기구, 그리고 저기 저쪽은 인스턴트식품인가요? 바리스타 대회가 가장 중요한 행사라고 들었는데, 그보다는 부스만 둘러봐도 재미있을 것 같아요."

KBC의 무대는 전시장 가장 안쪽인 북서쪽 모퉁이에 있다고 했다. 줄줄이 늘어선 부스 사이로 거대한 미로 같은 통로를 건너가자 점차 에스프레소 머신이며 크리밍 파우더 같은 커피 관련 기업들의 부스가 눈에 들어왔다. 특히 관심 있는 그 부스들 앞을 나중에 찬찬히 살펴보자고 생각하며 지나친 순간, 무성한 숲을 빠져나가자마자 일시에 넓은 초원이 펼쳐지듯이 훤히 트인 장소가 나타났다.

전시장 전체를 감싸듯이 모퉁이를 끼고 기역 자로 설치된 무대는 일부 쇠 파이프 등이 그대로 드러나서 이번 대회를 위해 아직 조립 중인 것을 알 수 있었지만, 그런 게 전혀 눈에 거슬리지 않을 만큼 엄청난 규모여서 나는 저절로 기요미즈의 무대(교토의 사찰 기요미즈데라淸水寺의 건축물. 계곡 급경사 절벽 위에 12미터에 달하는 느티나무 기둥을 박고 약 190제곱미터의 면적에 410매 이상의 노송 판자를 조립하여 만든 목조건축으로, 교토 시내를 한눈에 조망할 수 있다.)가 떠올랐다. 위쪽에는 사다리꼴의 금속 장치에 수많은 조명이 달렸고, 그 앞의 객석을 향해 길게 내려진 흰 장막에는 고딕체로 '제5회 간사이 바리스타 경연 대회'라고 찍혀 있다. 별다른 장식이 없는 글씨체가 도리어 대회의 진지함을 상징적으로 보여주는 것 같았다.

대회 경연장으로 디귿 자 모양의 카운터가 자리 잡은 무대 중앙에서는 스태프들이 커피 원두를 갈아내는 전동 그라인더를 양팔에 껴안고 상세한 위치를 확인하며 오른쪽 왼쪽으로 놓을 자리를 조정하고 있었다. 그 모습을 조금 떨어진 객석에서 팔짱을 끼고 지켜보며 지시를 내리는 사람은 40대의 여자였다. 대회 핵심 관계자라고 봐도 틀림없을 것이다.

작업을 방해하면 안 되겠다고 생각한 것이리라. 미호시 씨는 몇 번을 망설인 끝에 그 여자가 잠시 지시를 멈춘 때를 노려 뒤편으로 다가가 머뭇머뭇 말을 건넸다.

"오늘 여기로 모이라고 해서 왔는데요……."

말이 끝나기도 전에 여자가 몸을 돌려 이쪽을 보았다. 그리고 미호시 씨를 향해 상냥한 미소를 지었다.

"기리마 미호시 바리스타? 기다렸습니다. 어서 오세요, KBC에."

활짝 웃는데도 눈에 힘이 있어서 다부진 성품이 엿보였다. 긴소매의 검은 티셔츠에 발목까지 오는 꽃무늬 스커트를 입고 있었다. 머리는 염색인가 싶을 만큼 짙은 검정이고 돌돌 말린 앞머리가 그 세대의 여자다운 인상이었다.

"이번 대회의 집행 위원장 우에오카 가즈미예요. 반가워요."

자기소개를 하며 내민 손을 미호시 씨는 양손으로 공손히 잡았다.

"기리마 미호시라고 합니다. 잘 부탁드립니다."

예선 때 얼굴을 마주했다면 이런 대화를 나눌 리 없다. 아마도 우에오카는 팸플릿 사진으로 미리 미호시 씨의 얼굴을 파악한 모양이다.

악수한 손을 놓는 참에 우에오카가 손목시계를 들여다보았다.

"엇, 벌써 시간이 이렇게 됐어? 다들 모였는지 모르겠네."

약속한 오후 3시까지는 아직 조금 여유가 있었다. 무대 설치가 끝나야 리허설을 할 수 있으니까 아마 그 시간까지는 정리할 예정인 모양이다.

"잠깐 앉아서 기다려요. 리허설 시작되면 우리 쪽에서 부를 테니까."

우에오카는 객석을 가리키며 안내해 주고, 다시 무대 쪽으로 몸을 돌려 이런저런 지시를 내렸다.

객석에는 대략 200여 개의 파이프 의자가 있었다. 모세가 걸어갔다는 바다처럼 한가운데가 양쪽으로 갈라져 길을 만들었다. 지나가면서 주위를 둘러보니 사람들이 띄엄띄엄 앉아 있는 게 눈에 들어왔다.

모두 첫 대면이지만 팸플릿으로는 익숙한 얼굴이다. 우리를 알지 못하는 척하면서도 다들 표 나지 않게 미호시 씨에게 주의를 기울이는 게 얼얼하게 느껴졌다. 두말할 것도 없이 새로 등장한 적의 기척을 살피는 것이리라.

첫 기싸움에서 밀릴 수는 없다. 나는 미간에 바짝 힘을 주고 객석 끝으로 시선을 던졌다. 거기에는 의자 끝에 엉덩이를 걸치고 팔과 다리를 꼬고 앉은 여자가⋯⋯.

"나는 모카와 마타지라는 사람이외다. 이번에 내가 출전하는 건 아니지만 저기 미호시 바리스타는 내가 키운 거나 진배없고⋯⋯."

이건 또 무슨 일인가. 모카와 씨가 잽싸게도 그 여자 옆의 의자에 앉아 태연히 말을 건네고 있었다. 우리가 우에오카에게 정신이 팔린 사이에 냉큼 미녀 유혹 작전에 들어간 것이다. 그러고 보니 모카와 씨가 언뜻 말했던 바로 그 '사에코'라는 여자인 것 같다.

팔꿈치로 툭 쳐서 미호시 씨에게 알려주자, 그녀는 우선 자신의 머리를 부여잡았고 그다음에는 단숨에 모카와 씨에게로 달려갔다. 어미 고양이가 새끼의 목덜미를 물듯이 모카와 씨의 뒷머리를 잡아당겨 의자에서 일으켜 세웠다. 대신 자신이 그 자리에 앉아 웃는 얼굴을 지었다.

"안녕하세요? 기리마 미호시라고 합니다. 교토 시내의 탈레랑이라는 커피점에서 일하고 있어요. 잘 부탁합니다."

"아, 네……."

여자는 뺨이 굳어 있었지만 그래도 마주 인사해 주었다. 부드럽게 물결치는 갈색 머리칼과 그 틈새로 내보이는 귀걸이는 그녀의 화려함을 강조하고 있었다. 그만큼 기세가 강한 것처럼 느껴지기도 했다. 나이는 우리보다 많아 보였지만 아직 30대는 안 되었을 터였다.

그녀가 이름 밝히기를 기다릴 것도 없이 미호시 씨가 말을 이었다.

"마유즈미 사에코 씨지요, 제4회 KBC에서 우승하신?"

그러자 여자는 화려한 화장으로 그러잖아도 큼직하게 보이는 눈을 더욱 크게 떴다.

"어머, 알아보시네요? 제4회 대회는 언론에서 거의 다뤄주지도 않았는데."

"물론 알죠. 정말 오랫동안 동경해 온 대회인데요."

미호시 씨 뒤쪽 의자에 앉아 나는 두 사람의 대화를 신선한 놀람과 함께 듣고 있었다. 이전 대회의 승자가 이번 대회에도 출전했다는 건 그때 처음 알았다. 팸플릿 소개에도 그런 얘기는 한마디도 적혀 있지 않았다.

"기리마 미호시 씨는 이번 대회가 첫 본선 진출이죠?"

"그렇답니다. 마유즈미 씨에게는 방어전이지요? 초대 우승자도 그랬지만 우승한 뒤에도 계속 출전하는 건 이 대회의 전통인 모양이네요."

"그냥 사에코라고 불러주세요. 그리고 그건……. 실은 제4회 대회는 이런저런 사정이 있어서 마지막에는 대회 자체가 유야무야됐어요. 우승은 했지만, 전혀 우승자라는 실감이 들지 않았죠. 그래서 이번에 다시 참가하기로 했어요. 우에오카 씨의 요청도 있었고."

이런저런 사정이 있어서, 라는 건 되도록 그에 대한 직접적인 언급은 피하려는 표현이었다. 작년에 대회가 중지된 것과 뭔가 관계가 있는 걸까. 좀 더 자세한 이야기를 듣고 싶었지만, 미호시 씨는 상대의 의향을 존중해서인지 더 이상 캐묻지 않았다.

"우에오카 씨가 직접 출전해 달라고 요청하셨군요?"

"올해 대회는 재출발이라는 의미가 있어서 이전 대회를 잘 아는 바리스타가 참가해 주는 게 주최 측의 우에오카 씨도 그나마 든든했을 거예요. 실제로 이번 본선 진출자 여섯 명 중 네 명이 과거 본선에 올랐던 사람들이에요."

"네 명씩이나? 그럼 저처럼 새로 올라온 사람이 오히려 소수파군요."

"그렇죠. 지금 이 자리에 모인 네 사람이……." 사에코는 객석으로 시선을 던졌다. "이시이 하루오, 간다 도시유키, 그리고 야마무라 아스카는 모두 본선을 이미 경험한 사람들이에요."

사에코가 알려준 이름 순서대로 나는 출전자들을 살펴보았다.

우리 네 사람이 앉은 곳은 좌우로 나뉜 파이프 의자 중 무대를 향해 왼편 블록의 가장 바깥쪽이었다. 그리고 같은 블록의 맨 뒷줄에 앉은 사람이 이시이 하루오. 버섯갓 모양으로 자른 찰랑찰랑한 검은 머리에 굵직한 눈썹과는 대조적으로 가느다란 눈, 거기에 은테 안경까지 끼고 있어서 한 번 보면 잊을 수 없는 인상적인 모습이었다. 팸플릿에 의하면 나이는 출전자 중에서 가장 많은 서른다섯 살이라는데 그 나이치고는 침착성이 부족한 눈빛으로 대회장 여기저기를 둘레둘레 살펴보고 있었다.

무대를 향해 오른편 블록, 마찬가지로 맨 뒷줄 의자에 앉은 사람은 간다 도시유키. 따분한 듯 천장을 올려다보는 옆얼굴은 외국인의 피가 섞인 듯 윤곽이 뚜렷해서 사내대

장부라는 인상이었다. 수염을 기른 턱과 거의 비슷한 길이로 파마머리가 내려와 있었다. 그도 서른이 넘은 나이일 텐데 좀 더 연상으로도 혹은 좀 더 연하로도 보이는 애매모호한 분위기였다.

야마무라 아스카는 오른쪽 블록 맨 앞줄에 앉아 있었다. 주위의 시선을 피하듯이 고개를 숙이고 어깨를 움츠린 모습이다. 긴장한 건가. 그 심약해 보이는 모습에 나도 모르게 동정심이 일어날 정도였다. 검고 긴 생머리는 약간 세련미가 떨어지는 인상이지만, 팸플릿 사진에서도 느꼈던 대로 상당히 아름다운 얼굴이었다.

게다가 실제로 야마무라 아스카를 보자마자 나는 저절로 내 앞에 있는 사람과 그녀를 견줘보고 말았다.

닮았다. 야마무라 아스카는 예전의 미호시 씨를 똑 닮았다.

그저 사진으로 봤을 뿐이지만, 미호시 씨가 고등학교를 졸업하고 막 교토에 건너왔을 무렵에는 지금보다 긴 생머리여서 마침 야마무라 아스카 같은 모습이었다. 얼굴의 어떤 특정한 부분이 닮았다기보다 검은 눈동자가 두드러지는 눈이며 화장기 없는 것이며 작고 가녀린 몸매까지 공통점이 많았다.

야마무라 아스카는 미호시 씨보다 두 살이 어리다. 좀 더 나이를 먹으면 지금의 미호시 씨처럼 될까. 그런 시답잖은 생각을 하고 있으려니 돌연 손뼉을 짝짝 치면서 우에오카가 객석을 향해 큰 소리로 말했다.

"오래 기다리게 해서 미안합니다. 다들 뿔뿔이 흩어져 있지 말고 이쪽으로 모이세요."

미호시 씨와 사에코는 하던 이야기를 멈추고 자리에서 일어나 앞쪽으로 이동했다. 나와 모카와 씨가 그 뒤를 따르고, 이시이와 간다도 각자 짐을 안고 우에오카의 지시에 따랐다. 아스카는 이미 맨 앞줄에 있었기 때문에 움직이지 않았다.

"하나, 둘, 셋, 넷…… 좋아요, 여섯 분 모두 나오셨군요."

우에오카는 바리스타들을 손끝으로 헤아려보고 만족스럽게 고개를 끄덕였다. 하지만 그녀는 잘못 센 것이었다.

"저어……." 나는 머뭇머뭇 손을 들었다. "번거롭게 해서 죄송한데, 저는 출전자가 아닙니다."

"엇, 그러고 보니 낯선 얼굴이시네. 당신, 누구?"

"죄송해요, 제 짐을 들고 오신 분이에요."

미심쩍은 눈빛으로 바라보는 우에오카에게 미호시 씨가 다급하게 나서서 해명했다. 우에오카의 눈동자가 빙글 굴렀다.

"비슷한 나이대의 남녀가 세 명씩 모여 있길래 나는 거기 그분도 출전자인 줄 알았네요. 그렇다면 아직 도착하지 않은 바리스타가 있는 모양이죠?"

"우에오카 씨, 저기 저분 아니에요?"

사에코가 객석 옆의 부스를 가리켰다. 귀에 큼직한 헤드폰을 쓴 남자가 최신형 업소용 배전기기를 흐뭇한 듯 고개를 빼고 여러 각도에서 감상하고 있었다. 뒤로 축 늘어지는 디자인의 백 팩을 등에 멘 그의 옆얼굴은 팸플릿에서 본 사진의 인물과 분명 일치하는 것 같았다.

"누가 가서 좀 불러와 줄래요?"

우에오카의 말에 반응을 보인 것은 가장 가까운 자리에 있던 간다였다. 그가 곁에 다가가 어깨를 두드리자 남자는 헤드폰을 벗고 고개를 갸우뚱했다. 간다는 엄지손가락을 세워 등 뒤쪽을 가리켰다. 별말 없이도 남자는 상황을 알아차리고 경중경중 우리 쪽으로 뛰어왔다.

"집합 시간, 진즉에 지났잖아요."

우에오카가 나지막한 목소리로 나무라자 남자는 실실 웃으며 말했다.

"아뇨, 틀림없이 약속 시간 전에 도착했는데요? 시작하려면 한참 남은 것 같아서 심심풀이 삼아 구경 좀 했죠. 진짜예요."

체격에 비해 커 보이는 캐주얼한 옷차림도, 왁스를 발라 구깃구깃 헝클어놓은 헤어스타일도 영락없이 대학생처럼 보였다. 사실 그는 아직 스물한 살로 이번 대회의 최연소 바리스타다. 성의라고는 한 조각도 없는 그 말투에서는 미숙함이 두드러졌지만, 왠지 다 용서해 주고 싶어지는, 미워할 수 없는 얼굴이었다.

마루조코 요시토. 그도 미호시 씨와 마찬가지로 본선 첫 출전이라고 적혀 있었다.

"좋아요, 다들 거기쯤에 모여 앉아요."

우에오카의 말에 마루조코가 가장 먼저 가까운 파이프 의자를 끌어당겨 앉았다. 다른 이들도 그 뒤를 따랐다. 모두 자리에 앉는 것을 지켜본 뒤 우에오카는 인사에 들어갔다.

"제5회 간사이 바리스타 경연 대회 운영 위원장 우에오카 가즈미입니다. KBC 메인 스폰서인 '우에오카 커피 회사' 직원이라는 인연으로 지금까지 네 번의 대회에 이어 이번에도 지휘를 맡게 되었습니다."

'우에오카 커피 회사'라고 하면 국내 커피 관련사 중에서 가장 큰 기업이다. 커피 원두와 기구의 도매 외에 각종 청량 음료를 출시해서 딱히 커피 애호가가 아니더라도 일반인에게 친근한 제품들이 많았다.

이름으로 보아 우에오카 가즈미는 '우에오카 커피 회사'의 경영자 가족인 것 같았다. 그래서 이런 큰 대회의 지휘 역할을 맡게 된 모양이라고 내 마음대로 상상을 펼쳤다.

"이번에 누구보다 실력이 뛰어난 바리스타 여러분이 참가해 주셔서 회사를 대표해 감사 말씀드립니다……. 아, 이런 딱딱한 얘기는 이 정도로 끝내죠. 이미 지겹게 들어본 분들이 많을 테니까."

"거의 다 아는 얼굴들이잖아요."

이시이가 웃으며 말하자 사에코가 뒤따라 웃음소리를 냈다.

"다들 우에오카 씨의 부름을 받고 달려왔으니 당연히 그렇죠."

"부름을 받고 달려왔다고요? 그렇다면 우선권을 받은 참가자가 있다는 얘깁니까?"

마루조코의 질문이 튀어나왔다. 우에오카가 손을 내저으며 말했다.

"아니, 그런 건 아니에요. 5년 전에 시작한 KBC는 작년에 사정이 있어 한 해 중지됐어요. 그대로 대회 자체가 폐지될 위기에 처했는데 그나마 내가 회사를 설득해 가까스로 올해 대회를 개최할 수 있었죠. 그래서 제5회 대회는 어떻게든 흥행에 성공할 필요가 있어요. 실력을 잘 아는 예전의 바리스타들에게 예선에 참가해 달라고 요청한 이유가 바로 그거예요."

"두 번 다시 나오고 싶지 않다고 거절한 사람도 있었겠죠."

간다가 서늘한 얼굴로 말했을 때, 갑작스럽게 분위기가 팽팽히 긴장하는 게 느껴졌다. 우에오카는 못 들은 척 넘겨버리고 서둘러 이야기를 진행했다.

"아무튼 여러분은 내일부터 이틀 동안 간사이 최고의 바리스타를 목표로 열심히 뛰어주세요. 모두가 멋진 실력을 보여주시기를 간절히 기대합니다."

누가 먼저랄 것도 없이 박수가 터져 나왔다. 이어서 우에오카는 대회의 개요를 설명했다.

"본선은 지난번과 마찬가지로 모두 네 종목으로 치러집니다. 첫째 날인 내일은 오전에 에스프레소 부문, 오후에는 커피 칵테일 부문. 이틀째인 모레 오전에는 라떼 아트 부문, 그리고 오후의 마지막 종목은 드립 부문입니다. 각 종목에서 얻은 점수를 바탕으로 종합 성적이 결정됩니다."

각자 얻은 점수는 한 종목이 끝날 때마다 심사 위원이 발표한다. 즉 전원의 순위나 점수가 매번 명확히 드러난다는 얘기다. 출전자에게는 상당히 가혹한 시스템이었다.

"바리스타 실무에 필요한 기술을 겨룬다는 뜻에서 각 종목에 준비를 포함해 시간 제한이 있습니다. 따라서 정확성과 완성도뿐만 아니라 신속성도 필요하겠지요. 아무리 화려한 라떼 아트도 손님을 오래 기다리게 하면 본말 전도입니다. 각 종목의 내용이나 제한 시간은 팸플릿에 기재되어 있으니 다들 유념해 주시기 바랍니다."

"우에오카 씨, 그런 규정은 굳이 말씀하실 것도 없이 다들 머릿속에 박혀 있어요. 그보다 빨리 준비실로 이동하죠. 오늘 깜빡 상온에 두면 안 되는 재료까지 들고 왔다고요."

이시이가 답답하다는 듯 자신의 종이 가방을 들어 올리며 말했다. 처음 본선에 올라온 사람도 있는데 자기 생각만 한다는 불만도 있었지만, 미호시 씨와 마루조코는 딱히 이의가 없는 기색이었다. 우에오카는 어깨를 으쓱하더니 그건 그렇군요, 라고 중얼거렸다.

"그럼 오늘은 각자 도구와 재료를 가져오셨으니까, 지금부터 무대 뒤편으로 안내하겠습니다."

익숙한 사람이 많아서 그런지 별 긴장감 없이 느릿느릿한 동작으로 각자 자리에서 일어나 주섬주섬 짐을 챙겨 들었다. 두랄루민 케이스 같은 단단한 가방을 가져온 사람이 있는가 하면 그냥 종이 가방을 들고 온 사람도 있었지만, 그 안에는 모두 각자 평소에 즐겨 쓰던 도구가 들어 있을 터였다. 물론 에스프레소 머신이나 그라인더 같은 대형 기구는 가져올 수 없으므로 무대 위 카운터에 설치된 협찬사 제품을 쓰게 된다. 기구도 메이커에 따라 개성이 다르다면서 미호시 씨는 대회 때 사용할 기기에 대해서도 사전에 꼼꼼히 공부했었다.

무대 한쪽에 높직한 가림막으로 둘러싸인 대기 공간이 있었다. 두 개의 긴 테이블 주위에 파이프 의자 여덟 개가 늘어섰고, 각 참가자는 대회 때 이쪽으로 도구를 가져와 자신의 순서에 대비하는 모양이었다.

대기 공간 뒤편으로 돌아가자, 방화문 같은 금속제 문이 나타났다. 우에오카의 안내를 받아 전원이 그 앞에 모였을 때, 문득 그녀가 난처한 얼굴을 내보였다.

"이 뒤쪽은 출전자만 들어갈 수 있는 구역인데······."

명백히 나와 모카와 씨를 두고 하는 말이었다.

출전자들이 그 안에 각자의 짐을 보관한다는 점을 생각하면 당연한 판단이다. 그래서 순순히 물러나기로 했는데…….

"아니, 나를 수상한 사람으로 보는 거여?"

모카와 씨가 느닷없이 따지고 드는 바람에 나는 얼굴에서 핏기가 싹 가시는 느낌이었다.

"아니, 절대 그런 건 아닙니다."

우에오카가 당황해서 손을 내저었다.

"그러면 나도 들어가야겠구먼. 걱정할 거 없어. 방해는 안 될 테니까. 우리만 떼어놓고 가면 좀 섭섭하잖어. 자자, 알겠으면 어서들 들어가자고."

대체 무슨 말씀이신가요, 영감님. 이미 방해하고 계시잖아요. 나와 미호시 씨가 급히 만류하고 나서려는데 뜻하지 않은 목소리가 날아들었다.

"뭐, 별것도 없어요. 오늘은 함께 들어가셔도 괜찮을 거 같은데."

그렇게 말한 간다 도시유키에게로 일제히 시선이 쏠렸다. 그는 모카와 씨를 편든다기보다 실랑이하는 것 자체가 귀찮은 기색으로 앞머리를 쓱 쓸어 올리며 말을 이어갔다.

"오늘은 준비실에 도구를 갖다 두는 것뿐이에요. 열쇠도 잠글 거고, 어차피 영감님이나 저 친구가 손을 댈 수도 없어요. 별 대단한 것도 없는데 일단 들어가 둘러보시고 내일부터는 출입을 삼가달라고 하면 되잖아요. 그렇죠, 우에오카 씨?"

마뜩잖은 표정을 보이면서도 우에오카는 고개를 끄덕였다.

"지금까지 빠짐없이 대회에 참가해 준 간다 바리스타가 그렇게 말씀하시니 오늘은 특별히 인정해 드리죠."

이 대응에 불만스러운 얼굴인 사람도 있었지만, 아무도 나서서 반론은 하지 않았다.

"죄송합니다……."

미호시 씨가 깊숙이 머리를 숙였고 나도 옆에서 똑같은 몸짓으로 사과했다. 벌써부터 지쳐버린 듯한 분위기가 바리스타들 사이에 감돌았다.

"좋아. 그럼 가보자고."

모카와 씨는 아무렇지도 않게 앞장서서 문을 열려고 했다. 미호시 씨가 그의 뒷머리를 잡아 줄의 맨 끝에 세웠다. 나는 별로 관여하고 싶지 않아서 앞만 보며 걸음을 옮겼지만, 등 뒤에서 묘한 소리가 나서 돌아보니 미호시 씨가 모카와 씨의 니트 모자를 벗기고 헤싱헤싱한 머리통을 찰싹 내리치고 있었다.

3

문 너머는 흐릿한 색감의 벽과 천장, 바닥으로 둘러싸인 좁은 통로였다. 중간에 오른편으로 문이 하나, 그리고 막다른 곳에서 오른쪽으로 꺾어지는 것 외에는 창도 없고 입구도 출구도 눈에 띄지 않았다. 하얀 형광등이 벌레가 윙윙거리는 듯한 소리를 내며 켜져 있는 그 무기질적인 광경에 나는 오래전에 입원했던 병원 복도가 생각났다.

준비실은 모퉁이에서 우회전해 안으로 들어간 곳에 있었다. 정면에 보이는 튼튼한 문을 보고 나는 뒷줄에서 한마디를 던졌다.

"저거, 자동으로 잠기는 거지요?"

엘ᄂ 자형으로 튀어나온 손잡이 윗부분에 붙은 손바닥 정도 크기의 검은 장치는 예전에 다니던 학교에서 본 적이 있다. 카드로 잠금을 해제하는 장치로, 빨강과 초록의 표시 램프가 달려 있다.

"맞아요. 이번 전시회에 미발표 신제품을 출시한 회사들이 있어서 외부에 정보가 새지 않게 보안 장치에 각별히 신경을 썼어요. 카드 키는 매수가 한정되어 있고, 다시 빌리려면 관리자의 허가 절차가 필요합니다. 혹시라도 준비실에서 뭔가 잊어버리고 나오면 쉽게 들어갈 수 없어서 난처한 상황이 벌어질 테니까 다들 주의하세요."

우에오카는 목에 걸린 투명한 패스 케이스에서 카드 키를 꺼내 검은 장치, 즉 카드 리더기에 댔다. 초록 램프가 켜지고 찰칵 소리와 함께 문이 열렸다. 안쪽에서는 버튼 하나로 잠금을 해제할 수 있는 구조다.

통로에서 받은 느낌과 마찬가지로 준비실도 실로 휑뎅그렁한 공간이었다. 널찍하기는 했지만 그래서 더 썰렁하게 느껴졌다. 방 한가운데에 2단짜리 스테인리스 테이블 두 대가 나란히 놓여 있다. 안쪽 벽 왼편은 키 큰 로커 여섯 개, 그리고 오른편은 거대한 업소용 냉장고가 차지했고, 그 옆의 벽을 따라 수도꼭지 두 개가 달린 싱크대가 있었다. 아래 칸에는 식기를 씻는 중성세제며 싱크대를 닦는 분말 세제 통이 보였다.

잠시 실내를 둘러보고 있으려니 우에오카가 문득 생각난 듯 문 옆의 스위치를 눌러 조명을 켰다. 곧바로 그럴 필요를 느끼지 못했던 것은 왼편 벽에 큼직하게 뚫린 유리창 덕분이었다. 하지만 그 창문으로 들어오는 빛도 오늘은 추적추적 내리는 비 때문에 어딘지 흐릿하게 느껴졌다.

"테이블 아래 칸에 참가자 숫자대로 배트[vat](바닥이 얕고 평평한 사각형 용기.)를 준비해 뒀어요. 각자 이름표가 붙어 있으니까 도구 보관이나 무대에 운반할 때 쓰도록 하세요."

우에오카의 설명을 기다릴 것도 없이 간다를 비롯한 경험자들은 익숙한 모습으로 가방을 열고 자신의 도구를 하나하나 큼직한 배트에 옮겨 담았다. 해마다 정해진 절차대로 해온 모양이다. 나와 미호시 씨, 그리고 마루조코도 주위 사람들을 둘러보며 그대로 따라 했다.

사에코는 냉장고 문을 열더니 그 안에서도 배트를 꺼냈다. 똑같이 이름표가 붙은 배트를 테이블로 가져와 거기에도 가방 안에 든 것을 옮겨 담았다.

"오늘 가져온 것 중에 커피 원두나 칵테일 재료처럼 냉장 보관이 필요한 것은 마유즈미 사에코 바리스타처럼 냉장고 안의 배트를 이용하면 됩니다. 그리고 우유는 협찬사가 있어서 이틀 동안 아침마다 종이 팩으로 나눠줄 테니까 따로 챙겨오지 않아도 괜찮아요."

우에오카의 말은 대부분 미호시 씨와 마루조코를 위한 것이었다. 나와 미호시 씨는 서로 확인해 가며 냉장고에 넣을 것과 그렇지 않은 것을 선별해 나갔다.

출전자들은 잠시 각자 작업에 전념했다. 우리 맞은편에서는 이시이가 옆에 선 간다에게 말을 건네고 있었다.

"이거 좀 봐요."

테이블에 눕혀둔 종이 가방에서 이시이가 꺼낸 것은 캔 커피만 한 검은색 통이었다. 측면을 한 바퀴 빙 돌아 네 줄의 홈이 같은 간격으로 새겨졌고, 두 번째와 세 번째 홈 사이에는 성씨와 관련이 있는지 'ISI'라는 은색 로고가 인쇄되었다.

간다는 눈을 가늘게 뜨고 웃으며 대꾸했다.

"그 통, 특별 주문한 거군요. 당신네 가게, 이름이 '이시이 커피'라고 했죠?"

"네, 이번 대회를 대비해 특별히 만들었어요. 나름대로 힘 좀 썼죠. 근데 포장뿐만 아니라 안에 든 것도 대단해요."

그새 통 뚜껑을 열어 이시이는 손바닥 위에 척 올려놓

았다. 그가 권하는 대로 통 안을 들여다본 간다는 와아 하는 탄성을 올렸다.

"이거, 전부 피베리peaberry잖아?"

커피 원두는 통상 커피나무에 열린 빨간 열매 하나당 두 알의 원두가 들어 있고, 그 원두들끼리 접하는 면은 대부분 납작한 모양이 된다. 이런 원두를 플랫빈flat bean이라고 하는 데 비해, 피베리라고 불리는 둥근 모양의 원두가 따로 존재한다. 이따금 빨간 열매에 원두가 한 알만 맺힐 때 이런 둥근 모양이 나오는데 아직 그 원인은 정확히 밝혀지지 않았다. 다만 이런 열매는 가지 끝에 열리는 일이 많다고 알려져 있고, 커피 원두 전체 생산량 중 3~5퍼센트 정도에 불과하다.

피베리는 성분상으로는 플랫빈과 별 차이가 없지만, 배전할 때 불길이 균등하게 닿기 때문에 플랫빈보다 풍미가 좋아진다는 설이 있고, 게다가 수확량이 적어 희소성을 가진 고급품으로 거래되는 경우가 많다.

"어때요, 굉장하죠? 핸드 픽(생두나 원두에 섞인 이물질 등을 손으로 골라내는 작업.)으로 플랫빈은 한 알도 남김없이 골라내고 100퍼센트 피베리만 담아 왔어요. 내일 에스프레소는 이걸로 내릴 예정이에요. 그야말로 순하고 깊은 맛의 커피가 나오겠죠."

의기양양하게 말하는 이시이에게 간다는 차가운 웃음으로 응수했다.

"하긴 이시이 씨는 그런 것으로나 승부해야겠지."

그러자 이시이가 불끈했다.

"그런 걸로나 승부하다니, 무슨 뜻이에요?"

"꼭 듣고 싶어요? 이시이 씨는 재료로 승부할 수밖에 없다……."

"와아, 깨끗한 피베리네요!"

일촉즉발의 상황으로 번지려는 참에 미호시 씨가 재빨리 끼어들었다. 설마 단순히 피베리에 감탄해서 던진 말은 아닐 터였다. 그녀의 속 깊은 배려에 나는 저절로 존경의 마음이 들었다.

"내 피베리의 아름다움을 알아주시네요. 원한다면 좀 더 가까이 와서 봐요."

이시이는 금세 기분이 풀렸는지 굳이 테이블 너머로 몸을 기울여 미호시 씨에게 통을 내밀었다. 나도 덩달아 들여다봤는데 통의 90퍼센트까지 가득한 커피 원두가 그의 말대로 모조리 피베리였다. 플랫빈은 단 한 알도 눈에 띄지 않았다.

"이렇게까지 완벽하게 골라내다니, 보통 정성이 아니군요."

"진짜 힘들었죠. 본선에 대비해 상당한 종류의 원두를 시험해 봤는데 역시 피베리는 맛이 특별하더라고요. 구입처에 부탁해 최대한 많은 양을 받아다 플랫빈은 일일이 골라낸 뒤에 가장 적합한 로스팅 정도를 찾아내고, 또다시 골라낸 뒤에 갈아내는 데 가장 적합한 원두 크기까지 맞춘, 그야말로 단순 작업을 한없이 되풀이한 결과물이에요."

마치 자신의 컬렉션을 칭찬받은 수집가처럼 이시이는 신이 나서 그간에 고생했던 이야기를 펼쳐놓았다. 간다는 이미 흥미를 잃은 듯 두 사람의 대화 따위 듣는 둥 마는 둥 묵묵히 자기 작업만 하고 있었다.

"우에오카 씨!"

그때 사에코가 갑자기 큰 소리를 내는 바람에 나는 반사적으로 그쪽을 바라보았다.

"2년 전에는 드나들기 불편하다고 준비실 문을 활짝 열어두셨죠? 올해는 어떻게 하실 예정이에요? 설마 그때하고 똑같이 하시지는 않겠죠?"

고요한 실내에 그녀의 목소리가 왕왕 울리자 다시 분위기가 긴장되는 게 느껴졌다.

나도 학교에서 본 적이 있지만, 자동 잠금장치는 문이 닫히지 않는 한 작동하지 않는다. 그래서 카드 키 없이 누구라도 자유롭게 출입하려면, 이를테면 열린 문을 스토퍼로 고정해 두면 된다. 부주의한 느낌도 있지만 아무튼 2년 전 대회 때는 그런 식으로 준비실을 이용한 모양이었다.

"그래도 출전자들이 준비실에 자주 드나드는데 완전히 닫아걸 수도 없잖아요."

우에오카가 거북스러운 웃음을 지으며 말했지만, 사에코

는 가라앉기는커녕 더욱더 열을 내어 반박에 나섰다.

"그러다가 또 지난번 같은 일이 일어나면 어떡해요? 이번에는 그냥 자작극으로 치부하고 넘어갈 수 없을 텐데요."

"자작극이라니, 대체 무슨 일이 있었는데요?"

마루조코가 눈이 휘둥그레져서 물었다.

지난 대회에 대해 알고 있는 이들의 반응은 한결같았다. 질문한 마루조코를 외면한 채 아무도 대답하려 하지 않았다. 마루조코는 의아한 듯 주위를 둘러보다가 곁에 있는 아스카의 팔을 잡았다.

"이 사람들, 대체 무슨 얘기를 하는 거예요?"

"그, 글쎄요……."

아스카는 겁이 난 사람처럼 도망치려고 했다.

"아무것도 아니에요, 마루조코 바리스타."

아무것도 아닐 리 없는데도 우에오카는 우격다짐으로 마루조코의 입을 막아버렸다.

"사에코 바리스타의 말이 맞아요. 여러분이 가져온 도구 중에 값비싼 물건도 있으니까 조심해서 나쁠 건 없겠죠. 당분간 이 방은 잠가두도록 하겠습니다."

그녀에 의하면, 오늘은 아테리 플라자가 오후 6시에 문을 닫기 때문에 리허설이 끝날 무렵에는 관계자를 포함한 전원이 퇴관해야 한다. 준비실 앞 통로에 방범 시스템이 작동하고 있어서 내일 아침에 그것이 해제될 때까지는 방범에 아무 문제도 없다.

"저, 저는 내일 아침 일찍 냉장고에 넣어두고 싶은 게 있는데요."

꺼질 듯한 목소리로 아스카가 말했다. 바라보니 아직도 마루조코는 그녀의 팔을 잡고 있었다.

우에오카는 잠시 생각해 보더니 모두에게 말했다.

"내일 아테리 플라자 개관은 오전 8시고, 개회식은 오전 9시 30분에 시작하니까 다들 9시까지 나오도록 하세요. 그렇게 모두 모인 시점에 내가 여러분에게 카드 키를 건네주기로 하면 어떨까요?"

"하지만 누군가 지각을 하면 가장 먼저 온 사람은 재료가 상할 수 있잖아요."

"그렇다면 이렇게 할까요?"

어느새 원두 통을 배트에 챙겨 넣은 이시이가 검지를 곧추세우며 제안했다.

"개관 후에 가장 먼저 도착한 출전자가 우에오카 씨에게서 카드 키를 받는 거예요."

"말도 안 돼. 그건 전혀 해결책이 아니죠."

사에코가 물고 늘어졌지만, 이시이는 태연했다.

"최소한 외부인의 침입은 막을 수 있잖아요."

"우리 중의 누군가가 나쁘게 마음먹는 경우는 어떡하고요?"

"그렇게 걱정스러우면 내일 아침 가장 일찍 나와서 준비실을 감시하면 될 거 아니에요."

돌연 이시이의 얼굴에서 표정이 사라졌다. 그 표변한 모습은 등줄기가 서늘해질 정도였다.

"아니면 사에코 씨, 혹시 누가 해코지라도 할 거 같아서 그래요? 유난히 민감하게 구는데, 대체 뭡니까?"

"해코지라니, 그런 거 없어요. 뭐, 그렇다면 좋을 대로 해요. 그 대신 무슨 일이 일어나도 내 탓은 아니니까 그런 줄 아세요."

"그럼 결정됐군요. 우에오카 씨, 내일 아침에 그렇게 해주세요."

"나야 괜찮지만, 다른 바리스타들의 생각도 들어봐야……."

우에오카가 한 사람 한 사람 둘러봤지만 아무도 입을 열지 않았다. 여기서 다시 따지고 나섰다간 이시이에게 무슨 소리를 들을지 알 수 없다. 새로 본선에 올라온 우리로서는 뭐가 뭔지 알 수 없는 강한 경계감이 떠올았다.

"그러면 내일 아침에는 이시이 바리스타의 제안대로 가장 먼저 온 사람에게 카드 키를 줄 테니까 다들 잘 부탁합니다. 자아, 이제 준비도 다 끝났죠? 대기실로 이동합시다."

전원이 준비실 밖으로 나오자, 우에오카는 문을 닫고 잠긴 것을 확인했다. 그러고는 통로를 지나, 오는 길에 봤던 문 앞에서 다시 멈춰 섰다.

"이 방을 대기실로 쓰시면 됩니다."

말하면서 우에오카는 문을 활짝 열었다. 준비실과는 다르게 실린더 자물쇠가 달린 극히 평범한 문이고 잠겨 있지도 않았다.

"조금 전에도 말했지만, 내일은 9시까지 이 대기실에 모이도록 하세요. 점심시간 등, 경기 중 외에는 언제든지 자유롭게 드나들어도 좋아요. 다만 대기실은 잠가두지 않으니까, 귀중품은 각자 잘 관리하도록 하세요."

이어서 우에오카는 대기실 안 오른편 벽에 있는 두 개의 문을 가리켰다.

"저쪽이 각각 남자 탈의실과 여자 탈의실이에요. 문에 팻말이 붙어 있으니까 남녀 어느 쪽인지는 보면 아시겠죠? 안에 열쇠가 딸린 로커와 화장실이 있으니까 자유롭게 이용해 주세요."

말이 끝나기가 무섭게 모카와 씨가 아무렇지도 않게 안으로 성큼성큼 들어가 여자 탈의실 쪽의 문을 열어보았다. 당연히 그곳에는 아무도 없었다. 게다가 컴컴한 걸 보니 창문도 없는 것 같았다. 뭔가 아쉬운 기색으로 문을 닫는 모카와 씨를 나 혼자 꿍얼꿍얼 욕했다.

대기실은 다른 곳에 비해 청결해서 창문이 없어도 환하게 느껴졌다. 면적은 탈의실 부분을 빼면 준비실의 반절 정도일까. 한복판에 안쪽을 향해 하얀 타원형 테이블이 길게 자리를 잡았다. 그 주위를 빙 둘러 겹치지 않도록 의자 열 개가 줄지어 놓여 있었다. 왼쪽 벽에는 거울과 화장대가 있어서 연극 무대의 대기실이라는 표현이 더 어울릴 것 같다. 실제로 다양한 행사 때마다 출연자의 대기실로 사용되는 모양이었다. 안쪽으로 쓰레기통도 보였다.

"무대 뒤편의 안내는 이걸로 끝났군요. 자, 그러면 나갈까요?"

우에오카의 뒤를 따라 전시장에 돌아오니 무대 설치가 막 완료된 참이었다. 이제부터 간단한 리허설을 한다고 했다.

출전자들이 무대 위 디귿 자형 카운터에 모였다. 나는 묘한 피로감이 느껴져 객석의 파이프 의자로 내려가 앉았다. 모카와 씨도 조금 떨어진 자리에 점잖게 앉아 있었다.

무대 위에서는 출전자에게 전 종목에 공통되는 일련의 과정과 기기의 사용법을 알려주는 것 같았다. 그것이 끝나자 마침내 한 사람씩 리허설에 들어갔다. 실제로 커피를 내리는 게 아니라서 리허설이라기보다 시뮬레이션, 혹은 이미지트레이닝이라고 하는 게 더 적합할지도 모른다. 참가 번호에 따라 한 사람씩 올라와 리허설을 하고, 그 외의 출전자는 무대 아래쪽에서 대기했다.

첫 주자는 간다였다. 새삼스럽게 확인할 것도 없다는 얼굴로 에스프레소 머신이며 그라인더를 슬슬 만져보더니 곧바로 객석으로 내려왔다. 별 의미는 없겠지만 그가 앉은 자리는 나와 겨우 두 칸 떨어진 곳이었다.

"간다 씨는 지금 어디서 일하십니까?"

서로 데면데면하게 앉아 있기도 어색해서 나는 작은 소리로 그에게 말을 건넸다. 간다도 기다렸다는 듯이 심심풀이 삼아 이야기에 응해주었다.

"나라마치의 전통 민가에서 자가 배전自家焙煎으로 커피점을 운영하고 있어요."

'나라마치'라면 나라 시 남쪽에 자리한, 에도시대 거리며 도로가 그대로 남아 있는 동네다. 옛 풍정이 넘치는 매우 멋진 곳이다.

"우에오카 씨가 아까 얼핏 얘기하시던데, KBC에 지금까지 빠짐없이 참가하셨다고요?"

그러자 간다는 피식 웃었다. 그게 자조의 웃음이라는 것은 몇 초 뒤에야 알았다.

"하지만 매번 결과가 그리 좋지도 않고 나쁘지도 않게 나왔어요. 그래서 우승 경험도 없어요. 어차피 바리스타로서 재능이 없다는 얘기겠죠."

"재능……."

"지금까지 천재라는 이름에 걸맞은 우승자가 한 명 있었죠. 근데 이번 대회에는 참가하지 않았더라고요. 그렇다고 승리의 여신이 내게 미소를 지어줄 것 같지도 않네요."

무대 위에서는 세 번째 주자인 미호시 씨가 팔을 뻗어

머신과의 간격 등을 가늠하고 있었다. 객석에는 간다와 마찬가지로 짧은 시간에 리허설을 마친 사에코가 우리의 대화가 들리지 않을 만큼 거리를 두고 저만치에 앉아 있었다.

"그 천재 바리스타라는 분이 올해는 출전하지 않았군요. 혹시 지난번 대회에서 무슨 일이 있었기 때문인가요?"

마음먹고 한 걸음 나아가 보았다. 이런 흐름이라면 대답해 줄지도 모른다는 기대감이 있었다.

하지만 간다에게서 돌아온 대답은 너무도 차가운 한마디였다.

"굳이 그런 것까지 알 필요 없어요."

미호시 씨도 객석으로 내려와 나와 간다 사이에 자리를 잡고 앉았다. 이어서 무대에 오른 사람은 이시이였다. 그도 본선 경험자라서 일찌감치 끝낼 거라는 내 예상은 보기 좋게 빗나갔다. 그는 카운터에 놓인 기구의 위치를 몇 번이나 조정해 가며 확인하고 있었다.

지나치게 예민한 거 아닌가, 하고 생각했다. 하지만 다음 순간, "와아, 대단하다!" 하는 감탄사가 무의식중에 입 밖으로 흘러나왔다.

이시이는 경기에 쓰는 도구를 무릎에서 손끝으로 굴리고, 어디론가 사라지게 하는가 싶더니 엉뚱한 곳에서 꺼내고, 저글링을 하듯 높이 던져 올리는 화려한 마술 퍼포먼스를 선보인 것이다. 물건에 따라 모양새가 달라지고 그저 위로 던지기만 했는데도 전혀 다른 움직임을 보이는 등, 그의 손에 걸린 도구들은 마치 순종적인 애완동물처럼 자유자재로 바뀌었다.

"이시이는 부친이 운영하는 커피점에서 작은 마술쇼 같은 걸 한다는군요. 저 친구, 원래는 마술사가 꿈이었다나."

간다가 설명해 주었다. 나는 와아, 하고 감탄했다.

"구경거리로 정말 훌륭한데요? 다들 만만치 않아요."

"그렇게 생각해요?"

다시금 간다는 피식 웃었다. 이번에는 타인에게 던진 비웃음인 것 같았다.

"분명 KBC에서는 바리스타의 커피 맛뿐만 아니라 다른 특별한 재능도 평가 대상이 되기는 해요. 관객의 눈을 즐겁게 해준다는 뜻에서 이시이의 퍼포먼스도 점수에 크게 반영되겠죠. 하지만 그건 어디까지나 부수적인 거고, 우선 질 좋은 커피를 내리지 못하면 얘기가 안 돼요."

"이시이 씨는 커피 쪽 실력이 부족하다는 뜻인가요?"

"덤덤하기만 하고 감칠맛이 전혀 없어요, 저 친구가 내리는 커피는. 원래 혀가 섬세하지 못하고 그걸 단련할 의욕도 없는 것 같더라고. 마술사가 되는 데 실패해서 별수 없이 아버지 커피점 일을 거들고 있는 그런 친구예요. KBC에도 그 화려함에 혹해 출전했을 뿐이지. 퍼포먼스가 잘 먹혔는지 아니면 커피 맛을 은근슬쩍 속였는지, 칵테일 부문에서는 항상 상위에 올랐지만, 그것 말고는 죄다 시원찮아요."

조금 전에 준비실에서 간다가 이시이에게 "하긴 그런 걸로나 승부해야겠지"라고 말했던 게 생각났다. 실력으로는 맛있는 커피를 내릴 수 없으니, 원두에 기댄다는 뜻이다. 신랄한 말이다.

하지만 이시이도 예선을 돌파하고 KBC 본선에 진출한 사람이다. 간다가 못마땅하게 여기는 것은 이시이가 실제 실력보다 과분한 경력을 갖게 된 데 대한 불쾌감 때문인지도 모른다고 나는 추측했다.

"이시이 씨는 이번 본선이 몇 번째예요?"

"제1회, 제4회 때 예선을 통과했으니까, 올해로 세 번째예요. 종합 성적은 지난 두 번 모두 최하위였죠. 예선 실기에서는 맛에 대한 심사가 그렇게까지 엄격하지는 않아요. 퍼포먼스로 심사 위원의 시선을 끌어주면, 한 사람쯤은 그런 바리스타를 끼워주는 것도 대회의 인기 요인이 된다는 기대감을 품게 마련이죠."

그렇구나, 하고 나는 고개를 끄덕였다. 지난 두 차례의 본선 성적을 들어보니 간다가 지나치게 신랄하게 평가한 것도 아닌 모양이다.

리허설을 마친 이시이가 객석으로 내려와 간다 근처에 앉았기 때문에 대화는 거기서 끊겼다. 뒤를 이어 무대에 오른 마루조코도 첫 진출자답지 않게 간결한 리허설만 하고 내려왔다. 그는 우리 뒤쪽 파이프 의자에 앉더니 어디에 감춰 왔는지 헤드폰을 귀에 대고 음악을 듣기 시작했다. 아직 다른 출전자들의 리허설이 이어지고 있건만, 대담하기도 하다.

그리고 무대에는 여섯 번째 출전자 야마무라 아스카가 올라갔다.

마루조코와는 대조적으로 첫 무대도 아니면서 아스카는 머뭇머뭇 당황한 몸짓으로 카운터 곳곳을 점검하고 있었다. 본선 진출자답지 않은 그 머뭇거림에 나도 모르게 이런 말이 흘러나왔다.

"저 아가씨, 괜찮을까……."

혼잣말로 중얼거린 것이지만, 실은 옆자리의 미호시 씨에게 건넨 말이기도 했다. 그런데 반응을 보인 것은 그 건너편에 앉은 간다였다.

"경쟁자로서 별로 주의할 게 없는 것처럼 보이죠?"

"예, 좀……."

"근데 저 아가씨, 제2회 때부터 연속으로 본선에 진출했어요. 게다가 제3회와 제4회 때는 준우승이었죠."

놀란 건 나뿐만이 아니었다. 간다를 돌아보는 미호시 씨도 새로운 다크호스의 출현에 적잖이 기가 눌린 기색이었다.

"아스카 씨가 특히 잘하는 종목이 있어요?"

"전체적으로 출중하다고 할까, 어떤 종목이든 평균 이상이에요. 그러니 대단하죠. 다만 성격이 소심한 편인지 첫 출전 때는 지켜보는 사람이 안타까울 만큼 긴장해서 결과가 별로 좋지 않았어요. 제3회와 제4회 때는 마지막 종목에서 제 실력을 발휘하지 못해 간발의 차로 우승을 놓쳤고."

"제4회 우승자에 두 번이나 준우승에 오른 바리스타라니……. 전설의 천재 바리스타는 출전하지 않았어도 이번 대회 역시 수준 높은 경쟁이 될 것 같은데요?"

"오히려 그 천재 바리스타가 함께할 때는 다른 참가자들이 미리감치 우승을 포기하는 경향이 있었죠. 정도의 차이는 있지만 올해는 다들 내가 우승, 이라고 벼르고 있을걸요."

천재 바리스타. 제1회 KBC 우승자 얘기다. 그러고 보니 미호시 씨는 사에코와 대화하면서 우승자가 연속으로 출전하는 것을 '전통'이라고 표현했다.

제1회 대회에서의 우승으로 천재라는 칭호를 얻은 사람은 그 뒤에도 연속 출전했고, 게다가 간다의 말을 들어보니 연승을 거둔 모양이다. 그렇다면 지난 제4회 대회 때 사에코가 처음 우승한 것은 획기적인 일이었을 터였다. 그런데도 그녀는 '전혀 우승자라는 실감이 들지 않았다'고 말했다. 2년 전 제4회 KBC에서 대체 무슨 일이 있었던 걸까…….

나는 조용히 고개를 저었다. 천재 바리스타의 존재는 대략 파악하고 있지만 그건 내게는 이미 희미해진 기억이다. 뭔가 상상해 보려 해도 마치 먼 이국땅의 일 같아서 조금도 실감이 따라주지 않았다.

아스카는 마지막으로 무대 위 카운터를 떠나면서 누구에게랄 것도 없이 "고맙습니다" 하고 머리를 숙였다. 그 모습을 지켜보던 간다도 누구에게랄 것도 없이 불쑥 중얼거렸다.

"저 아가씨, 어쩐지 좀 변한 거 같네. 2년 전에는 저런 느낌이 아니었는데……."

또 2년 전 얘기인가. 나와 미호시 씨는 서로 마주 보며 고개를 갸웃거릴 수밖에 없었다.

3년 전

"깜짝 놀랐어. 하마터면 우승을 너한테 뺏길 뻔했잖아."

센케의 말에 야마무라 아스카는 이를 내보이며 웃었다.

"정말 아쉬워요. 조금만 더 하면 센케 씨를 이길 수 있었는데."

제3회 KBC가 센케의 세 번째 우승으로 막을 내린 지도 일주일이 지났다. 올해 대회를 다시 돌아본다는 명목으로 아스카가 센케의 커피점에 나타났다. 카운터 너머로 마주 앉은 그녀는 아직도 흥분이 가라앉지 않았는지 뺨이 발그레하게 달아올랐다.

올해 대회에서 그녀는 별 어려움 없이 2년 연속으로 예선을 통과하더니 작년과는 판판으로 본선에서도 유감없이 실력을 발휘하여 종합 성적에서 무려 전 출전자 중 2위로 준

우승에 올랐다. 그뿐만 아니라 일부 종목에서는 센케를 앞질러서 마지막 종목까지 서로 우승을 놓고 겨루는 극적인 전개를 연출했다. 관계자들은 그녀의 비약적인 발전을 환영했고, 대회 모습을 보도하는 언론에서도 앞다퉈 '마침내 천재 바리스타 센케 료의 막강한 경쟁자가 나타났다'라는 기사를 실었다.

―언젠가 내 왕좌를 위협하는 건 네가 될지도 모르겠다.

1년 전 센케의 예감이 일찌감치 현실이 된 것이다.

"라떼 아트에서 실수만 하지 않았어도 대성공이었는데! 우승이 걸렸다고 생각하니까 손이 떨렸어요."

아스카는 약이 오른 듯 카운터에 턱을 얹고 탄식했다. 마지막 종목인 라떼 아트 부문에서 그녀는 중간에 그림 일부를 망가트리는 중대한 실수를 했다. 그 결과 이번에도 왕좌는 제1회와 제2회에 이어 센케의 차지가 되었다.

센케는 말없이 후훗 미소를 짓는 정도로 마무리했다. 그녀는 종합적인 실력에서는 이미 센케에 근접했다고 믿는 모양이었다. 하지만 실은 그렇지 않다는 것을 단 한 사람, 센케 자신만은 알고 있었다.

작년에 2년 연속으로 우승했을 때, 센케는 KBC에 대한 인기가 약간 시들해진 것을 감지했다. 우승자가 탄생하면 그 바리스타가 소속한 커피점은 당연히 번창한다. 인근 가게나 분위기 비슷한 커피점까지 때에 따라서는 그 덕을 보게 된다. 즉 대회의 본래 의미인 커피 업계의 경기를 살리기 위해서는 절대적 실력자의 군림이 아니라 새로운 스타 탄생이 모두에게 바람직한 결과인 것이다.

두 번의 대회에서 센케는 그런 바람을 깼을 뿐만 아니라 다른 바리스타들이 감히 넘볼 수 없을 만큼 뛰어난 실력을 보여주었다. 주위의 열기가 식어버리는 것도 무리는 아니었다. 실제로 제3회 KBC는 전년도에 비해 출전을 희망한 바리스타의 수가 감소했고 그 수준도 떨어지는 바람에 서둘러 제1회 본선 진출자를 다시 불러들이는 일까지 벌어졌다.

센케에게는 디펜딩 챔피언으로 제3회 KBC 본선 진출권이 자동적으로 주어졌다. 그는 이제 대회를 위해 슬슬 빠져줄 때라고 기권 의사를 내비쳤다. 하지만 우에오카는, 이긴 채로 빠지면 오히려 주위의 관심이 더 떨어진다고 센케를 나무랐다. 어쩔 수 없이 제3회 대회 출전을 결심했다. 본선에서 사람들의 눈에 띄지 않을 만큼 실력을 슬슬 조절해 가며 다른 우수한 바리스타에게 우승을 양보할 생각이었다. 하지만…….

"센케 씨, 내 얼굴에 뭐 묻었어요?"

자기도 모르게 찬찬히 뜯어본 것이리라. 아스카가 어리둥절한 얼굴로 묻는 바람에 센케는 퍼뜩 정신이 들어 시선이 허우적거렸다.

"아냐, 아무것도."

처음 만났을 때는 얼굴 생김새며 옷차림에 어린 티가 남아 있던 그녀도 지난 2년 동안 부쩍 어른스러워졌다. 그건 프로 의식이 성숙해진 것과도 관계가 있는 것이리라. 자칭 제자라면서 센케에게 범상치 않은 동경을 품었던 소녀도 시간의 흐름에 따라 어느새 센케와 대등하게 얘기를 나눌 만큼 성장했다.

제3회 KBC 본선에서 남모르게 실력을 죽이자고 마음먹은 센케에게 가장 집요하게 도전한 사람이 다름 아닌 아스카였던 것은 정말 예상조차 못 한 일이었다. 정기적으로 얼굴을 마주하면서도 항상 아스카 쪽에서 센케를 찾아왔기 때문에 그녀가 그토록 실력이 높아진 것을 센케는 미처 깨닫지 못했다. 그가 짐작했던 것 이상으로 아스카는 경탄할 만한 재능을 가진 소녀였다.

그렇게 무사히 진행되었다면 분명 그녀가 이겼을 것이다. 별 볼 일 없는 다른 바리스타에게 본의 아니게 왕좌를 내주는 것보다 훨씬 더 납득할 만한 우승자가 되었을 터였다. 그렇건만 센케는 마지막 종목에서 원래 그릴 예정이던 라떼 아트에 애드리브로 세세한 장식을 더하는 등, 자기도 모르게 온 힘을 다해 아스카의 우승을 가로막은 끝에 3회 연속 왕좌에 올랐다.

그 순간에 그를 지배했던 감정을 설명하는 건 쉽지 않다. 그 자신조차 완전히는 이해할 수 없었다. 아스카가 자신에게 품은 동경에 대한 자부심이며 의지, 일부러 실수해서 그녀를 우승자로 올렸을 때 생기게 될 꺼림칙함, 혹은 그녀를 만나는 사이에 싹튼, 분명하게 정의 내리고 싶지 않은 온갖 정념……. 두서없이 그런 수많은 생각이 그의 머릿속에서 꿈틀거렸다.

"어떻든 센케 씨에게는 정말 못 당하겠어요. 가장 중요한 때 정확하게 성공하시잖아요. 어쩌다 한 번 상승세를 탄 나와는 애초에 격이 다르다는 느낌이었어요."

아스카가 짓는 웃음은 그렇게 봐서 그런지 안도하는 것처럼 보였다. 그녀를 이기고야 말겠다는 판단은 분명 옳았던 모양이다. 그런데도 뭔가 석연치 않은 감정이 남아서 센케는 겸손하게 응했다.

"뭘, 꼭 그렇지도 않아."

"실은 오래전부터 물어보고 싶은 게 있었어요."

문득 카운터에 두 팔을 짚고 아스카가 얼굴을 바짝 들이댔다.

"뭔데?"

"센케 씨는 어떻게 그토록 철저하게 바리스타의 실력을 연마할 수 있었어요?"

아마도 그건 대화의 흐름상 물어본 것일 뿐, 그리 중요한 의미가 있는 질문은 아니었을 것이다. 하지만 센케는 허를 찔린 듯한 마음이 들었다.

하지만 망설임은 한순간이었다. 아스카와는 이미 만난

지 2년째다. 그것이 센케의 등을 떠밀어 주었다.

"절실했으니까. 언제라도."

유쾌하지 않은 얘기가 되리라는 것을 눈치챘는지 아스카의 표정이 일순 긴장했다.

"어린 나이에 부모님을 사고로 잃었어. 초등학생 때부터 줄곧 친척 집에 얹혀살았지. 그곳도 딱히 유복한 집안은 아니었는데 그래도 고등학교까지 보내주고 귀하게 키워주셨어. 하지만 나는 아무래도 타인이라는 느낌을 지울 수 없더라고. 가능한 한 폐를 끼치지 않겠다는 이유 하나로 고등학교 졸업하면 곧바로 취직해 독립하기로 결심했어.

그렇게 일하기 시작한 곳이 커피 전문점이야. 마스터 아저씨가 정말 착한 분이셨어. 내 처지를 다 알고 나를 키워준 친척 이상으로, 그야말로 친손자처럼 아껴주셨으니까. 나도 하루빨리 제 몫을 해내는 사람으로 성장해 가게에 도움이 되어야 한다는 생각에 접객에서부터 경영에 이르기까지 모두 필사적으로 배웠어. 그런데……."

그 무렵의 심경을 토로하면서 센케는 깊은 한숨을 내쉬지 않을 수 없었다.

"그러다 보니 점점 답답해지더라. 왜냐하면 마스터가 나를 지나치게 아껴주는 바람에……."

아스카는 무슨 말인지 이해할 수 없다는 얼굴이었다. 당연한 일이다. 센케 자신도 그 부조리한 심리를 여전히 이해하지 못한 채 그때를 되짚어 보고 있는 것이다.

"아마 부모님이 돌아가신 지 너무 오래되어서 아낌없는 사랑 같은 것에는 영 익숙해질 수 없었던 것 같아. 마스터의 선량함에 오히려 당혹스러운 마음이 하루하루 커지더니 결국 견딜 수 없을 정도가 됐어. 그래서 근근이 모아온 돈으로 내 가게를 열기로 마음먹었지. 마스터는 몹시 섭섭해했지만 나를 후원해 주고 출자도 하겠다고 했어. 그건 내가 끝내 사양했지만."

그런 마스터도 몇 년 전 갑작스러운 병으로 세상을 떠나버렸다. 그 사실을 말할 때, 다양한 후회의 감정이 센케의 가슴에 거품처럼 떠올랐다가 사라졌다.

"커피점 문화가 뿌리 깊게 자리 잡은 도시라고 해서 개업할 곳은 어떻게든 교토로 하고 싶었어. 하지만 역시 자금이 부족했지. 결국 뚜렷한 목적이 있는 사람이 아니라면 오지 않을 이런 변두리에 가게를 마련할 수밖에. 그렇다면 손님을 불러들이기 위해 나만의 서비스로 승부를 걸 수밖에 없겠지? 전보다 더 온 힘을 다해 맛있는 커피를 위한 기술 향상에 매진했어."

다행히 얼마 지나지 않아 그 성과가 나타났다. 한 잡지사 기자가 센케의 커피점을 좋아한 덕분에 '숨어 있는 좋은 가게'로 기사가 실리면서 손님층이 두터워졌다. 이제는 KBC 우승자라는 광고 효과까지 더해져 기자 외에 변호사, 대학교수, 종합병원 원장 등 각계각층에 센케 커피점 팬들이 생겨났다.

"근데 개업 초기에 수익이 거의 없어서 막대한 빚을 졌어. 그걸 계속 갚아나가다 보니 이제 겨우 본전인 정도야. 빚을 완전히 갚을 때까지 앞으로 한동안 빡빡한 경영이 될 것 같아. 질 좋은 커피를 제공할 생각에 아무래도 거의 이익이 나지 않는 쪽을 택하게 되니까."

센케가 한바탕 이야기를 마치자, 아스카는 한숨을 내쉬었다.

"살기 위해 노력할 수밖에 없었군요. 어쩐지 죄송하네요. 그런 줄도 모르고 센케 씨를 이겨버리겠다는 말을 쑥쑥 내뱉고. 저는 부모님도 다 계시고 내 가게를 운영하는 것도 아닌데."

센케는 고개를 가로저었다. 그녀가 처한 상황이 혹독하지 않았어도 제3회 KBC에서 센케를 아슬아슬한 선까지 따라잡은 건 사실이다. 오히려 절박한 필요에 내몰린 것도 아닌데 착착 성장하는 그녀야말로 누구보다 철저하고 감각이 뛰어난 바리스타라고 해야 할 것이다.

"좋아요, 내년에는 정말로 센케 씨와 정면으로 겨뤄봐야겠네요. 당당하게 센케 씨와 겨뤄보고 싶어요. 부끄러움 없는 제자가 될 수 있도록 앞으로 1년 동안 더욱더 진지하게 노력할게요."

"아니, 나는 다음 대회에는 나가지 않아."

그 말이 이해되기까지 잠깐 시간이 걸렸다. 그러고 나서 아스카는 눈이 둥그레졌다.

"엇, 왜요?"

"제1회 때부터 벌써 세 번이나 왕좌를 독점했잖아. 이제 어지간히 하고 물러날 때를 알아야지. 우에오카 씨에게는 이미 내 의향을 전했어. 아직 1년 남았으니, 그동안에 다시 찬찬히 생각해 보라고는 하더라만."

해마다 그렇듯이 대회 후에 아스카가 가게에 찾아오리라는 건 이미 예상했다. 이 자리에서 자신이 KBC에서 은퇴할 예정이라는 말을 들려주기로 했다.

경쟁 끝에 다른 바리스타에게 왕좌를 물려주고 떠나는 것이 가장 바람직한 모습이라는 건 그도 잘 알고 있었다. 올해 대회에서 꼭 그러려고 했는데 마지막 순간에 자신의 감정에 휘둘려버렸다. 다음 대회에 나갔다가 또 언제 어떤 심경의 변화가 일어나 똑같은 실수를 되풀이할지 알 수 없다. 제3회 KBC의 결과가 나온 시점에, 아니, 마지막 종목의 경기를 마친 순간에 센케는 이대로 대회에서 은퇴하자고 마음을 굳혔다.

"센케 씨."

아스카는 뭔가 하고 싶은 말이 있다는 듯이 센케를 지그시 바라보았다. 목표로 삼을 대상을 돌연 잃어버린 데 대해 분개하는 그녀의 심정은 이해한다. 하지만 어떤 말을 해도 자신의 결심은 바뀌지 않을 것이다.

그런 생각을 하고 있는데 아스카는 예상도 못 한 말을 입에 올렸다.

"이제 슬슬 커피 좀 내려주실래요?"

흠칫 놀랐다. 평소에는 그녀가 찾아오면 곧바로 뜨거운 커피를 내주었다. 이렇게 머릿속에서 커피 생각이 완전히 빠져나간 건 처음이었다. 의외로 평정심을 잃고 있었던 자신에게 쓴웃음을 지으며 센케는 커피를 내려 그녀 앞에 내놓았다.

"유감이네요. 난 이제 겨우 바리스타다워졌는데 센케 씨와 더 이상 같은 무대에 설 수 없다니."

그건 동정심을 유발해 은퇴에 대한 결심을 접게 한다기보다 그저 순수하게 아쉬워하는 말투였다.

테이블 자리를 차지한 단골손님이 부르는 소리에 센케는 일단 카운터를 벗어났다. 잡담이 생각보다 오래 이어져서 다시 돌아왔을 때는 이미 아스카가 커피를 다 마시고 나가려는 참이었다. 커피값을 계산하고 배웅에 나서면서 센케는 이제 그녀가 두 번 다시 이곳을 찾아주지 않을 거라는 예감에 휩싸였다.

제3장

첫째 날

1

제5회 간사이 바리스타 경연 대회 첫째 날 아침은 그 전날의 음울한 비구름을 튕겨버리듯이 화창하게 맑은 날씨였다.

모카와 씨가 운전하는 차가 아테리 플라자에 도착한 것은 오전 8시 조금 넘어서였다. 준비실에서 오고 간 묘한 대화가 마음에 걸려 최대한 빨리 대회장에 가고 싶다고 미호시 씨가 어제 말했다. 덕분에 나는 수면 부족 상태, 출전자 미호시 씨는 긴장까지 더해져 아예 한숨도 못 잤다고 했고, 모카와 씨만 노인네답게 꼭두새벽에 일어났는데도 전혀 아무렇지 않은 모습이었다.

건물 안으로 들어갔다. 기업 전시회는 오전 9시에나 열리지만 벌써 관계자들이 부지런히 들락거렸다.

전시장을 향해 걸어가는데 몇 미터 앞에서 어제 본 얼굴이 눈에 들어왔다.

"아스카 씨, 안녕하세요?"

미호시 씨가 곧장 친근한 웃음으로 다가갔다. 아스카는 어쩐지 당황하는 기색이면서도 웃는 얼굴로 답했다.

"안녕하세요? 일찍 오셨네요."

"아스카 씨야말로 항상 이 시간인가요? 제2회 대회 때부터 연속 출전했다고 들었는데."

"글쎄요, 그랬던가. 내가 소심한 성격이라 준비실에 짐나르는 시간이 모자랄까 걱정이 돼서……. 우리 집도, 커피점도 후시미 쪽이라 대회장에서 별로 멀지 않고, 어쩌면 해마다 8시 개관 시간에 맞춰서 왔던 것 같기도 하네요."

좀 더 들어보니 아스카가 일하는 커피점은 '카페 드 르나르'라고 했다. '르나르'는 프랑스어로 '여우'라는 뜻이라고 한다. 절 경내에 하얀 여우 동상이 군데군데 눈에 띄는 후시미이나리 신사 근처에 커피점이 있어서 그런 이름을 붙인 모양이다.

그나저나 참 많이 닮았다. 두 사람이 대화하는 모습을 몇 걸음 떨어져 바라보며 나는 새삼 생각했다. 헤어스타일은 다르지만 키는 완전히 똑같고 말투도 약간의 차이는 있으나 모르는 사람이 들으면 1인 2역이라고 할 만큼 음색까지 비슷하다.

모카와 씨가 유독 마유즈미 사에코에게만 눈독을 들이는 것도 어쩐지 이해가 되었다. 영감님으로서는 한 식구인 미호시 씨는 말할 것도 없고 비슷한 분위기를 가진 아스카도 전혀 이성으로 느껴지지 않은 것이다.

어제 받은 이름표를 가슴에 달았다. 스태프 점퍼를 입은 도우미의 확인을 거쳐 넷이 나란히 전시장에 들어가 무대로 향했다. 우에오카는 스태프들과 함께 개회식 진행과 관련된 회의 중이었다. 미호시 씨가 인사를 건네자, 우에오카가 손목시계를 들여다보았다. 딱 붙는 회색 바지 정장이 운영 위원회 총책임자다운 모습이었다.

"일찍 나왔군요. 준비실 카드 키, 필요하죠?"

"네, 냉장고에 넣어둘 게 있어서요." 아스카가 대답했다.

"잠깐만요, 관리실에서 카드 키를 받아올 테니까."

그런 말을 남기고 우에오카는 일단 입구로 사라졌다. 그녀도 조금 전에 대회장에 도착한 참이라 미처 카드 키를 챙기지 못한 것 같았다. 우에오카가 다시 돌아오기까지 채 삼 분도 걸리지 않았다.

"자, 여기. 카드는 한 장씩만 지급하니까 잃어버리면 안 됩니다."

카드 키를 받아 든 아스카와 함께 대기 공간 뒤쪽의 문으로 향했다. 큼직한 쓰레기봉투를 든 파란 유니폼 차림의 청소부 아줌마가 문을 열고 마침 통로로 나오는 참이어서 아스카와 미호시 씨가 잠깐 멈춰 섰다. 그 등에 대고 나는 말을 건넸다.

"나는 객석에 가 있을게요. 경기 전에 출전자 대기실까지 들어가면 방해가 될 테니까."

그래요, 라고 하는 미호시 씨는 조금 미안한 기색이었다.

"우린 개회식 때까지 대기실에 있을 거예요. 나중에 봐요."

"그럼 열심히 해요. 아, 아스카 씨도."

"……네, 고맙습니다."

"음, 자네는 거기 가 있어."

나는 마주한 그들을 향해 손을 흔들었다. 왼쪽에서부터 차례대로 아스카, 미호시 씨, 그리고 모카와 영감님…….

"아니, 아저씨도 아오야마 씨하고 함께 가셔야죠!"

싱글벙글 웃으며 내게 손을 흔드는 영감님을 미호시 씨가 뒤에서 쿡 찔렀다. 문 안쪽으로 사라지는 아리따운 아가씨들을 바라보며 영감님이 끌끌 혀를 찼다.

"쳇, 아쉽네. 다들 옷도 갈아입고 그럴 텐데."

나는 조금 전에 품었던 생각을 정정해야만 했다. 이 영감님, 한 식구와 꼭 닮은 아가씨라고 해서 마다할 인물이 아니었다. 젊은 여자라면 누구든 좋은 것이다.

모카와 씨를 바라보는 내 눈은 경멸에 차 저절로 가늘어졌다. 그걸 봤는지 모카와 씨가 엉뚱한 소리를 내뱉었다.

"에잉, 자네는 아직도 잠이 덜 깼어?"

개회식 시작까지 한 시간 반쯤 기다리는 동안, 모카와 씨는 심심하다면서 근처 부스에 서 있는 캠페인 도우미들에게 닥치는 대로 말을 걸었다. 나는 자리를 잡아둘 요량으로 무대와 가까운 파이프 의자에 진을 치고 스태프들이 분주히 움직이는 무대 위를 딱히 보는 것도 없이 멍하니 바라보고 있었다.

시간이 흐르면서 다른 출전자들도 하나둘 대회장에 들어섰다. 우선 준비실 열쇠에 매우 민감한 반응을 보였던 마유즈미 사에코가, 이어서 이시이 하루오가 무대 뒤편으로 사라졌다. 간다 도시유키가 나타났을 때쯤에는 8시 30분을 넘어섰다. 그 뒤에 한차례, 아스카가 잰걸음으로 전시장을 빠져나가는 것을 봤지만 십 분도 안 되어 돌아온 걸 보면 그리 큰 볼일은 아니었던 모양이다. 마지막에 나타난 마루조코 요시토는 9시 직전 아슬아슬하게 도착했으면서도 여전히 헤드폰을 끼고 유유자적한 모습이었다. 참 대단한 강심장이다.

객석에도 대형 카메라를 든 언론사 관계자, 출전자의 지인들, 그리고 일반 관객까지 속속 모여들었다. 이른 시간에 200여 개에 달하는 의자가 3분의 1쯤 채워진 상황을 어떻게 생각해야 할지 얼른 판단할 수 없었지만, 최소한 내 예상보다는 이 대회가 주목을 받는 모양이었다.

이윽고 시각은 9시 30분, 드디어 개회식이다. 지역 라디오 방송국 DJ라는 목소리 청아한 여성 사회자가 무대 아래쪽에 마련된 스탠드 마이크 앞에서 경쾌하게 출전자들을 호명했다.

"지금부터 이틀 동안 멋진 경쟁을 펼쳐주실 바리스타 여러분을 소개합니다!"

안내에 따라 대기 공간과 연결된 무대 위쪽 윙에서 출전자가 참가 번호대로 한 사람씩 등장했다. 우선 1번 간다가 무대 중앙으로 걸어 나와 가슴에 손을 얹고 깊숙이 인사했다. 이어서 사에코는 마치 패션모델처럼 빙그르르 한 바퀴 돌았다. 한 걸음 물러서 있던 간다 옆으로 다가갈 때 두 사람은 경쾌하게 하이터치(손바닥을 맞부딪는 행위. 주로 아이돌 그룹 행사에서 팬서비스 차원에서 진행하는 행사를 의미하는 용어.)를 했다. 아침에 도착했을 때와는 달리 둘 다 경기용 의상으로 갈아입은 모습이었다. 남자인 간다는 하얀 셔츠에 검은색 조끼와 넥타이, 거기에 바지도 검은색으로 맞췄다. 여자인 사에코는 하얀 셔츠에 갈색 리본, 그리고 검은색 바지에 마찬가지로 검은색 긴 앞치마 차림이다.

"참가 번호 3, 기리마 미호시 바리스타! 커피점 탈레랑!"

사회자가 근엄하게 출전자의 이름과 근무 커피점을 알리자 마침내 미호시 씨가 무대에 나타났다.

그녀는 양손을 배에 얹고 고개를 갸웃하며 미소 지었다. 탈레랑에서 입는 것과 별반 다를 게 없는 의상도 오늘은 한층 멋있어 보였다. 평소에는 옅은 화장을 하는데 오늘은 여느 때보다 볼터치가 좀 진한 것 같다.

'크윽, 멋있다!'

가만있을 수 없어서 나는 스마트폰으로 미호시 씨의 다부진 모습을 사진에 담았다. 기껏해야 50센티미터 높은 무대에 올라선 것만으로 아이돌이나 유명인처럼 전혀 다른 존재가 된 듯한 느낌이 들다니 신기한 일이다. 그런 그녀와 매우 친한 사이라는 게 왠지 자랑스러웠다.

이시이는 등장하자마자 빈 커피 잔에서 꽃잎을 꺼내는 마술을 펼쳐 객석을 들끓게 했다. 마루조코는 마치 개그라도 하듯이 팔을 구부려 근육을 과시하는 포즈를 취했다. 나중에 나온 출전자는 반드시 먼저 무대에 나와 있던 출전자와 하이터치를 한 후에 그 옆에 가서 섰다. 객석의 흥을 돋우기 위한 연출이겠지만 어제 준비실에서 옥신각신하던 장면을 목격한 내 눈에는 어쩐지 속이 빤한 짓으로 보였다. 하지만 그런 가운데서도 끝까지 웃음을 잃지 않는 것에 그들의 프로 의식이 드러난다고 해야 하려나.

마지막을 장식한 아스카도 무대 중앙에서 인사할 때는 수줍게 머뭇거렸지만, 다른 다섯 명의 출전자와는 환한 얼굴로 하이터치를 했다. 출전자 전원이 무대에 서자 객석에서 성대한 박수 소리가 터져 나왔다.

"이렇게 여섯 명의 바리스타가 제5회 KBC 챔피언 자리를 놓고 열전을 펼치겠습니다. 올해는 과연 어떤 멋진 경기를 보게 될까요? 자아, 이제 이번 대회의 운영 위원장이신 우에오카 가즈미 씨의 개회 선언이 있겠습니다."

사회자의 말에 스태프들이 재빨리 스탠드 마이크를 무대 중앙으로 옮겼다. 그 앞에 나와 선 우에오카는 "아, 아" 하고 두어 번 마이크 전원이 들어온 걸 확인한 뒤에 흥분한 목소리로 말했다.

"올해도 간사이 바리스타 경연 대회, 약칭 KBC를 개최합니다! 5년 전 제1회 대회를 시작으로 벌써 다섯 번째 대회입니다. 사정이 있어 작년에는 개최하지 못했기 때문에 오늘 이 자리를 맞이하는 마음이 다른 어느 때보다 감개무량합니다."

그 말에 일부 출전자와 스태프가 고개를 끄덕이며 공감했다. KBC가 작년에 열리지 않아 유감스럽게 생각했던 사람들이 적지 않았던 모양이다.

"이번 대회에는 KBC를 잘 아는 경험 풍부한 바리스타에서부터 첫 출전의 새로운 바리스타까지 남다른 실력자들이 본선에 올랐습니다. 분명 지금까지의 대회와는 또 다른 경쟁을 우리에게 보여줄 것입니다. 바리스타 여러분, 영예로운 KBC 챔피언을 향해 열심히 뛰어주시기 바랍니다!"

"챔피언이 되든 말든 상관없지만, 상금이 50만 엔이나 되는 건 참말로 좋구먼."

어느새 내 뒤에 와서 앉았는지 모카와 씨가 그런 말을 중얼거렸다.

분명 이런 규모의 대회에서 상금이 50만 엔이라는 건 상당히 매력적이다. 돈으로 비교하는 건 단순한 태도지만, 비슷한 예로 다른 단체가 주최하는 바리스타 경기에서는 전국대회에서 우승해도 상금은 기껏해야 10만 엔 정도다.

KBC의 상금이 높은 것은 이미 좀 더 규모가 큰 바리스타 대회가 존재하는 상황에서 후발주자로 뛰어들었다는 것과 무관하지 않을 터였다. 수많은 관련 회사의 후원을 받으며 권위 있는 대회로 정착해 가는 그쪽 대회에 지지 않게 유능한 바리스타들을 끌어들이기 위한 단순하고도 효과적인 방법이 상금이었던 것이다. 하긴 이 방법은 KBC 측이 앞장서서 대회 출전자들에게 상금을 노리고 몰려든 자들이라는 딱지를 붙여버리는 측면이 있어서 반드시 긍정적인 건 아니라고 나는 생각했다.

그건 어찌 됐든 사실 모카와 씨에게 50만 엔이란 잔돈푼임이 틀림없었다. 세상을 떠난 부인이 대지주 집안의 딸이었던 덕분에 그는 상당한 자산을 보유하고 있다. 지난여름에는 순식간에 1천만 엔을 마련해 우리를 깜짝 놀라게 한 적도 있다. 탈레랑 커피점은 여전히 취미 삼아 슬슬 놀며 경영하는 것이다. 적은 수입을 이리저리 융통해 가며 하루하루를 보내는 나로서는 영감님의 그 말은 얄밉기까지 한 소리였다.

각 후원사의 고위직이 줄줄이 나와 축하 인사를 하느라 개회식이 끝났을 때는 오전 10시를 넘어섰다. 출전자들이 일단 윙으로 물러가자, 그 즉시 무대 양옆의 스피커에서 경마장 팡파르가 연상되는 요란한 음악이 흘러나왔다.

"지금부터 첫 번째 에스프레소 부문의 경기를 시작하겠습니다!"

사회자가 통통 튀는 목소리로 말했다. 옆에는 우에오카가 나란히 서 있었다. 해설자로서 관객에게 경기 내용을 좀 더 자세히 알려주는 역할을 맡은 모양이다.

"드디어 경기에 들어가는군요. 우에오카 씨는 이 에스프레소 부문을 어떻게 보십니까?"

"바리스타에게 에스프레소는 기본 중의 기본으로서 무엇보다 중요한 종목이라고 하겠습니다. 이번 출전자들은 동일한 에스프레소 머신을 사용하는데, 이렇게 머신의 성능 차이가 없더라도 원두 종류나 그걸 얼마나 곱게 갈아내는가, 혹은 탬핑 상태에 따라 추출되는 에스프레소는 전혀 달라집니다."

무대 끝에 선 사회자와 우에오카가 해설하는 동안 카운터에서는 첫 경기자 사에코가 담담하게 준비 작업을 했다. 모든 종목을 같은 순서로 하는 건 공평하지 않기 때문에 출전 순서는 참가 번호와 관계없이 종목별 제비뽑기로 정해진다. 카운터 뒤쪽에서는 큼직한 디지털 타이머가 재깍재깍 시간을 새겨나갔다. 점점 줄어드는 노란색 숫자를 가리키며 사회자가 말했다.

"카운터에서 한창 준비 작업이 진행되는데요, 여기에도 시간제한이 있습니까?"

"네, 바리스타는 양질의 음료를 제공하고 친절한 접대를 하는 건 물론이고, 고객을 오래 기다리지 않게 하는 것도 마찬가지로 중요합니다. 그래서 종목마다 경기 때뿐만 아니라 준비 작업에도 시간제한이 있습니다. 이를테면 에스프레소 부문은 준비에 십이 분, 경기에는 불과 팔 분이 주어집니다. 정해진 시간을 초과하면 감점 대상이 됩니다. 에스프레소 부문에서는 에스프레소, 카푸치노, 마끼아또, 이렇게 석 잔을 내려야 해서 팔 분이라는 제한 시간을 효율적으로 활용하기 위해서는 준비 단계 때 카운터를 최적의 상태로 정리해야 합니다."

카운터 여기저기를 손끝으로 확인한 뒤에 사에코가 오른손을 번쩍 들었다. 준비가 끝났다는 신호다. 뜻밖에도 타이머가 벌써 십일 분을 가리키고 있었다. 준비 단계에서도 시간 여유가 없다는 것을 실감했다.

"마유즈미 사에코 바리스타, 이제 준비가 끝난 것 같군요. 자아, 그러면 경기 시작입니다!"

나팔 소리가 울리고, 이어서 스피커를 통해 사에코의 목소리가 들려왔다.

"제가 준비한 원두는 브라질 원산입니다. 작년의 '컵 오브 엑셀런스'에서 초콜릿 풍미로 절찬을 받아 2위에 오른 원두이며……."

대형 그라인더에 많은 양의 원두를 주르륵 투입하며 사에코는 끼고 있는 헤드셋 마이크를 향해 자신이 사용한 커피 원두를 설명했다. 소믈리에가 코르크 마개를 따기 전에 와인을 설명하듯이, 지금부터 자신이 내놓을 에스프레소가 어떤 것인지 마시는 사람에게 알려주는 것이다. 이 설명도 심사 대상이어서 미호시 씨도 미리 작성한 글을 작업과 병행하며 막힘없이 얘기할 수 있게 수없이 반복해서 연습했다.

역시 이전 대회 우승자답게 사에코는 빈틈이 없었다. 준비한 원두의 종류와 배전 상태가 이번 경기에 얼마나 적합한지를 설명하면서 순서에 따라 에스프레소를 내리고, 이어서 우유를 데워 카푸치노와 마끼아또를 척척 만들어냈다. 아래쪽에 앉은 세 명의 심사 위원을 향해 잔 세 개를 카운터에 차려내며 다시 손을 번쩍 들자, 나팔 소리와 함께 타이머가 멈췄다. 시간은 칠 분 오십사 초. 단 일 초도 허비하지 않겠다는 기개가 엿보이는 뛰어난 안배였다.

인기 커피점 마스터와 후원사 중역 등으로 이루어진 심사 위원단이 각자 잔을 들고 심사에 들어갔다. 전 종목 공통으로 그들이 심사하게 된다. 사에코는 그사이에 무대 중앙으로 불려 나가 사회자와 인터뷰했다.

"역시 긴장하셨나요?"

"KBC에 출전한 게 벌써 네 번째라서 오늘은 나름대로 즐기면서 경기할 수 있었습니다."

그런 편안한 질문과 답변은 심사 위원들이 커피잔을 내려놓은 참에 끝나고, 사에코는 관객의 박수갈채를 받으며 무대를 떠났다.

여기까지 정확히 삼십 분이 걸렸다. 여섯 명이면 세 시간이다. 예선에서 출전자를 여섯 명으로 바짝 줄여 선발한 이유를 충분히 알 만했다.

최다 출전을 자랑하는 간다 도시유키도 역시 높은 수준의 기량을 보여줬지만, 뒤를 이어 등장한 마루조코 요시토는 중간에 몇 번이나 말이 막혔다. 그때마다 마루조코는 모성애를 자극하는 웃음으로 얼버무렸는데 그게 심사 위원들에게 어떤 영향을 미쳤는지는 알 수 없었다.

그리고 네 번째 순서는 이시이 하루오였다.

이시이는 정해진 시간에 준비를 마치고 경기 시작과 동시에 자신만의 마술 퍼포먼스를 펼쳤다. 포터 필터라고 불리는, 갈아낸 원두를 채워 에스프레소 머신에 세팅하는 국자 모양의 기구를 손가락에 걸고 빙빙 돌리는 묘기. 그라인더의 원반 모양 뚜껑을 허리 뒤에서 휙 던져 얼굴 앞에서 잡아내는 묘기. 게다가 그러는 사이에도 원두에 관한 설명은 멈추지 않았다.

"아, 대단하군요. 도구에 생명이 깃든 것 같습니다."

그때까지 출전자를 방해하지 않도록 경기 중에는 침묵을 지켰던 사회자도 이 퍼포먼스에는 감탄사를 연발했다.

그라인더 뚜껑을 열었으니, 그다음은 그가 그토록 자랑하던 피베리를 넣을 차례였다. 이시이는 카운터에서 원두가 든 통을 집어 들었다. 이것도 던지려나 하고 지켜봤는데 이번에는 퍼포먼스 없이 곧바로 통 뚜껑을 열었다. 찬찬히 보니 그 뚜껑은 쫀쫀한 수지제 뚜껑을 씌운 단순한 구조였다. 원두가 가득한 상태에서 그런 통을 던졌다가는 자칫 허공에서 뚜껑이 열려 대참사가 일어나리라는 건 쉽게 상상할 수 있었다.

이시이는 통 뚜껑을 열고 눈을 감은 채 원두 냄새를 맡더니 웬만한 연기자 뺨칠 만큼 황홀한 표정을 지었다. 이 향기를 관객 여러분께 전해드릴 수 없는 게 유감입니다, 라며 가벼운 멘트를 날리는 여유까지 있었다.

"피베리는 모두가 아시는 커피 원두보다 좀 더 동그랗게 생긴……."

그런데 경쾌하게 흘러가던 이시이의 해설이 거기서 뚝 끊겼다.

통 안을 뚫어져라 들여다보며 이시이는 얼어붙은 듯 꼼짝도 하지 않았다. 소리 없이 흘러가는 몇 초 동안에도 디지털 타이머는 인정사정없이 시간을 새겨나갔다.

"……이시이 바리스타, 무슨 일입니까?"

답답했는지 사회자가 질문을 던지자, 이시이는 퍼뜩 정신을 차리고 무대 끝에 선 우에오카에게 손을 들어 신호를 보냈다. 곧바로 우에오카가 이시이에게 달려갔고, 두 사람은 번갈아 원두 통 안을 들여다보며 작은 소리로 뭔가 상의하기 시작했다.

객석이 점점 더 술렁거렸다. 우에오카는 손짓을 섞어가며 애써 설득하는 것 같은데 이시이는 못마땅한 얼굴로 연신 고개를 가로저었다. 그것이 두세 번 거듭되었을 때, 우에오카는 포기한 듯 고개를 끄덕이고 무대 끝으로 돌아갔다.

사회자가 건네주는 핸드마이크를 잡더니 우에오카는 한 옥타브 높은 목소리로 상황을 알렸다.

"갑작스럽게 경기가 중단되어 대단히 죄송합니다."

객석의 술렁임이 한순간에 잠잠해졌다. 우에오카는 거친 숨을 들이쉬더니 신중하게 단어를 고르며 말했다.

"이시이 바리스타의 경기 중 뜻하지 않은 장애가 발생하여 상의 끝에 불가피하게 이번 종목은 기권하기로 했습니다. 다시 한번 말씀드립니다. 이시이 바리스타는 뜻하지 않은 장애로 인해 에스프레소 부문을 기권합니다. 안타깝게 물러나게 되었지만, 오늘 대회를 위해 최선을 다해준 이시이 바리스타에게 따뜻한 격려의 박수 부탁드립니다."

우에오카가 왼손을 이시이에게로 향하자, 객석에서 당황스러운 박수 소리가 나왔다. 하지만 이시이가 그런 격려에 만족할 리 없다. 가까스로 웃음을 유지한 채 카운터 앞으로 나와 인사했지만, 무대 윙으로 사라질 때쯤에는 옆얼굴에 노골적인 분노의 표정이 보였다.

그 모습을 어리둥절한 채 지켜보며 나는 미간을 찌푸렸다.

―이시이가 들고 있던 원두 통에 대체 무슨 일이 일어난 건가.

2

"대체 누가 이랬어요!"

대기실 문을 열자마자 귀를 찢을 듯한 이시이의 고함이 들렸다.

에스프레소 부문 경기가 끝나자마자 나는 객석을 떠나 대기실로 향했다. 이시이가 기권한 이유가 마음에 걸려 미호시 씨의 경기 모습까지 건성으로 관람했을 정도다. 다행히 그다음 차례였던 미호시 씨와 아스카는 예기치 않은 기권에도 흔들림 없이 경기를 마쳤고, 에스프레소 부문에서는 결국 아스카가 1위를 차지했다.

출전자들에게 방해가 될까 봐 되도록 무대 뒤에는 들어가지 않을 생각이었다. 하지만 긴급사태가 일어난 마당에 가만히 기다리고 있기는 어려웠다. 어떻든 나는 어제 이시이의 검은 통 속의 원두가 아무 이상이 없다는 걸 확인했던 한 사람이다.

출입문을 붙잡고 고개를 안으로 들이밀자, 이쪽을 등지고 선 이시이의 어깨가 분노로 파르르 떨리는 게 보였다. 우에오카가 달래듯 그 곁에 서 있고, 다른 출전자들은 어쩔 줄 모르고 어색하게 시선을 피하거나 반대로 날카롭게 노려보고 있었다. 마루조코 혼자만 내 알 바 아니라는 얼굴로 태평하게 헤드폰을 귀에 대고 있었다.

"아, 아오야마 씨."

미호시 씨가 나를 알아보고 목소리를 높였다. 도움을 청하는 얼굴이었다.

외부인이라고 쫓아내는 건 아닐까 하는 걱정은 기우였다. 뒤를 돌아본 이시이는 눈을 부라리기는 했지만, 그 분노를 내게 들이대지는 않았다.

"마침 잘 왔어요. 아오야마 씨도 어제 이 통 속에 든 원두를 봤죠?"

손에 든 통을 내게 쑥 내밀며 이시이는 말했다.

"네, 그게 뭔가 잘못됐습니까?"

"이거 좀 보라고요."

그의 말대로 나는 통 속을 들여다보았다.

이변이 일어났다는 건 한눈에 알 수 있었다. 분명 어제 이 통에는 깨끗한 피베리만 들어 있었다. 하지만 지금은, 잠깐 골라내는 정도로는 도저히 당해낼 수 없는 양의 배전 플랫빈이 뒤섞였다. 게다가 좀 더 자세히 들여다보니 모두 결점 원두였다.

결점 원두란 수확한 커피 원두 속에 일정량 포함된, 병이나 흠집, 곰팡이나 벌레가 파먹는 등의 결함을 가진 원두를 말한다. 이런 원두가 한 알만 들어가도 커피의 풍미를 크게 손상시킨다고 알려졌기 때문에 결점 원두는 배전하기 전의 생두 단계에서 핸드 픽으로 일일이 골라낸다. 그 단계에서 대부분의 결점 원두는 제거되지만, 배전한 뒤에야 결함이 드러날 때도 있어서 배전 후에 재차 핸드 픽으로 골라내는 바리스타도 많다.

나는 양해를 구하고 통 속에 손가락을 넣어 원두를 살짝 헤쳐보았다. 통의 90퍼센트쯤까지 채워진 원두의 윗부분뿐만 아니라 아래쪽에도 결점 원두가 섞였다. 도저히 짧은 시간에 골라낼 수 없는 양이어서 만일 이걸로 에스프레소를 내렸다면 틀림없이 심사 위원에게서 최저의 평가가 나왔을 것이다. 이시이의 기권은 현명한 판단이었다고 할 수밖에 없다.

"어떻게 이런 일이……."

내 말에 이시이는 콧김을 씩씩거리며 말했다.

"그야 뻔하죠. 누군가 내게 해코지했어요. 내가 피베리를 준비한 것을 알고 있는 우리 중의 누군가가 이 통에 결점 원두를 섞은 겁니다."

"그렇다면 난 범인이 아니에요."

불쑥 나서서 말하는 사에코를 이시이가 매섭게 노려보았다.

"그렇게 단언하는 근거라도 있어요?"

사에코는 머리칼을 쓸어 올리며 대답했다.

"아니, 나야 굳이 그렇게까지 하지 않아도 에스프레소 부문에서 이시이 씨를 충분히 이겼을 테니까요. 아마 아스카나간다 씨도 똑같은 생각일걸요?"

"뭐요? 어디 다시 한번 말해봐요."

"아, 이러지들 말아요."

우에오카가 큰소리로 두 사람을 제지했다.

"피해를 당한 이시이 바리스타가 감정이 격해지는 것도 당연해요. 하지만 덮어놓고 다른 출전자들을 의심하는 건 좋지 않아요. 사에코 바리스타도 기분이 상한 건 알겠는데, 제발 둘 다 진정해요."

험악한 분위기 속에서 두 사람은 고개를 숙였다. 그런데 간다가 뜻밖의 말을 했다.

"우에오카 씨 말씀이 맞아요. 좀 진정하고 차분히 생각해 보면 범인이 누군지, 간단히 답이 나오잖아요?"

팔짱을 끼고 의자에 앉은 간다에게로 시선이 쏟아졌다. 가장 먼저 질문한 것은 우에오카였다.

"간다 바리스타, 그게 무슨 말이죠?"

"어제 우리가 준비실에 있었을 때, 이시이의 원두 통에 결점 원두는 한 알도 없었어요. 그 뒤로 준비실은 문이 잠겼고, 오늘 아침 우에오카 씨가 카드 키를 가져올 때까지 아무도 들어갈 수 없었죠? 오늘 아침에는 9시에 출전자 전원이 대기실에 집합했고 그때부터 모두 함께 움직였으니까, 아무에게도 들키지 않고 이시이의 원두 통에 결점 원두를 넣을 수는 없었어요. 그렇다면 범인은 당연히 오늘 아침 9시 이전에 준비실에 들어간 사람이겠죠."

몇몇 출전자가 헉하고 숨을 삼키는 소리가 들렸다. 이시이는 그들을 둘러보며 큰 소리로 말했다.

"오늘 아침 준비실에 들어갔던 사람, 손 들어봐요!"

세 개의 손이 멈칫멈칫 올라갔다. 미호시 씨, 아스카, 그리고 뜻밖에 간다도 그중 한 사람이었다.

"간다, 당신도 들어갔어?"

이시이가 소리치자, 간다는 귀가 시끄럽다는 듯 얼굴을 찌푸렸다.

"그새 까먹었어? 준비실에 가는 나를 졸래졸래 따라온 건 당신이잖아."

이시이 본인도 준비실에 갔던 모양이다. 그렇다면 모두 네 명인가.

"이시이 씨가 자기 원두 통에 손을 대지 않았다는 건 내가 증명해요. 그 대신 나도 그 원두 통에 전혀 손을 댄 적이 없다는 건 이시이 씨가 가장 잘 알죠?"

간다가 말했다.

"······그, 그건 그렇죠."

"마루조코 씨는?"

우에오카가 묻는데도 헤드폰 때문에 들리지 않았는지 멀뚱멀뚱하고 있는 마루조코를 간다가 흘끗 쳐다보며 말했다.

"저 친구는 준비실에 안 갔죠. 9시 직전에 아슬아슬하게 도착해서 그럴 여유도 없었어요."

"우리도 둘이 함께 준비실에 갔기 때문에 서로의 무죄를 증명할 수 있는데요."

미호시 씨가 머뭇머뭇 말했다. 옆에는 아스카가 서 있었다.

"우리 둘이 우에오카 씨에게서 카드 키를 받아 준비실에 갔고, 나올 때도 함께 나왔습니다. 물론 그때 이시이 씨의 원두 통에는 손끝 하나 대지 않았어요. 그러고는 대기실로 와서 준비실에 볼 일이 있다는 이시이 씨에게 카드 키를 드렸으니까 그때부터는 아예 준비실에 들어갈 수도 없었어요."

"혹시 당신들 둘이 공범 아니에요?"

이시이가 한쪽 눈을 가늘게 뜬 채 노려보았다. 그 말에 미호시 씨도 불끈해서 대꾸했다.

"그렇게 말씀하신다면 이시이 씨와 간다 씨 역시 공모했다고 할 수 있지 않나요?"

"말도 안 되는 소리를! 내가 왜 내 손으로 내 원두를 훼손합니까?"

"아참, 그러고 보니……."

사에코가 뭔가 생각난 듯 중얼거렸다.

"내가 아침에 대기실에 도착했을 때, 미호시 씨와 아스카가 준비실에서 막 돌아온 참이었어요. 근데 아스카, 그 뒤에 한 차례 대기실 밖으로 나갔죠?"

자신의 이름이 나오자, 아스카는 얼굴이 핼쑥해지는 것

같았다.

"그렇다면 내가 이시이 씨와 준비실에 가기 조금 전이군요."

간다가 설명을 덧붙였다. 아스카는 고개를 저었다.

"아니, 그때 나는 카드 키가 없었어요. 미호시 씨가 갖고 있어서……."

"네, 틀림없어요. 내가 카드 키를 갖고 있다가 이시이 씨에게 드렸으니까요."

미호시 씨도 거들고 나섰다. 하지만 사에코는 차가운 웃음을 보였다.

"준비실에서 나올 때, 문을 확실히 닫았나요?"

"그건 무슨 말씀이에요?"

아스카가 의아한 표정을 지었다. 한편, 미호시 씨는 말문이 턱 막혔다. 아, 맞다, 하고 간다가 사에코의 말을 그제야 깨달은 듯 무릎을 쳤다.

"준비실에서 나올 때, 문을 닫는 척하면서 살짝 열어두면 카드 키 없이도 다시 들어갈 수 있단 얘기군요. 나중에 슬쩍 대기실을 나와 당당하게 준비실 문을 통해 들어갔겠죠. 다시 나올 때는 문을 꽉 닫아버리면 잠금장치가 작동해서 저절로 닫히니까."

"그렇지 않아요. 미호시 씨, 내가 분명히 준비실 문을 닫았죠?"

아스카가 매달리듯이 말했지만 미호시 씨는 가까스로 한마디 하는 데 그쳤다.

"그런 것 같기는 한데……."

"자신 있게 말하지 못하는군요. 미호시 씨가 한 걸음 앞서서 준비실을 나온 모양이죠?"

이시이의 지적에 미호시 씨는 시선을 떨구었다. 아스카의 얼굴에 절망의 빛이 떠올랐다.

"아, 잠깐. 내가 아침에 내내 객석에 있었는데, 아스카 씨가 전시장을 나갔다가 십 분도 안 되어 돌아오는 걸 봤습니다. 아스카 씨는 준비실이 아니라 전시장 밖으로 가는 것 같았어요."

나는 가만있을 수 없어서 아스카의 변호를 자청하고 나섰다. 하지만 곧바로 사에코의 반론이 날아왔다.

"그건 준비실에 들어가 결점 원두를 넣고 난 다음이겠지요. 아니면 밖에 볼 일이 있는 척 일부러 전시장을 들락날락하며 아오야마 씨의 눈에 띄게 했을 수도 있어요."

"카드 키가 한 장 더 있을 리는 없을까요?"

미호시 씨는 다른 가능성을 찾아보려고 했다. 하지만 이것도 우에오카가 나서서 부정했다.

"카드 키는 관리실에서 빌릴 수 있지만, 가져올 때와 돌려줄 때 반드시 이름과 날짜와 시간을 기록해야 해요. 나중에 확인해 보면 알겠지만, 어제 이후로 내가 빌려온 한 장이외에 다른 카드를 빌려간 사람은 없었어요. 애초에 카드 키는 대회 책임자인 나한테나 내주지 여기 있는 출전자들이 관리실에 찾아가도 쉽게 내주지 않아요. 아무한테나 카드 키를 줘서는 방범의 의미가 없어지니까."

"그렇다면 틀림없네요. 범인은 아스카, 당신밖에 없어요."

이시이가 차가운 표정으로 말했다. 아스카는 주춤 뒤로 물러서며 슬픈 목소리를 냈다.

"아뇨, 난 아니에요······."

"아니라고 우겨봤자 소용없어요. 미호시 씨는 나랑 얘기하면서 내내 대기실에 있었으니까 혹시 준비실 문을 열어뒀다고 해도 갈 틈이 없었어요."

"그리고 나와 간다가 준비실에서 돌아온 이후로는 아무도 대기실을 나가지 않았죠. 그때 내가 갖고 있던 카드 키는 9시에 우에오카 씨가 대기실에 왔을 때 돌려드렸어요. 그다음에 무대 의상으로 갈아입고 에스프레소 부문에 사용할 도구와 재료를 가져오려고 모두 함께 준비실로 이동했으니까 역시 결점 원두를 혼입할 기회가 있었던 건 아스카 씨 말고는 없어요."

하지만 사에코와 이시이의 말에도 아스카는 고개를 내저을 뿐이었다. 그런 그녀 앞으로 다가가 이시이는 다시 캐물었다.

"아니라면 대기실에서 왜 나갔는지 말해봐요. 하긴 말을 못 하겠죠. 역시 당신이······."

그러자 아스카는 갑작스레 이시이를 힘껏 밀쳐냈다. 궁지에 몰린 쥐가 고양이를 무는 격이라고나 할까, 아스카는 몹시 격앙된 모습이었다.

"아니라니까요, 난 그런 짓 안 해요!"

아스카는 급기야 입구에 서 있던 나까지 밀치고 대기실을 뛰쳐나갔다. 남겨진 자들 사이에 무거운 공기가 감돌았다. 어처구니없다는 듯 사에코가 한숨을 내쉬었다.

"아스카, 어디 좀 이상해진 거 아냐? 그 사람이 그 꼴이 되는 바람에……. 아스카는 누구보다 그 사람에게 푹 빠져 있었잖아."

"쓸데없는 얘기는 하지 말아요. 입조심해야지."

우에오카가 나무라자, 사에코는 못마땅한 듯 입을 다물었다. 그 곁에서 간다가 제안했다.

"우에오카 씨, 다음 종목 시작할 때까지 준비실에 감시인을 세우는 게 어떨까요?"

예정표에 따르면 오후 2시까지 점심시간이라서 출전자들은 식사와 자유행동이 허락된다. 우에오카는 가슴에 매단 패스 케이스를 들어 보이며 말했다.

"그렇게까지 할 필요가 있을까요? 카드 키는 여기 패스 케이스에 있고, 준비실은 조금 전 여러분이 짐을 갖다 놓을 때 내가 책임지고 분명하게 닫았어요. 이제 정말로 아무도 드나들 수 없는데."

하지만 간다는 자신의 주장을 굽히지 않았다.

"나는 반드시 아스카가 범인이라고는 생각하지 않아요. 그녀일 수도 있고 다른 누구일 수도 있습니다. 준비실에 들어가는 방법도 그래요, 그밖에 다른 방법이 없다고 단언할 수는 없죠. 더 이상 경기를 방해하는 짓을 막기 위해서는 감시인이 꼭 필요합니다."

"나도 같은 생각이에요. 하긴 나는 처음부터 조심해야 한다고 말했는데 누군가 내 말을 무시하는 바람에 일이 이렇게 됐죠. 그걸 생각하면 해코지를 당한 것도 자업자득이랄 수밖에 없겠네요."

사에코가 옅은 웃음을 지으며 말하자 이시이는 입을 앙다문 채 으드득 이를 가는 소리만 냈다.

"알았어요." 우에오카가 떨떠름한 기색으로 고개를 끄덕였다. "하지만 나도 그렇고, 현재로서는 손이 비는 스태프가 없어요. 2년 만에 열리는 대회고, 그것도 내가 반강제로 밀어붙이다시피 강행했으니까요. 회사에서 최소한의 자금만 대줬기 때문에 따로 사람을 쓸 여유가 없어요. 게다가 스태프들이 대부분 임시 아르바이트라서 커피에 관한 전문 지식이 있는 것도 아니고……."

그건 맞는 말이었다. 감시인을 세운다고 해도 점심시간 내내 준비실 출입 자체를 금지하긴 어렵다. 다음 종목에 대비하기 위해 준비실에 드나드는 출전자가 분명 있을 터였다. 그렇다면 카드 키를 쥔 감시인은 출전자들의 행동을 지켜볼 필요가 있다.

하지만 커피에 관한 전문 지식이 없는 감시인이라면 준비실에 들어간 출전자의 행동이 적절한지 어떤지 판단하지 못한다. 이시이의 경우도 문외한이 봤다면 단순히 원두 통에 새 원두를 넣는 모습으로 보였을 것이다.

물론 그것도 나중에 범인을 파악하는 데는 도움이 되겠지만, 대회 성격상 역시 경기에 지장이 없도록 미리 사고를 방지해 줄 수 있는 감시인을 세워야 한다. 그렇다고 출전자를 감시인으로 내세울 수도 없다. 당연히 출전자 중에 범인이 있을 것이기 때문이다. 그렇다면 남은 방법은…….

"엇, 저요?"

문득 깨닫고 보니 손끝으로 나 자신을 가리키고 있었다. 주위 사람들의 시선이 일제히 내게 쏟아졌기 때문이다.

"미호시 바리스타, 어제부터 지켜본 바로는 아오야마 씨가 단순한 짐꾼은 아닌 것 같던데요?"

우에오카의 물음에 미호시 씨는 고개를 끄덕였다.

"네, 커피에 관한 지식이라면 어느 누구에게도 지지 않는 분이에요."

"잠깐, 이 친구에게 감시 역할을 맡겨도 됩니까? 출전자와 한 팀인데, 중립적이라고 할 수 없잖아요."

이시이의 말은 나까지 의심하는 투여서 적잖이 기분이

상했지만, 내 의사는 물어보지도 않고 얘기를 척척 진행시키는 우에오카와 미호시 씨에게 제동을 걸었다는 점에서는 반가운 말이기도 했다. 하지만 유감스럽세도 이시이의 이의제기는 깨끗이 묵살되었다.

"어쩔 수 없어요. 게다가 이번 일은 미호시 바리스타와 아오야마 씨가 한 짓은 아니에요. 어떻든 그녀는 본선 첫 진출자니까."

첫 진출자라면 혐의가 없다는 뜻인가. 하나같이 입을 굳게 다문 제4회 대회 때의 일이 슬슬 그 윤곽을 드러내는 것 같았다. 여전히 그 대부분은 안개 속에 가려져 있지만.

우에오카는 환한 얼굴로 다가와 내 손을 잡았다. 그러고는 내 손바닥에 패스 케이스에서 꺼낸 카드 키를 얹어주었다.

"일이 이렇게 됐으니까, 미안하지만, 감시를 부탁해요. 제5회 KBC를 무사히 마치기 위해서는 아오야마 씨의 도움이 꼭 필요합니다. 점심시간이 끝날 때까지 준비실 문 앞을 감시해 주세요. 일반인은 출입할 수 없는 무대 뒤편에 발을 들인 이상, 이제 아오야마 씨도 이번 대회 관계자니까 기꺼이 도와주시겠지요?"

그렇게 간곡히 부탁하는데 차마 거절하기가 어려웠다. 나는 하는 수 없이 고개를 끄덕였다.

"카드 키는 감시가 끝나는 대로 내게 돌려주면 됩니다. 자아, 그럼 잘 부탁해요."

그렇게 나는 졸지에 준비실 감시인이라는 막중한 임무를 떠맡게 되었다.

3

"미안해요, 아오야마 씨, 이런 일에 휘말리게 해서."

대기실에서 의자 하나를 들고 나오는 내 옆을 따라오며 미호시 씨가 말했다.

"어쩔 수 없죠. 미호시 씨 탓도 아니잖아요. 그보다 혼자 가만히 앉아 있기도 심심할 것 같은데 웬만하면 내 옆에서 말동무나 해줄래요?"

그 말에 미호시 씨는 빙긋이 웃으며 답했다.

"아뇨, 둘이 함께 있으면 여차할 때 공범이라는 의심을 사겠죠. 난 점심시간 끝나고 다음 종목 준비할 때까지 이쪽에는 얼씬도 안 할 테니까 그렇게 아세요."

매정하기 짝이 없다. 아, 정말로 매정한 사람이다.

그럼 잠시 뒤에, 라는 말을 남기고 미호시 씨는 냉큼 통로를 나가버렸다. 혼자 남겨진 나는 고개를 툭 떨구고 준비실 문 앞에 의자를 놓았다. 손목시계를 보니 오후 1시 10분이었다.

문을 등지고 자리에 앉았다. 통로는 저 끝에서 직각으로 꺾어져 대기실 입구는 보이지 않는다. 시야에 들어오는 건 오로지 무채색의 벽과 바닥뿐인 공간이다. 천장에는 가장자리가 거무스름해진 형광등, 그리고 우에오카가 말한 방범 시스템의 센서가 내 움직임에 반응하는지 쉴 새 없이 램프 불빛이 깜빡거렸다.

또다시 해코지하려고 범인이 거친 폭력을 쓰며 내게 덤벼들지는 않을까. 그런 상상 따위는 전혀 실감도 안 나고, 마냥 따분하기만 해서 방범 시스템에 혹시 사각지대는 없는지 몸을 이리저리 움직여 시험해 보며 시간을 때웠다. 자세를 낮춰도 벽에 찰싹 달라붙어도, 준비실 문에 접근하는 즉시 센서의 램프가 깜빡이는 반응을 보였다. 우에오카가 장담한 대로 밤 시간에 침입하는 건 불가능할 것 같다.

오후 2시까지 십여 분쯤 남았을 때, 다음 종목에 필요한 재료며 도구를 가져가려고 출전자들이 줄줄이 준비실로 왔다. 내가 감시인 역할을 한 것은 실제로는 사십여 분 정도였던 셈이다.

"수고하셨어요."

미호시 씨가 미안하다는 듯 위로해 주었고, 간다가 그 뒤를 이었다.

"각자 준비실에 들락거리면 감시인을 세운 의미가 없으니까 일단 대기실에 모인 뒤에 모두 함께 왔어요."

카드 키로 준비실 문을 열어주자, 출전자들이 내 앞을 지나 줄줄이 안으로 들어갔다. 그 끝에 아스카도 있었다. 대기실을 뛰쳐나갔을 때는 과연 경기를 계속할 수 있을지 걱정스러웠지만, 어쨌거나 다시 돌아온 모양이다. 다만 범인이라는 의심을 받고 풀이 죽었는지 더욱더 멈칫거리는 모습이어서 딱한 마음이 들었다.

준비실 안에서도 눈을 번뜩이며 바리스타 여섯 명의 움직임을 지켜봤지만, 수상쩍은 낌새를 보이는 사람은 없었다. 유일하게 간다가 준비실에 들어서자마자 창문 쪽으로 다가간 게 마음에 걸렸으나 그는 고리가 채워진 창문에 손도 대지 않고 곧바로 돌아왔다. 아무래도 감시인 역할을 맡은 나를 완전히는 못 믿는 모양이다.

전원이 다시 준비실을 나온 참에 나는 바깥쪽에서 문이 제대로 닫힌 것을 확인했다. 그것으로 내 임무는 끝이 났다. 별문제 없이 지나간 것에 안도하며 통로를 지나 전시장으로 향했다. 무대 위의 우에오카에게 카드 키를 전해주고 돌아서는데 객석 맨 앞줄에서 모카와 씨가 손을 흔들었다.

"자네, 아직 점심도 못 먹었지? 배고플 거 같아서 챙겨 왔구먼."

그렇게 말하며 모카와 씨가 내민 것은 삼각김밥이 든 편의점 봉투였다. 고맙긴 했지만 이제 경기가 시작될 텐데 객석에서 음식을 먹을 수는 없다. 웬만하면 준비실을 감시할 때 가져다주실 것이지. 하지만 남을 배려할 줄 아는 스스로가 무척이나 자랑스럽다는 표정의 모카와 씨에게 차마 그런 말은 할 수 없어서 나는 웃는 얼굴로 봉투를 받았다.

잠시 뒤, 전시장에는 엄청난 음량의 팡파르가 울려 퍼졌다.

"KBC를 찾아주신 관객 여러분, 오래 기다리셨습니다. 지금부터 제5회 간사이 바리스타 경연 대회의 두 번째 종목, 커피 칵테일 부문을 시작합니다!"

힘찬 목소리의 사회자 옆에는 우에오카가 있었다. 그녀는 점심시간에도 자잘한 업무에 쫓겨 계속 무대 주변을 동동거리고 다닌 모양이다. 카드 키를 돌려줄 때, 지친 듯한 웃음이 인상적이었다.

칵테일 부문의 첫 주자는 우리의 미호시 바리스타였다. 준비 작업을 하는 동안 우에오카의 해설이 곁들여졌다.

"바리스타란 두말할 것도 없이 커피 전문가를 가리키지만, 그 어원이 된 이탈리아의 '바르'라는 가게에서는 특히 밤에 주류를 제공하는 게 일반적이었습니다. 바리스타 문화의 발상지 이탈리아에서 커피는 술과 마찬가지로 일반인의 생활과 밀접한 음료였다고 할 수 있겠지요. KBC에서는 커피의 활용 범위를 더욱 넓히고, 나아가 커피를 뛰어넘어 폭넓은 시야와 탐구심을 가진 바리스타를 발굴하기 위해 커피 칵테일 부문을 도입하였습니다."

에스프레소 전문가를 바리스타라고 하는 데 비해, 좀 더 폭넓게 '바르'라는 가게에서 주류를 포함한 음료를 제공하던 사람을 '바르만'이라고 한다는 이야기는 나도 들은 적이 있다. 그런 관점에서 보자면 우에오카가 말한 커피 칵테일 부문의 존재 의의는 약간 억지스럽다는 생각도 들었다. 하지만 커피를 활용한 칵테일의 완성도나 독창성을 겨루는 경기가 KBC 외에도 많은 것을 보면 역시 수요가 있다는 얘기다. 무엇보다 커피 칵테일 부문을 도입하면 주류 관련 회사를 상대로도 스폰서를 모집할 수 있다. 아직 커피를 활용한 칵테일은 그리 널리 보급되지 않았지만, 그 말을 뒤집어보면 그만큼 시장을 개척할 여지가 많다는 뜻이기도 하다.

"출전자들은 팔 분의 제한 시간 안에 드립 커피를 활용한 칵테일, 그리고 에스프레소를 활용한 칵테일을 각각 한 잔씩 만들어야 합니다. 이미 널리 알려진 커피 칵테일로 공략할 것인가, 아니면 독창성을 중시할 것인가, 그리고 어떤 방법으로 드립할 것인가, 모두 바리스타의 판단에 맡겨집니다. 심사 위원의 혀와 마음을 매료시킬 비장의 커피 칵테일이 탄생하기를 기대합니다."

그때 미호시 씨가 준비를 마치고 손을 번쩍 들었다. 나팔 소리가 경기 시작을 알렸다.

"먼저 여러분도 잘 아시는 '아이리시 커피'를 만들겠습니다."

에스프레소 부문과 마찬가지로 사전에 준비한 해설을 헤드셋에 대고 말하면서 미호시 씨는 작업을 진행해 나갔다.

평소에 커피점 탈레랑에서는 주류를 제공하지 않는다. 따라서 칵테일 기술이 거의 없는 데다 연습할 때 맛을 시험하다 보면 아무래도 술에 취해버려서 그녀는 이 커피 칵테일 부문을 가장 힘들어했다. 결국 드립 커피를 활용하는 칵테일에서는 섣부른 모험에 나서는 대신 가장 일반적인 아이리시 커피를 하기로 했다.

아이리시 커피란 그 이름처럼 아이리시 위스키를 베이스로 하는 커피 칵테일이다. 따뜻하게 데운 유리잔에 설탕을 넣고 뜨거운 커피와 위스키를 따라 가볍게 저어준 다음 생크림을 듬뿍 얹어내는 게 기본 레시피다. 한겨울에 아일랜드 공항에서 비행기의 급유를 기다리며 추위에 떠는 승객들의 몸을 녹이기 위해 만들어졌다는데, 요즘에도 추운 계절이면 전 세계에서 즐겨 마시는 커피 칵테일이다.

똑같은 위스키라도 스카치위스키를 쓰면 게일릭 커피라고 이름이 바뀌는 식으로 활용할 수 있는 폭이 넓지만, 미호시 씨는 오로지 정면 돌파했다. 물론 기본적인 레시피를 답습한다고 해도 커피 추출 방법이나 위스키 블렌드 등에 따라 맛이 크게 달라진다는 건 두말할 것도 없다. 미호시 씨도 다양한 원두와 배전 정도, 나아가 평소와는 다른 추출 방식 등을 시험해 봤지만 결국 평소에 탈레랑에서 내놓는 커피 맛을 살리기로 했다. 가장 적합한 아이리시 위스키를 찾아냈을 때 그녀는 기뻐하기보다 지쳐버린 얼굴로, 드디어 정해진 것에 안도했다.

"이렇게 생크림을 얹어 아이리시 커피가 완성됩니다. 이어서 에스프레소 칵테일을 만들겠습니다……."

아래쪽 카운터에 유리잔을 내려놓고 미호시 씨는 그다음 칵테일을 만들기 시작했다. 이쪽도 어지간히 시행착오를 거듭했지만 역시 에스프레소 자체의 맛이 진한 탓에 다른 것과 좀체 어울리지 않아 결국 무난한 아이디어로 일관했다. 곁에서 도와주는 내 입장을 무시하고 냉정하게 말하자면, 그녀가 준비한 칵테일은 기대에 어긋나지 않는 대신 독창성은 부족한 평범한 것으로 평가될 터였다.

그래도 미호시 씨는 익숙하지 않은 칵테일을 최선을 다해 만들어냈다. 경기를 마친 그녀가 인사를 하자 나는 누구보다 큰 박수를 보냈다.

두 번째로 등장한 사람은 이시이 하루오였다. 마술사 특유의 태연한 몸짓이 우아하고 세련되었다. 그러고 보니 이시이는 칵테일 부문에서 항상 상위권이라고 간다가 말했었다. 예상치 못한 일로 우승에 대한 전망은 어두워졌지만, 만회할 거라면 바로 이 칵테일 부문밖에 없다. 적어도 내 눈에는 이시이가 다른 어느 때보다 열의를 보이는 것처럼 비쳤다.

경기가 시작되었다. 이시이는 마술 퍼포먼스를 곁들여가며 화이트 퀴라소(알코올에 쓴맛의 오렌지 껍질을 넣어 조미한 양주로 무색, 갈색, 녹색 등의 색깔이 있다. 알코올 농도는 30~40

퍼센트.)와 라임 주스 등, 칵테일에는 반드시 등장하는 재료를 능숙하게 배합하여 상쾌한 느낌의 칵테일을 만들어냈다.

특히 눈길을 끈 것은 흰 가루가 들어 있는 작은 병을 접시에 홱 뒤집어 관객에게 내보인 장면이었다.

"여러분, 이게 뭔지 아시겠습니까? 바로 소금입니다. 칵테일을 만들 때 유리잔 가장자리에 소금이나 설탕을 듬뿍 묻히는 것을 '스노 스타일Snow Style'이라고 합니다. 실은 이게 일본 내에서만 쓰는 영어라는군요. 저는 오리지널 칵테일을 이 스노 스타일로 하기로 했습니다. 마시는 동안에 잘 녹아들도록 파우더 솔트라는 고운 입자의 소금을 씁니다. 커피에 소금이라니, 좀 생소하지요? 아마 지금까지 한 번도 맛본 적이 없는 자극적인 칵테일이 될 것입니다."

물 흐르듯 유창한 설명과 함께 이시이는 유리잔 가장자리를 라임으로 촉촉하게 적셔 소금이 수북한 접시 위에 얹었다. 다시 들어 올린 유리잔 가장자리에는 그야말로 눈이 쌓인 것처럼 하얀 소금이 묻었다. 거기에 셰이커의 칵테일을 부어 첫 번째 잔을 완성했다.

두 번째 잔은 대조적으로 달걀노른자를 넣은 농후한 칵테일을 만들었다. 눈 깜짝할 사이에 팔 분이 지나고 이시이의 경기는 끝이 났다. 심사 위원단이 칵테일 잔을 들면서 심사가 시작되었다.

사건이 터진 것은 그 직후였다.

"으윽!"

사회자와 인터뷰하는 이시이의 등 뒤에서 심사 위원 한 사람이 신음을 내며 얼굴을 찌푸렸다. 다른 심사 위원들도 유리잔을 입에 대자마자 비슷한 반응을 보였다. 이른바 '스노 스타일'로 만들어낸 잔이었다.

처음에는 이시이가 만든 칵테일이 심사 위원들을 불쾌하게 할 만큼 맛이 없었던 모양이라고 생각했다. 하지만 이시이로서는 뜻밖의 일이었는지 뒤를 돌아보자마자 심사 위원들에게로 달려가 칵테일 잔을 들고 맛을 보았다. 그러고는 카운터 위의 접시에 소복하게 담긴 흰 가루를 손끝으로 찍어 먹어보고는 멍해진 얼굴로 말했다.

"이게 대체 어떻게 된 거야……."

그때야 나는 심상치 않은 일이 터졌다는 것을 깨달았다.

혼입이다. 그 소금에 명백히 맛이 다른 뭔가가 섞인 것이다.

이게 대체 무슨 일인가. 나는 객석에서 머리를 부여잡았다. 빈틈없이 감시인 역할을 했다. 그런데도 두 번째 혼입을 막지 못한 것이다.

이시이는 칵테일을 일단 완성했기 때문에 이번에는 기권이 허락되지 않아 그대로 평가 대상에 들어갔다. 역시나 결과는 그리 좋지 않게 나온 모양이었다.

나는 커피 칵테일 부문을 끝까지 지켜볼 수 없었다. 왜냐하면 세 번째 경기자로 무대에 오른 마루조코가 준비 작업을 마치자마자 이시이가 객석에 내려와 내 팔을 잡고 칸막이 너머 대기 공간으로 끌고 갔기 때문이다.

4

"아오야마 씨, 대체 뭘 감시한 겁니까!"

객석에서 보이지 않는 곳까지 가자 이시이는 내 가슴팍을 밀치며 소리쳤다. 테이블 주위에 앉아 있던 출전자들이 우리를 쳐다보았다.

"나는 분명하게 감시했어요. 수상쩍은 일은 전혀 없었다고요."

열심히 해명했지만, 그것으로 이시이의 분노가 가라앉을 리 없다.

"근데 내 소금에는 이물질이 들어갔잖아요. 누군가 일부러 섞지 않고서야 어떻게 소금 맛이 이상해집니까!"

"그건……. 정말 내가 감시하는 사이에 그런 일이 일어났어요? 그 이전에 이미 넣었는지도……."

"에스프레소 경기가 끝나고 짐을 준비실에 갖다 둘 때, 또 다른 피해는 없는지 내가 죄다 살펴봤어요. 그때 소금에는 아무 문제도 없었어요!"

"거기, 미안한데 좀 조용히 합시다."

간다가 짜증 섞인 목소리를 냈다.

"마루조코 다음은 내 차례예요. 나도 좀 집중하고 싶단 말입니다."

"무슨 소리야, 난 지금 경기 따위가 문제가 아니라고요!"

"이시이 씨한테는 미안하지만, 그 일은 출전자가 모두 모인 다음에 정식으로 상의합시다. 어차피 지금 아오야마 씨에게 책임을 떠밀어 봤자 해결될 문제도 아니고, 경기가 계속되고 있는 이상 우리도 최상의 상태에서 임할 권리가 있어요. KBC의 재개를 위해 여태껏 노력해 온 우에오카 씨를 봐서라도 우리가 지금 이럴 때가 아니죠."

그러는 참에 경기를 마친 마루조코가 무대를 내려왔다. 간다는 자신의 도구를 들고 씩씩하게 무대로 뛰어나갔다. 이시이는 분통이 터지는 표정이었지만 그래도 내 팔을 놓아주고 가까운 의자에 털썩 주저앉았다. 첫 번째 혼입 때도 화를 냈지만, 이번에는 그때와는 비교도 안 될 만큼 분노한 모습이었다.

그대로 객석으로 돌아가기도 미안해서 나는 미호시 씨 옆의 의자에 앉았다. 주위 사람들의 신경을 거스르지 않게 작은 소리로 말을 건넸다.

"미호시 씨, 이 대기 공간에서 누군가 이물질을 넣었을 가능성은 없을까요?"

"유감스럽게도 그럴 가능성은 없는 것 같아요. 출전자들은 경기를 앞두고 다들 예민해져 있었어요. 준비실에서 이쪽으로 온 뒤에는 다들 들락거리는 일도 없이 조용히 대기했고, 남의 재료나 도구는 물론 자기 물건에조차 손을 댄 사람이 없어요. 더구나 소금이 든 작은 병에 이물질을 넣을 만한 시간은 단 한 순간도 없었다고 단언할 수 있어요. 이건 첫 번째 종목 때도 마찬가지예요."

"결점 원두 얘기라면, 개회식 때 한 차례 다들 대기 공간을 떠났잖아요. 그 틈에 넣은 거 아닐까요?"

"무대에서 이쪽 대기 공간이 훤히 다 보여요. 수상쩍은 낌새가 있었다면 당장 눈치챘겠죠."

"그렇군요. 역시 이번 일은 내 탓인가……."

미호시 씨가 내 어깨를 토닥이며 달래주었다. 우울해져 봤자 별 도움도 안 되는지라 나는 화제를 바꿨다.

"이상한 맛이 났다는 그 흰색 가루, 먹어도 괜찮은 거였어요? 심사 위원도 이시이 씨도 현재로서는 별일 없는 것 같지만……."

"이건 그냥 내 짐작인데, 아마 별일 없을 거예요. 결점 원두를 섞었을 때도 그렇고, 범인이 노리는 건 어디까지나 경기를 방해하는 거니까요. 실제로 몸에 해로운 것, 이를테면 독극물을 넣었다면 당장 경찰이 출동하겠죠. 범인은 그렇게까지 일이 시끄러워지는 건 바라지 않는 것 같아요."

"흠, 범인이 노리는 것이라……. 그나저나 왜 자꾸 이시이 씨만 노릴까요?"

"일반적으로 말하면, 개인적인 원한이나 이시이 씨와의 경쟁 관계, 그 둘 중의 하나겠죠."

후자일 리는 없다. 나는 간다가 이시이의 실력에 대해 속닥였던 말을 들려주었다. 미호시 씨는 그 말을 듣고 가만히 고개를 끄덕였다.

"나도 어제 두 사람이 그런 말을 주고받는 걸 들었어요. 사에코 씨도 똑같은 얘기를 했었죠. 하지만 누구를 경쟁자로 생각하느냐는 사람에 따라 다를 수 있어요. 어쩌면 범인은 이시이 씨가 지난 2년 동안 눈에 띄게 실력이 좋아졌다고 생각했는지도 모르죠. 게다가 이번 대회는 나를 포함해 본선에 처음 진출한 바리스타도 있잖아요. 모두 다 이시이 씨의 실력을 파악하고 있었던 건 아니에요."

나는 또 다른 새 출전자 마루조코를 슬쩍 살펴보았다. 두 번째 사건이 일어났다는 건 그도 잘 알 텐데 여전히 쿨한 얼굴로 헤드폰을 끼고 음악을 듣고 있다. 무대 코앞까지 그런 기기를 들고 오다니, 아예 긴장감이라고는 없는 태도에 나는 어이가 없었다. 어쩌면 음악을 들으면서 평정심을 유지하는 타입인지도 모른다.

"사에코 씨하고 어제도 얘기를 많이 하던데, 서로 마음이 잘 맞았던 모양이죠?"

기가 드센 듯한 사에코와 느긋하고 태평한 미호시 씨는

그리 잘 맞을 것 같지는 않았다. 다만 내가 아는 미호시 씨의 친구 중에도 역시 기가 드센 여성이 있어서 번번이 나를 흘겨보며 미운 소리를 하곤 했다. 그렇다면 미호시 씨와 사에코가 의기투합한 것도 자연스러운 일인지 모른다.

하지만 미호시 씨는 쓸쓸한 웃음을 지었다.

"왜 그런지 나를 좋게 봐준 모양이에요. 오늘 아침에 아스카 씨와 준비실에서 나올 때도 대기실 앞에서 마주쳐서 그랬는지, 아스카 씨는 돌아볼 것도 없이 자꾸 나한테만 말을 걸더라구요. 하긴 그 덕분에 나는 내내 대기실에 앉아 있어서 처음 이물질을 넣은 용의자에서는 벗어날 수 있었죠."

반대로 대기실을 떠난 아스카는 가장 유력한 용의자가 되었다.

"어떤 얘기를 했는데요?"

"별 얘기 아니에요. 어젯밤에 푹 잘 잤느냐, 오늘 아침에 가장 먼저 대회장에 나왔다, 그런 얘기였죠. 그것도 간간이 휴대전화를 터치해 가며 얘기했으니까 대화 내용은 아무래도 상관없었던 것 같아요."

나는 사에코 쪽을 보았다. 그녀는 자기 순서를 앞두고 얼굴이 약간 창백해진 채 도구며 재료를 재점검하고 있었다. 자신의 물건에도 뭔가 이물질이 섞이지 않았는지 확인해 보지 않으면 불안해서 견딜 수 없는 기색이었다.

하긴 그녀가 창백해진 이유가 그것만은 아니라는 걸 나

는 알고 있었다. 문득 시선이 마주쳤을 때, 나는 그녀를 향해 슬쩍 고개를 끄덕였다.

그로부터 약 한 시간 뒤, 커피 칵테일 부문에서도 마지막을 장식한 아스카가 두 종목 연속 1위를 차지하면서 제5회 KBC 첫날 일정은 모두 끝이 났다.

출전자 여섯 명, 그리고 나와 우에오카를 합해 모두 여덟 명이 함께 준비실로 돌아왔다. 혹시나 해서 범인이 실내에 숨어 있지 않은지 한바탕 둘러보는데 마루조코가 싱크대 근처에 몸을 숙이고 말했다.

"여기 뭔가 떨어져 있어요. 약 같은데?"

근처에 있던 이시이와 미호시 씨가 가장 먼저 마루조코 곁으로 달려갔다. 나도 그 뒤를 따랐다.

"위장약인가?"

바닥에 무릎을 대고 미호시 씨가 손끝으로 집어 든 것을 보며 내가 말했다. 시중에서 판매하는 위장약 포장지와 그걸 뜯어낸 모퉁이 부분까지 두 개 분량의 약봉지가 바닥에 떨어져 있었다. 내용물은 사라진, 빈 봉지였다.

"그 위장약이라면 나도 먹어봤는데? 분명 하얀 가루약이고 맛이 씁쓸해요."

우에오카의 말에 간다가 팔짱을 끼고 말했다.

"그러면 이거였군요. 범인이 이시이의 소금 병에 이 위장약을 넣은 거예요."

간다의 말에 따르면 이시이는 지난번 대회에서도 스노 스타일 칵테일을 만들었다. 다른 종목에서는 소금을 쓸 일이 거의 없으니까 만일 범인이 커피 칵테일 부문에서 이시이를 방해하려 했다면 소금에 혼입하는 게 가장 확실한 방법의 하나였다고 할 수 있다.

"점심시간 끝나고 준비실에 들어왔을 때, 아무도 이 포장지를 못 봤어요?"

내가 물었으나 별다른 반응은 돌아오지 않았다.

"테이블에 가려져서 미처 못 봤을 수도 있어요."

미호시 씨가 대답했다. 다른 사람들도 같은 생각인 모양이었다.

"그런 건 상관없어요. 점심시간에, 이 준비실에서 내 소금 병에 위장약을 넣었다는 건 틀림없는 사실이에요. 아오야마 씨, 정말로 준비실 문 앞을 잘 지켰어요? 잠깐 화장실에 갔다든가 마실 걸 사러 나갔다든가, 그런 일 없었냐고요."

이시이는 아예 먹살이라도 잡을 기세였다. 허둥지둥 그 손을 가로막으며 나는 반론을 펼쳤다.

"그런 적 없어요. 아니, 그보다 내가 설령 그랬다 쳐도 범인이 어떻게 준비실에 들어옵니까. 카드 키는 한시도 손에서 놓지 않고 내가 분명히 갖고 있었어요. 그 문으로 준비실에 들어갈 수 있는 사람은 절대로 없었어요."

하지만 이시이는 쉽게 받아들이지 않았다.

"그럼 아오야마 씨는 대체 어떻게 설명할 겁니까? 실제로 일이 터졌잖아요!"

"꼭 그 친구 책임이라고만은 할 수 없을 거 같은데요?"

그렇게 끼어든 간다의 말은 나를 감싸준다기보다 오히려 이시이에게 시비를 거는 것처럼 들렸다.

"이 친구 책임이 아니라고? 무슨 뜻이에요?"

이시이는 눈을 부라리며 따졌지만 간다는 태연했다.

"무슨 뜻이고 말고도 없어요. 그 친구는 분명히 준비실 앞을 지켰어요. 그런데도 이런 일이 일어나 버렸을 뿐이지."

"그냥 입에서 나오는 대로 말하지 말아요. 에스프레소 부문이 끝났을 때 내가 소금 병을 확인했어요. 게다가 이 병은 예전에 내가 해외여행 중에 우연히 들른 잡화점에서 사 온 거라 쉽게 구할 수도 없어요. 똑같은 병을 준비해 슬쩍 바꿔칠 수도 없단 얘기예요."

이시이는 테이블 위의 소금 병을 들어 간다에게 내보이며 말했다. 마개는 코르크, 윗부분에는 날개를 펼친 매 그림의 메달이 새겨져 있었다. 똑같은 병을 찾기는 어렵다는 이시이의 항변은 맞는 말이었다.

"이래도 이 친구 책임이 아니라고 할 수 있어요?"

이시이가 침을 튀기며 소리치자, 간다는 대담한 웃음을 보였다.

"이를테면 이런 건 어때요? 그 병에 처음부터 위장약이 섞여 있었어요. 이시이 씨 자신의 의사에 따라."

그 추측에는 그 자리에 있던 모두가 소스리치게 놀랐다. 그리고 이시이는 정통으로 급소를 맞은 사람처럼 눈에 띄게 당황했다.

"자, 자작극이라고? 아니, 나는 그 사람하고는 달라요!"

"그런 건 관심 없어요. 나는 그저 아오야마 씨가 분명하게 감시했으니까 이건 자작극이라고 생각하는 게 가장 일리 있다는 얘기예요. 그러면 유독 이시이 씨만 노린 점도 설명이 되죠. 약봉지를 여기 내버린 것도 이 자리에서 넣은 것처럼 위장하기 위해서겠죠."

이시이는 핏대를 세우기는 했으나 여기서 간다의 도발에 대응해 봤자 유리할 게 없다고 판단했는지 심호흡하며 가까스로 감정을 억눌렀다.

"……그래, 좋아요, 두 번째 혼입은 내가 할 수도 있었다는 건 인정하죠. 하지만 첫 번째 혼입은 어떻게 됩니까. 어제 내가 모두에게 통 속을 다 보여줬고 무대에 오를 때까지 그걸 다시 열어본 적도 없는데."

"그거야 어떻게든 가능하겠죠, 자작극이라면. 사람들의 시선을 피해 통을 바꿔치기하는 마술쯤이야 이시이 씨 특기잖아요?"

"그건 불가능해요! 어제도 말했지만, 이 통은 특별 주문품이라서 세상에 딱 하나밖에 없어요. 의심스러우면 업자에게 확인해 봐도 좋아요."

그렇게까지 단언하는 건 그걸 증명할 수 있다는 확신이 있기 때문이다. 하지만 간다는 물러서지 않았다.

"그렇다면 나중에 슬쩍 결점 원두를 더 넣은 모양이죠. 뭐, 십 초면 가능한 일이니까."

"아뇨, 그건 아닌 거 같아요."

이번에는 미호시 씨가 단호히 부정하고 나섰다.

"결점 원두가 위에 살짝 덮인 것뿐이라면 나도 똑같이 생각했겠죠. 하지만 실제로는 결점 원두가 아래쪽까지 골고루 섞인 것처럼 보였어요."

몇 시간 전에 대기실에 모였을 때, 나는 이시이의 용기 속을 헤쳐보았다. 미호시 씨의 말대로 결점 원두는 아래쪽에도 섞였고 단순히 위만 덮은 게 아니었다.

"그런 상태로 만들려면 결점 원두를 넣은 다음에 통을 잘 흔들어야 해요. 그렇지 않으면 결점 원두를 얼른 골라내 버릴 테니까. 우리와 행동을 함께한 이시이 씨가 결점 원두를 넣고 통을 가볍게 흔드는 정도는 가능했을지도 모릅니다. 하지만 그렇게 철저히 내용물을 뒤섞을 기회는 없었어요. 그랬다면 소리나 움직임으로 우리가 눈치채지 못했을 리가 없으니까요."

"또 다른 방법도 있겠죠. 단순히 결점 원두만 넣은 게 아니라 미리 결점 원두와 피베리를 섞은 것을 그 용기에 넣어 뒀다면 어떻게 될까요?"

간다가 다시금 물고 늘어졌다. 과연 그렇다면 뒤섞는 과정을 생략할 수 있어 잠깐만 남의 시선을 피하면 된다. 하지만 미호시 씨는 거기에도 고개를 가로저었다.

"어제 들여다봤을 때 원두는 용기의 90퍼센트쯤까지 차 있었어요. 거기에 결점 원두와 피베리를 뒤섞어서 넣었다면 우리가 휘저어 본 저 아래쪽까지 결점 원두가 들어갔다는 게 설명이 되지 않아요. 즉 그런 방법을 쓰려면 피베리를 적당량 용기에서 덜어내야 하는데 역시 그럴 기회는 없었어요."

한마디로 용기에 원두를 혼입할 틈은 있었는지도 모르지만, 내용물을 뒤섞거나 덜어낼 수는 없었다는 것이 미호시 씨의 주장이다. 간다는 그제야 항복했는지 툭 내뱉듯이 말했다.

"왜 그렇게까지 이시이 씨 편을 들어줍니까?"

"이대로라면 제5회 KBC에서 이시이 씨의 성적은 안타깝게도 그리 좋게 나오지 않겠지요. 애써 예선을 통과해 본선에 진출했는데 나쁜 평가가 나온다면 이시이 씨의 커피점에까지 그 영향이 미칠 수 있어요. 뭔가 목적이 있어서 자작극을 펼쳤다고 해도, 이시이 씨가 특히 잘하는 커피 칵테일 부문쯤은 최대한 열심히 하지 않았을까요? 그게 제 생각이에요."

"그건 미호시 씨의 주관에 지나지 않아요. 정 그렇다면 두 번째 혼입을 이시이 씨 이외의 다른 사람들도 가능할 만한 상황을 설명할 수 있어요?"

그러자 미호시 씨는 뭔가 이상하다는 듯 고개를 갸웃했다.

"네, 가능해요. 아니, 그보다 왜 아무도 그 가능성에 대해 말하지 않는지 이상하군요. 상식적으로 생각하면 가장 의심스러운 인물은 이미 명백한데 말이에요. 점심시간 동안에 감시인의 눈에 띄지 않고 문이 잠긴 준비실에 출입이 가능한 인물이라면 딱 한 사람밖에 없잖아요?"

어라?

당황하는 내 주위에서 미호시 씨의 말이 무슨 뜻인지 알아들은 이들의 시선이 한 사람에게로 집중되었다. 그 한 사람이란 바로…….

"이분이에요!"

미호시 씨는 수평선처럼 곧게 뻗은 검지를 쏙 내 쪽으로 향했다. 그리고 평소와 똑같은, 아니, 평소보다 더 천진한 웃음을 지으며 말했다.

"이시이 씨의 소금 병에 위장약을 넣은 범인, 아오야마 씨지요?"

5

고독감이 여지없이 온몸을 파고들었다.

아테리 플라자를 나와서 나는 건물 입구 옆 나무 벤치에 홀로 앉아 풀이 죽어 있었다. 시간은 오후 7시 정각, 해는 저물고 바람이 들이쳐 내 몸에서 서서히 온기를 빼앗아 갔다.

기업 전시회는 벌써 한 시간 전에 첫날 행사를 마쳤고 키 큰 전등불이 비치는 주차장에서는 업체 관계자들의 차가 차례차례 떠나는 게 보였다. 빌딩 앞 도로와 주차장을 이어주는 문 옆에서 경비원이 버릇처럼 유도봉을 흔들고 있었다.

입구 옆에는 주차장과 건물을 가르는 화단이 길게 이어졌다. 그 화단 너머로 보이는 창문은 준비실인 게 틀림없다. 거기까지 생각하다가 나는 한 시간 전에 그 창문 너머에서 펼쳐진 어처구니없는 장면을 다시 떠올렸다.

"엇, 아니에요, 내가 왜 그런 짓을 합니까!"

미호시 씨가 씌운 억울한 누명에 나는 급히 고개를 저으며 부인했다. 하지만 그 목소리를 깔아뭉개듯이 이시이가 내게 덤벼들었다.

"당신이 미호시 씨를 우승자로 만들려고 내 소금 병에 위장약을 넣었어?"

"그리고 보니 이 친구, 어제 리허설 때 이시이의 마술 퍼포먼스를 보고 엄청 부러워했어. 그때 내가 이시이가 커피 칵테일 부문에 특히 강하다는 얘기도 해줬고."

그때까지 미호시 씨와 대립하던 간다가 참으로 쉽게도 그 말을 받아들였다.

어쨌든 내가 모든 점에서 불리했다. 두 번째 혼입을 실행하려면 감시인과 카드 키라는 이중의 벽을 뛰어넘어야 하고, 그게 가능한 사람은 나뿐이라는 미호시 씨의 설명에는 비집고 들어설 틈이 없었다. 나는 무죄를 증명할 방법도 없고, 더구나 상대가 미호시 씨이고 보니 어떤 이론을 들이대도 도저히 당해낼 수 없었다.

"제기랄, 이런 사람에게 감시를 맡길 일이 아니었어요! 나는 처음부터 외부인을 대기실이나 준비실에 들이는 것 자체를 반대했다고요."

이시이가 소리쳤고 나는 고개를 툭 떨구었다.

"무슨 말씀을, 내가 원해서 감시인이 된 것도 아닌데……. 게다가 첫 번째 혼입은 내가 할 수도 없었잖아요."

"닥쳐요! 단 한 사람, 두 번째 혼입이 가능했고 동기도 충분하다면 범인은 당신밖에 없어요. 알아들었으면 지금 당장 여기서 나가요!"

정말 너무 심한 얘기였다. 나는 원하지도 않은 감시인 역할을 떠맡은 데다 그 일을 착실히 수행했을 뿐인데 두 번째 혼입 사건이 터지면서 그런 내 수고는 물거품으로 돌아가고 심지어 누명을 덮어쓰고 쫓겨나기까지 했다. 동기가 충분하다고 했지만, 미호시 씨를 우승자로 만들려면 나는 이미 한 종목을 기권해 우승할 전망도 없는 이시이가 아니라 누구보다 어려운 적수인 사에코나 아스키를 노렸을 것이다, 라고 한마디쯤 쏘아붙이고 싶었다.

하지만 애초부터 외부인 처지라서 나가라고 하면 일단 나오는 수밖에 없었다. 나는 도움을 청하며 주위를 둘러봤지만, 미호시 씨와 간다는 싸늘한 얼굴로 외면해 버렸고 우에오카와 아스카는 딱하다는 표정은 지었으나 아무 말이 없었다. 마루조코는 그새 헤드폰 음악에 빠졌고, 사에코만 유일하게 뭔가 말하려다가 결국 입을 다물어버렸다.

"네, 알았어요." 한숨을 내쉬며 나는 그 요구를 받아들였다. "혼입을 인정하는 건 아니지만 나는 이제 전시장으로 돌아갈 것이고, 앞으로 대기 공간 뒤편 문은 두 번 다시 넘지 않겠습니다."

"이제 곧 6시예요. 기업 전시회가 끝나면 방문객들은 퇴관하고, 7시에는 폐관과 함께 방범 시스템이 작동하니까 어차피 우리도 그때는 여기서 나가야 합니다."

아무 위로도 되지 않는 우에오카의 말을 등 뒤로 들으며 나는 이 나무 벤치로 나왔다. 그리고 장장 한 시간 동안, 이제는 얄밉기까지 한 미호시 씨를 기다리고 있었다.

미간이 저절로 찌푸려지는 것을 느끼며 스마트폰을 켰다. 누군가 본다면 전형적인 현대인의 심심풀이 소일거리로 비치겠지만 실은 그런 게 아니다. 내 나름대로 뭔가 알아보려고 가까운 편의점의 온기를 찾는 일도 없이 이렇게 밤바람을 온몸으로 맞고 있는 것이다.

억울한 누명을 벗기 위해서는 역시 진범을 찾아내는 수밖에 없다. 하지만 그러기에는 정보가 너무도 부족했다. 곳곳에서 감지되는 관계자들의 반응을 보면 제4회 대회에서 일어난 어떤 사건이 이번 혼입에 적지 않은 영향을 미치고 있는 건 확실했다. 그렇다면 제4회 대회, 즉 2년 전에 이곳에서 어떤 일이 일어났는지, 우선 그것부터 알아낼 필요가 있었다.

어제 사에코는 분명 준비실의 보안을 걱정했었다. 오늘 점심때 우에오카는 첫 출전이라는 이유로 미호시 씨를 용의자에서 제외했다. 그리고 조금 전, 자작극을 의심받은 이시이는 "나는 그 사람하고는 달라요!" 하고 부르짖었다. 이 모든 것을 종합해 보면, 지난 대회에서도 이번과 유사한 혼입 사건이 일어났었다는 추리는 결코 엉뚱한 얘기가 아닐 것이다. 그렇게 생각한 나는 '제4회 KBC, 혼입' 등의 키워드로 검색해 보았다. 하지만 특별한 기사는 눈에 띄지 않았다. 애초에 제4회 대회에 관한 기사 자체가 그 이전 대회에 비해 극단적으로 적었다. 우승자가 마유즈미 사에코라는 소식을 알리는 겨우 몇 줄의 기사만 몇 개 발견했을 정도다. 상세한 내용은 전혀 없다고 해도 무방할 만큼 언론의 관심이 적었다.

함구령.

그런 단어가 퍼뜩 머릿속에 떠올랐다. 이를테면 이번 대회에서 일어난 두 번의 혼입 사건으로 참가자 전원에게 함구령이 내려질 수도 있을까. 아니, 내 예상이지만 그런 일은 없을 것이다. 힘들게 대회를 열었는데 언론 보도가 따라주지 않으면 커피 업계의 활성화라는 결과도 얻을 수 없고 대회의 의미조차 무색해진다. 그러므로 경기를 방해하는 일이 일어난 정도라면 그 부분만 대충 얼버무리는 것도 가능하다. 하지만 그걸로 끝나지 않을 만큼 중대한 일이었다면…….

이를테면 이런 건 어떨까. 이번에 혼입한 것은 결점 원두도, 위장약도 경기를 방해하는 데는 효과가 있지만 사람이 먹더라도 큰 문제는 없었다. 하지만 만일 혼입한 것이 독성을 지닌 것이었다면 그것만으로도 중대한 범죄가 된다. 대회에서 그런 사건이 일어났다면 심각한 악평이 퍼질 터라서 대회 주최 측에서 사력을 다해 은폐에 나섰다고 해도 이상하지 않다. 더구나 자작극이었다면, 즉 범인이 스스로 자신의 음료에 혼입했다는 결론이 나왔다면 당사자를 보호한다는 명목으로 참가자들에게 함구령을 강요하는 건 충분히 가능한 시나리오다.

하지만 그만큼 큰일이 터졌다면 사람들의 입을 강제로 틀어막을 수는 없는 법이다. 그래서 나는 검색어에서 '제4회 KBC'를 빼고, 그 대신 '혼입'과 2년 전의 연도, 그리고 대회가 개최된 '11월'을 넣어보았다. 그러자 2년 전 11월에 올린

한 건의 기사가 떴다.

'독극물 홍차 사건' 이후 3년—관련자의 뒷이야기

그것은 어느 프리랜서 기고가가 작성해 주간지에 실은 르포 기사의 전문이었다.

제목에서도 알 수 있듯이, 사건 자체는 제4회 대회보다 3년 전에 일어난 것이라서 KBC와는 전혀 관련이 없다. 다만 그 당시에 나도 '독극물 홍차 사건'에 대한 뉴스를 본 기억이 있어서 어쩐지 그 뒷일이 궁금해졌기 때문에 어느 틈에 끝까지 다 읽어버렸다.

사건의 개요는 이렇다. 어느 대학 연구실에서 독극물이 섞인 홍차를 마시고 한 남학생이 의식불명의 중태에 빠지는 사건이 발생했다. 이 연구실에는 실험에 사용하는 독극물이 다수 보관되어 있었고, 범행에 사용된 것은 그중에서도 비교적 독성이 강한 것이었다. 피해 학생과 나중에 범행을 자백한 가해 학생은 한 여학생을 사이에 두고 다투던, 이른바 연적이었으며, 당일 두 사람이 나눈 대화 때문에 충동적으로 살의를 품었다는 것이 범행 경위였다. 발단이 된 대화를 간단히 정리하자면, 연구 실적에서도, 여자와의 관계에서도 항상 한발 뒤떨어져 열등감을 느끼던 가해 학생에게 피해 학생이 슬슬 놀리는 말을 건넸다는 것이다.

여러 정황을 바탕으로 용의자라고 지목된 가해 학생이 결국 범행을 인정하면서 사건은 신속히 해결되었다. 범행 당시 이미 성인이던 가해 학생은 살인미수로 기소되어 르포 기사가 실린 시점에도 여전히 징역형을 살고 있었다. 또한 피해 학생은 얼마 뒤 회복되었으나 가벼운 후유증이 남았고, 그에 따라 손해배상 청구 민사소송으로 가해 학생에게서 400만 엔의 위자료를 받는 판결을 얻어냈다. 마지막으로, 두 남자의 인생을 크게 뒤흔든 여학생에 대해서는, 사건 후 즉시 피해 학생과 인연을 끊었고 이번 취재에도 응하지 않았다는 후일담을 곁들여 르포 기사는 끝을 맺었다.

기사를 전재한 웹사이트의 해설에 따르면, 발생 당시에 크게 화제가 된 사건이라서 3년에 걸쳐 취재한 이 르포 기사도 언론사마다 상세히 소개하는 등, 나름대로 반응이 있었다고 한다.

기억을 더듬어보니 과거에도 페트병 음료수에 이물질을 혼입한 사건이 잇따라 일어나서 모두가 신경이 곤두섰던 시기가 있었다. 가장 중요한 독극물만 손에 넣으면 그걸 음료병에 섞는 건 의외로 간단하고, 홍차나 커피처럼 씁쓸한 맛이 나는 음료의 경우에는 미처 깨닫지 못하고 무심코 마시기도 쉽다. 하루하루 살아가면서 꼭 필요한 수분을 섭취할 때마다 그런 불안에 떨어야 한다면 누구라도 분노하게 마련이다. 입에 넣어서는 안 되는 독극물을 섞어 넣지 않았다는 점에서 그나마 이번 대회의 범인은 낫다고 해야 할까.

"이봐요."

불쑥 들려온 목소리에 나는 스마트폰 화면에 꽂혀 있던 시선을 들었다.

"아, 나왔군요?"

불빛을 등지고 선 사람의 얼굴을 확인하기 위해 나는 눈을 가늘게 뜨고 바라보았다.

한쪽 손을 허리에 짚고 나를 내려다보는 사람은 사에코였다.

"이제야 해산한 모양이네요."

"네, 조금 전에 해산했어요. 준비실 창문과 출입문을 잘 닫았고, 우에오카 씨가 관리실에 카드 키를 돌려주는 것도 모두가 함께 확인했으니까 이제 혼입 사건은 일어나지 않겠죠. 최소한 당신이 범인이라면 절대 그럴 일은 없겠네요."

"사에코 씨도 나를 의심하는군요."

내가 쓴웃음을 짓자, 그녀도 비슷한 표정으로 마주 보았다.

"그런 의심은 하지 않으니까 이렇게 여기에 왔죠. 그나저나 당신이 의심을 받았을 때, 왜 내 이름을 대지 않았어요? 가장 먼저 의심받을 사람은 점심시간 준비실에 들어갔던 나였는데."

주차장에서 공회전하던 밴이 뭔가 퍼뜩 생각난 것처럼

급히 출발해 우리 옆을 지나 큰길로 사라졌다.

그랬다. 준비실 문 앞을 감시하던 내게 찾아와 안에 들어가고 싶다고 했던 단 한 사람, 바로 사에코였다. 나는 그녀의 요구를 받아들여 준비실 문을 열어주었다. 물론 나도 따라 들어가 그녀의 일거수일투족은 물론, 통로 쪽에도 빈틈없이 주의를 기울였다.

"딱히 당신을 보호해 주려고 했던 건 아니에요."

스마트폰을 호주머니에 챙겨 넣으며 나는 말했다.

"분명 거기서 그런 얘기를 했다면 사에코 씨가 의심을 받았겠죠. 하지만 그건 내가 감시를 소홀히 했다는 뜻이기도 하잖아요."

골동품의 진위를 가늠해 보는 듯한 눈빛으로 사에코는 나를 바라보았다.

"하지만 나는 철저히 감시했다고 자신 있게 말할 수 있어요. 사에코 씨가 준비실에 들어갔을 때, 전혀 수상쩍은 행동을 하지 않았고 더구나 이시이 씨의 소금 병에는 손도 대지 않았어요. 두 번째 혼입의 범인은 당신이 아닙니다. 단언할 수 있어요. 그래서 말할 필요가 없다고 생각했을 뿐이에요."

"그 결과, 자신이 의심을 받는다 해도?"

"의심하든 말든 나는 절대 그런 짓을 한 적이 없으니까 머지않아 의심도 풀리겠죠. 내가 무죄라고 믿는 사람이 나 혼자만은 아닌 것 같으니까."

그러자 사에코는 검지 끝으로 뺨을 긁적였다.

"준비실에서 나를 감시하던 당신의 눈빛이 짜증 날 만큼 진지했으니까 그건 그렇겠죠. 나는 이제 더 이상 혼입 사건 따위는 일어날 리 없다고 생각했어요. 그래서 뭘 그렇게 답답할 만큼 정직하게 감시하는지, 어이가 없었거든요. 자신이 범인이라면 그토록 열심히 감시할 필요는 없겠죠."

"그래서 나는 범인이 아니라고 생각했군요?"

"범인이 아니거나 전혀 빈틈이 없거나, 둘 중 하나겠죠."

"반신반의예요?"

"아니, 농담이에요. 빈틈이 없기는커녕 결국 의심을 사 버렸으니까……."

"아오야마 씨!"

입구 쪽에서 소리가 나더니 미호시 씨가 총총걸음으로 달려왔다. 사에코는 아무 일도 없었다는 듯 빙글 몸을 돌려 걸음을 옮겼다. 지금까지 어디에 가 있었는지 미호시 씨를 뒤따라오던 모카와 영감님이 그 잠깐 사이에 잽싸게 사에코에게 수작을 걸었지만 그녀는 깨끗이 무시하고 떠나버렸다.

"한참 찾았어요, 어디 갔나 하고."

"흥, 아예 사라져 버릴까 했는데요?"

부루퉁하게 코웃음을 쳐주었더니 그녀는 혀를 쏙 내밀며 사과했다.

"미안해요. 근데 그럴 수밖에 없었어요."

"그럴 수밖에 없었다니, 억울한 누명을 씌워놓고 무슨 말이에요? 나는 진짜 힘들었다고요."

"아이, 화내지 마시고." 미호시 씨가 내 불룩한 뺨을 톡 쳤다. "그 상황에서는 설령 내가 말하지 않았어도 늦든 빠르든 누군가는 아오야마 씨가 수상하다고 말했을 거예요. 어설피 아오야마 씨를 감싸고돌면 나도 공범으로 몰려, 둘 다 쫓겨날 수 있었어요. 그건 정말 최악이잖아요. 진짜 범인을 이대로 날뛰게 내버려두는 꼴이니까."

"그래서 선수를 쳐서 내가 의심스럽다고 지적했다고요?"

"앞장서서 수상하다고 말하는 나를 아오야마 씨의 공범으로 생각할 사람은 없을 테니까요."

그녀가 장난스럽게 웃는지라 나는 그만 맥이 빠져버렸다. 뺨을 쓰다듬는 그녀의 손을 뿌리치며 나는 말했다.

"그럼 미호시 씨는 나를 의심하는 건 아니지요?"

"물론이죠. 아오야마 씨가 그런 짓을 할 분이 아니라는 건 누구보다 내가 잘 알아요."

"그렇다면 그걸 미리 눈치채게 해줬어야죠. 그때 미호시 씨의 웃음이 마치 사람을 괴롭히면서 즐거워하는 악마처럼……."

나도 모르게 벌떡 일어서며 말했을 때, 미호시 씨의 어깨 너머로 대회장을 떠나는 마루조코의 모습이 눈에 들어왔다. 불빛에 비친, 입술을 툭 내민 옆얼굴이 얼핏 보기에도 험상궂고 그의 트레이드마크인 헤드폰도 쓰고 있지 않았다.

"악마요? 아무리 그래도 악마라니, 그건 너무 심한……."

"아, 잠깐만. 미호시 씨, 저 친구 왜 저래요?"

내가 마루조코를 가리키자, 미호시 씨는 퍼뜩 정신을 차리고 아, 그건요, 하고 목소리를 낮췄다.

"실은 아오야마 씨가 나간 뒤에 한바탕 티격태격 싸움이 났었어요."

"싸움?"

"우리는 심각하게 얘기하는데 마루조코 씨는 그 옆에서 내내 헤드폰을 쓰고 있었잖아요. 그게 피해자인 이시이 씨는 비위에 거슬렸나 봐요. 우에오카 씨가 내일 일정에 관해 얘기하는데, 갑자기 마루조코 씨에게 다가가 헤드폰을 홱 낚아채더라구요. 당신도 출전자 아니냐, 혼자만 아무 관계도 없는 것처럼 대체 뭐 하는 거냐면서 마구 나무랐어요."

하나도 비슷하지 않은 미호시 씨의 성대모사에 웃음이 터진 건 둘째 치고, 이시이의 기분은 이해가 되었다. 내가 범인으로 지목된 때에도 마루조코는 이쪽의 대화는 듣는 둥 마는 둥 음악에만 귀를 기울이고 있어서 적잖이 못마땅했다. 그러니 피해 당사자인 이시이는 더 분통이 터졌을 것이다.

애초에 마루조코는 무대 위에서 설명할 때는 번번이 말이 막히고 당황하는 모습을 보이면서, 주위를 아랑곳하지 않고 혼자 음악을 듣는 그 여유는 대체 어디서 나오는 것인지 아무래도 마음에 걸렸다. 지나치게 태평해서 도저히 본선에 처음 진출한 사람으로 보이지 않는 것이다.

본선을 여러 번 경험한 이시이의 입장에서는 그런 마루조코가 영 마음에 들지 않았을 터였다. 하지만 그렇다고 해도 이시이가 한 행동은 약간 지나쳤던 것 같다.

"아마 이시이 씨는 자기 말을 똑똑히 들으라고 마루조코 씨의 헤드폰을 낚아챘을 거예요. 그런데 힘이 지나쳐서 헤드폰 코드가 툭 끊어졌지 뭐예요."

"어이쿠, 저런." 나는 말문이 막혔다. 요즘은 헤드폰도 다양해서 고음질 헤드폰이라면 수만 엔이 넘는다는 얘기를 들은 적이 있다. 트레이드마크처럼 헤드폰을 귀에 달고 다니던 마루조코 아닌가. 음질에 누구보다 까다로웠을 가능성이 높다. 아니, 설령 고가의 제품이 아니더라도 그토록 애지중지하던 게 망가졌다면 방금 봤던 표정이 되는 건 당연한 일이다.

"망가진 헤드폰 때문에 화가 난 마루조코 씨와 뒤로 물러설 수 없게 된 이시이 씨가 어떻게 말려볼 수도 없게 심한 말을 주고받았어요. 겨우겨우 두 사람을 달래서 준비실을 나와 일단 대기실로 돌아갔죠. 마루조코 씨는 정말로 화가 났는지, 망가진 헤드폰을 대기실 쓰레기통에 던져버리더라구요."

쓰레기통이라니, 그 또한 난폭한 행동이다. 마루조코도 어지간히 화가 났던 모양이다. 어쩐지 미워할 수 없는 캐릭터였던 평소의 마루조코를 떠올리며 나는 딱하다는 마음이 들었다.

"그래서, 우에오카 씨는 내일 일정에 대해 어떤 얘기를 했어요?"

"내일은 아침 8시에 개관하는 대로 스태프들과 전시장에 들어가 대기 공간 뒤편 문에 감시인을 세울 거래요. 오늘 아침과는 달리 대회 이틀째라서 할 일이 많지는 않으니까 스태프 한 사람을 감시인으로 쓰겠다는 거예요. 그리고 그때까지는 방범 시스템이 작동해서 준비실에는 아무도 접근할 수 없다고 했어요."

나는 감시하던 도중에 했던 실험이 생각났다. 그 센서가 작동한다면 밤중에 어느 누구도 준비실 근처에는 가지 못할 터였다.

"그렇다면 이제 안심이군요."

하지만 내 말은 어딘가 공허하게 울렸다.

"그나저나 아오야마 씨는 여기서 뭘 하셨어요? 아까 사에코 씨하고 얘기하는 거 같던데."

미호시 씨가 물었다. 잠시 망설였지만 나는 결국 사실대로 말하지 않았다. 어쩔 수 없었다지만 나를 범인으로 몰아붙인 것에 대한 자그마한 앙갚음이기도 했고, 무엇보다 사에코는 두 번째 혼입과는 관계가 없는 사람이다. 따라서 굳이 그 얘기는 할 필요가 없을 것 같았다.

"마침 옆을 지나가다가 잠깐 인사했어요. 그보다 내가 스마트폰으로 2년 전 대회에 대해 검색해 봤어요."

"제4회 대회에 대해?"

"그 대회에 참가했던 사람들이 하나같이 입을 꾹 다물어버린 속사정과 이번의 혼입 사건을 따로 떼어놓고 생각할 수 없다는 느낌이 들어요. 그래서 2년 전 대회 때 어떤 일이 있었는지 내 나름대로 알아보려고……."

"그랬군요. 뭔가 유익한 정보를 얻었어요?"

"아뇨, 유감스럽게도." 나는 힘없이 고개를 저었다. "찾아낸 건 이런 엉뚱한 기사뿐이라서."

조금 전에 봤던 사이트가 아직 열려 있어서 나는 스마트폰을 미호시 씨에게 건넸다. 그녀는 별반 관심도 없는 얼굴로 그 르포 기사를 대충 훑어보았다. 스마트폰을 내게 건네고 이번에는 자신의 스마트폰을 꺼내 들었다.

"아오야마 씨의 무죄를 증명하고 진짜 범인을 잡아내려면 2년 전 대회 때의 일을 알아야 한다는 데는 나도 동감이에요. 그래서 지금 누군가와 통화를 해보려고요."

나는 어리둥절해서 입이 헤벌어졌다.

"아는 사람이 있어요?"

"네, 지난번 대회에 대해 아주 상세히 알고 있는 분이죠."

진지한 얼굴로 그녀는 스마트폰을 터치하고 있었다.

그녀의 귓가에서 새어나오는 연결음이 열 번에 이르렀다. 받지 않는 건가. 약간 초조해질 즈음, 갑작스럽게 연결음이 끊기고 상대의 말소리가 들려왔다.

사에코에게 무시를 당하고 정처도 없이 근처를 어정거리던 모카와 영감님이 우리 쪽으로 다가왔다. 이제 그만 가자, 라고 칭얼거리듯이 말했다. 내가 잠깐 영감님 쪽에 정신이 팔린 순간, 미호시 씨는 스마트폰에 대고 또렷하게 말했다.

"여보세요, 센케 료 씨?"

6

센케 료. 그 이름은 당연히 귀에 익었다.

5년 전 제1회 대회에서 당당히 우승해 간사이 전 지역에 이름을 떨친 천재 바리스타인 것이다. 얘기를 들어보니 그는 내가 짐작했던 대로 그 뒤에도 KBC에 연속 출전했고, 그중 제3회 대회까지 연달아 세 번을 우승했다고 한다.

"그나저나 미호시 씨가 센케 바리스타와 아는 사이일 줄은 상상도 못 했어요."

돌아오는 길, 모카와 씨가 운전하는 차 뒷좌석에서 나는 옆에 앉은 미호시 씨에게 말했다.

조금 전 통화에서 우리는 궁금했던 것, 즉 2년 전 대회에서 무슨 일이 있었는지를 센케에게서 자세히 들을 수 있었다. 그때도 역시 혼입 사건이 일어났다고 했다. 미호시 씨는 스마트폰 통화 소리를 스피커로 바꿔 센케가 말하는 내용을 나와 공유했다.

"아는 사이라기보다 예전에 잠깐 얘기를 나눈 정도예요. 그리고 바로 최근에도."

미호시 씨는 약간 겸연쩍은 기색이었다. KBC 대회를 동경했다면 그건 다시 말해 센케 료 바리스타에 대한 동경이라는 것과 같은 뜻이다. 아마 그런 겸연쩍음이 태도에 드러난 것이리라.

"본선 진출이 결정된 날에 아오야마 씨에게 말했던 '재미없는 이야기', 기억하지요?"

"설탕 그릇에 누군가 손을 댔다는 그 얘기?"

"네, 그날 설탕 그릇에 소금이 들었다고 화를 낸 손님이 오기 전에 그 테이블에 아는 분이 앉았다고 했죠? 그 사람이 바로 센케 씨였어요."

아하, 그래서 설탕 그릇에 소금이 있었다면 그냥 말없이 넘어갈 사람이 아니라고 단언했구나. 커피 업계의 프로라면 분명 망설임 없이 지적했을 것이다.

"실은 나도 그날 깜짝 놀랐어요. 벌써 몇 년째 센케 씨를 만난 적이 없었거든요. 지난번 대회가 끝난 뒤에 운영하던 가게를 접고 행방을 감춰버렸으니까요."

"센케 씨도 아까 통화할 때 그런 말을 하던데……. 대회를 휩쓴 천재 바리스타의 말로^{末路}가 그렇게 되다니, 나는 전혀 알지 못했어요."

"예전에 그 얘기를 듣고 나도 제4회 대회 때 어떤 일이 있었는지 내내 마음에 걸렸어요. 하지만 며칠 전에 탈레랑에 찾아왔을 때는 너무 뜻밖이라서 겨우 연락처만 묻는 게 고작이었죠. 그날 센케 씨는 2년 만에 개최된 KBC에 내가 출전한다는 소식을 듣고 격려해 주러 왔다고 했어요."

센케가 현재 어디서 어떻게 살고 있는지 미호시 씨도 알지 못한다고 했다. 탈레랑에 찾아왔을 때 넌지시 물어봤지만, 별로 밝히고 싶지 않은 눈치여서 더 이상 캐물을 수 없었다. 다만 이상한 일은, 행방을 감추기는커녕 제4회 대회 이후에도 여태껏 교토에서 살았는데 커피 업계 사람들 눈에 띄지 않았을 뿐이라고 한다. 그러고 보면 커피 업계도 당사자들이 자각하는 것보다 훨씬 더 폐쇄적인 사회인지도 모른다.

"자신이 어떻게 지내는지 밝히지 않은 것은 아까 통화할 때도 말했던 것처럼 바리스타를 은퇴했기 때문일까요? 근데 그건 어쩔 수 없는 일이잖아요, 2년 전 그 일로 트라우마가 생겨 몸이 에스프레소를 받아들이지 못하게 되었다면."

"탈레랑에 왔을 때는 자연스럽게 에스프레소를 마셨는데……. 아무튼 지금은 이번 대회에 대해서만 생각하기로 하죠. 더 이상 범인이 제멋대로 날뛰게 할 수는 없어요. 그런 의미에서 센케 씨가 내일 정말로 나와주신다면 정말 든든한 아군이 되겠죠?"

조금 전 통화 끝에 미호시 씨는 센케에게 대회 이튿째

인 내일, 대회장에 꼭 나와 달라고 간곡히 부탁했다. 센케는 난처한 기색이었지만 마지막에, 자신이 도움이 된다면 가겠노라고 응해주었다. 그 일은 아직 다른 어떤 출전자에게도 말하지 않았다.

제4회 대회 때의 일에 대해 여태 침묵해 온 우에오카와 출전자들이 센케를 보고 과연 어떤 반응을 보일까. 그중에 이번 대회의 범인이 있다면 분명 크게 동요할 것이다. 그들의 반응을 살펴볼 수 있다는 점에서도 센케의 도움은 반드시 필요하다.

그건 그렇고, 여전히 마음에 걸리는 게 있었다.

"혼입 사건에만 신경을 쓰다가는 경기에 집중하지 못할 텐데……. 미호시 씨는 그래도 괜찮겠어요? 오래도록 동경하던 무대에 드디어 오르게 됐는데."

최대한 신중하게 단어를 골라서 말한 것은 자칫 내 기분만 앞세우는 얘기로 들릴까 염려가 되었기 때문이다. 사실은 이렇게 말하고 싶었다. 미호시 씨가 내게 씌운 혐의 때문에 수사에 적극 나선 것이라면 그런 배려는 필요 없으니 최대한 경기에나 집중해 달라고.

총명한 사람이라서 내 속마음을 알아챘을 것이다. 모카와 씨가 사거리에 차를 진입시키고 마주 오는 차가 끊길 때까지 기다려 우회전할 동안, 미호시 씨는 내내 침묵하다가 이윽고 입을 열었다.

"맞아요, KBC는 내가 오래도록 동경해 온 무대였어요."

나는 그녀의 옆얼굴을 흘끔 바라보았다. 시선을 떨군 채 쓸쓸한 미소를 짓고 있었다.

"이번 대회에서 일어난 불미스러운 사건이 해결되지 않는다면 KBC 주최 측은 그 책임을 져야 할 것이고, 결국 대회 자체가 취소될 수도 있어요. 하지만 이 대회가 명맥을 이어간다면 틀림없이 기회는 다시 찾아와요. 지금 내게 무엇보다 중요한 건 혼입 피해를 당한 이시이 씨를 모른 체하고 경기에 집중하는 것보다 사건의 진실을 해명하고 나아가 새로운 방해 행위를 막는 거예요."

아마도 그건 스스로 결심한 일이겠지만 내심으로는 몹시 아쉬울 터였다. 지난 한 달 동안 그녀가 이 대회를 위해 얼마나 열심히 준비해 왔는지, 나는 곁에서 지켜보았다. 더구나 벌써 몇 년째 예선을 통과하지 못하다가 가까스로 얻어낸 본선 진출인 것이다.

그래도 그녀는 KBC를 위해 자신이 할 수 있는 일이 무엇인지, 깊이 고민한 끝에 어려운 결정을 내렸다. 그런 그녀의 의사를 나는 존중해 주어야 한다.

"어, 다 왔구먼."

마침 모카와 씨가 운전하는 차가 집 앞에 도착했다. 별로 멀지도 않다면서 일부러 길을 돌아 나를 집까지 데려다 준 것이다.

"모카와 씨, 고맙습니다. 미호시 씨도 오늘 고생했어요. 내일은 틀림없이 멋진 날이 될 거예요."

차에서 내리면서 문 틈새로 말하자 미호시 씨는 네에, 하고 힘차게 고개를 끄덕였다. 언덕 위에 서서 배웅하자니 멀어져 가는 자동차 꼬리등이 유성 같았다.

부디 내일이 무사히 지나가기를. 저절로 그런 기도를 올리지 않을 수 없었다.

2년 전 사건에 대한 센케의 이야기

그날 일은 지금도 또렷하게 생각나는군요.

원래 나는 제4회 대회에는 출전하지 않을 예정이었어요. 3회 연속으로 우승했으니 내 역할도 이쯤에서 끝났다고 생각했고, 계속해서 왕좌에 버티고 앉아 있는 것도 대회를 위해 그리 바람직한 일은 아니었으니까요. 그래서 제3회 대회를 마친 뒤에 은퇴하겠다는 뜻을 우에오카 씨에게 전했습니다.

마음이 바뀐 것은 본선 한 달 전쯤, 완성된 제4회 KBC 팸플릿을 손에 들었을 때였습니다. 좀 놀랐어요, 출전자 소개 페이지에 지난 대회의 우승자로 내 프로필이 실려 있었으니까요.

우에오카 씨가 결국 내 은퇴 의사를 받아주지 않은 거예요. 다음 대회에는 나가지 않겠다고 처음 말했을 때도 앞으로 1년 동안 다시 생각해 보라고 했고, 팸플릿도 언제든 내가 마음을 바꿔 참가할 수 있게 출전자와 나란히 프로필을 실었더라고요.

그렇게까지 배려해 주니 나도 그저 웃을 수밖에 없었죠. 그토록 나를 원한다면 한 번쯤 더 나가도 괜찮겠다고 생각했어요. 우에오카 씨에게 전화해 출전하겠다고 말했더니 역시 무척이나 반가워하더군요. 마음 바꾸기를 잘했다, 하고 나도 흐뭇했어요. 그 판단이 돌이킬 수 없는 사태를 초래할 줄은 꿈에도 생각을 못 한 채.

그렇게 제4회 대회 본선 날을 맞이했는데, 나도 너무 갑작스러운 결정이라서 제대로 준비할 시간을 갖지 못했어요. 완벽하다는 실감이 없는 레시피로 음료를 만들다 보니 평소에는 한 적이 없는 실수를 거듭해서 나는 예년만큼 좋은 평가는 받지 못했습니다. 그래도 마지막 경기를 남겨둔 시점에 가까스로 1위에는 올랐는데, 야마무라 아스카가 근소한 차이로 2위, 그리고 그 뒤를 마유즈미 사에코가 바짝 쫓는 상황이었죠. 사실상 우승은 우리 세 사람으로 좁혀졌습니다.

마지막 종목은 에스프레소 부문, 그리고 내 순서는 마지막이었어요. 긴장으로 손끝이 떨리더군요. 이전 대회에서는 경험해 본 적이 없는 일이었습니다. 하지만 그걸 의식하면 괜히 더 긴장할 것 같아서 나는 최대한 객석을 바라보며 설명을 이어나갔어요. 내 손 밑은 미처 쳐다볼 새도 없이 작업을 했죠. 그라인더에 원두를 투입하고 포터 필터에 그 가루를 넣어 가볍게 고르는 탬핑을 했어요. 그걸 머신에 세팅해 첫 에스프레소를 추출했습니다. 별문제 없이 착착 진행되었다고 생각했죠. 그런데…….

문득 데미타스 잔에 담긴 에스프레소가 눈에 들어왔는데 표면의 거품, 즉 크레마에서 뭔가 위화감이 느껴지더군요.

미호시 씨에게는 굳이 설명할 것도 없겠지만, 완벽한 상태의 크레마는 결이 곱고 헤이즐넛 색깔이 나지요? 그런데 그때 내가 추출한 에스프레소의 크레마는 부자연스럽게 희고 거품도 거칠었어요. 원래 향기가 진한 커피였기 때문에 확실하게 감지한 건 아니지만 약 냄새 같은 게 코끝을 스치는 느낌도 있었고.

지금 생각해 보면 정말 어처구니없는 짓이었어요. 하지만 그때는 극도로 긴장해서 냉정하지 못했던 모양이에요. 충동적으로 크레마의 이상을 확인해 보겠다고 그 에스프레소를 후루룩 마셔버린 겁니다. 에스프레소를 마실 때 으레 하듯이 두세 모금에 나눠 마실 양을 한 번에 후루룩.

그랬더니 입안을 찌르는 쓴맛과 타는 듯한 통증, 그리고 심한 구토감이 덮치더군요.

뭔가 먹어서는 안 될 것을 먹었다는 건 곧바로 알았어요. 얼른 토하려고 했지만 이미 삼킨 뒤라서 잘 안되더군요. 온몸에서 힘이 빠지면서 균형을 잃고 카운터 모퉁이에 정통으로 머리를 찧었습니다. 그 길로 의식을 잃었어요.

다시 눈을 떴을 때는 아테리 플라자의 양호실 침대 위에 있었습니다.

곁에 우에오카 씨가 서 있더군요. 그녀는 내가 눈을 뜨자마자 대체 무슨 일이냐고 물었습니다. 잘 돌아가지도 않는 혀로, 누군가 커피잔에 독을 넣은 것 같다, 즉시 경찰을 불러달라고 말했죠. 하지만 돌아온 우에오카 씨의 말에 나는 내 귀가 의심스러웠습니다.

그녀가 그러더군요. 커피 원두며 물이며 잔까지 모두 조사해 봤는데 이상한 게 혼입된 흔적이 없었다는 거예요.

물론 그럴 리가 없다고 말했죠. 독극물에 대한 지식도 없는 아마추어들이 잠깐 조사해 본 정도로 뭘 알겠느냐고 따지기도 했어요. 아니, 그렇잖습니까, 근소한 차로 1위를 지키는 나를 어떻게든 해코지하려는 사람도 있을 수 있잖아요. 하지만 우에오카 씨는 자신이 직접 똑같이 에스프레소를 내려서 마셔봤는데 별다른 이상이 없었다는 거예요. 그러니 더 이상 반론할 도리가 없더라고요.

딱하다는 눈빛으로 나를 바라보던 우에오카 씨는 양호실을 떠났습니다. 나 혼자 누워 있으려니 온갖 의혹이 머리를 스치더군요. 분명히 커피에 뭔가를 넣었다는 건 누구보다 내가 잘 알고 있었어요. 하지만 본선에서 그런 사건이 일어났다는 얘기가 여기저기 퍼져나가면 KBC의 이미지는 손상되고 자칫 대회마저 취소되겠죠. 그래서 책임자를 중심으로 이 사건을 은폐하려는 게 아닌가. KBC가 이렇게 나를 버리는구나. 첫 회 때부터 나름대로 힘껏 공헌해 왔는데, 그 KBC가 나를!

그런 상황을 바로잡으려면 커피에 독을 넣은 범인을 잡아내 낱낱이 실토하게 하는 수밖에 없었어요. 비틀거리는 몸을 채찍질하듯 일으켜 서둘러 대기실로 갔죠. 출전자들이 모두 모여 있더군요. 그들을 향해 소리쳤어요, 내가 내린 에스프레소에 이물질을 넣은 사람이 누구냐고. 그랬더니 누군가는 비아냥거리고 누군가는 코웃음을 치고 누군가는 겁에 질린 표정으로 다들 구경꾼처럼 나를 쳐다보더군요. 나와 친했던 아스카까지 시선을 돌린 채 아무 말이 없었어요. 그런 와중에, 이번 제5회 대회에는 출전하지 않은 바리스타지만, 그 친구가 마치 대표자인 것처럼 나서서 말하더라고요.

―우에오카 씨한테 다 들었어요. 그거, 센케 씨의 자작극이라면서요?

나는 그때도 사안의 중대성을 미처 깨닫지 못했어요. KBC는 단순히 나를 버리기만 한 게 아니에요. 마지막으로 나 자신도 알지 못한 사이에 본의 아닌 공헌을 한 셈이지요.

하지만 아무리 사건을 은폐해도 대회장에는 목격자가 있게 마련입니다. 전혀 없었던 일로 만들 수는 없었겠지요. 그들을 이해시킬 시나리오를 날조해서라도 혼입 사건을 없었던 일로 만들자면 결론은 한 가지뿐이에요.

이 일은 완전히 센케 료의 자작극이었다. 4연승이 걸려 있는 참에 2위 출전자가 바짝 추격하자 궁지에 몰린 센케 료가 마지막 종목에서 질까 봐 소란을 일으켜 종목 자체를 무효로 만들려고 했다……. 그게 그들이 날조해 낸 시나리오예요.

그렇게 나는 KBC의 존속을 위해 내 몸만 망가진 게 아니라 지금껏 착실히 쌓아온 평가와 실적도, 내가 경영하던 커피점도, 바리스타로서의 생명까지도 모조리 희생양으로 바쳐버렸어요. 의식을 잃고 있는 동안에 내 모든 것을 빼앗겨 버린 겁니다.

더 이상 반론할 방도가 없어서 나는 추악한 패자라는 오명을 쓰고 대회장을 떠날 수밖에 없었습니다. 짐작이나 할 수 있겠어요, 그때 내가 느꼈던 절망감을? 그렇게 실의에 빠져 하루하루를 보내는 사이에 내 몸이 에스프레소를 받아들이지 못한다는 걸 알았어요. 그날 일이 자꾸만 떠올라 에스프레소만 마시려고 하면 구역질이 나는 거예요. 그러니 바리스타 일도 할 수 없었죠. 어차피 소문이 퍼져 커피점을 찾는 손님도 눈에 띄게 감소했습니다.

거기까지가 한계였어요. 나는 가게를 접고 주위 사람들과의 관계를 끊었습니다. 얼마 전에 미호시 씨에게 내 연락처를 알려주기 전까지 내내 그런 상태였어요.

그때 탈레랑에 찾아간 것은 사실 격려하기 위해서가 아

니었어요. 2년 만에 대회가 개최된다는 소식을 듣고 팸플릿을 펼쳐봤더니 반가운 얼굴이 있더군요. 2년 전 대회에 출전했던 사람들이야 어떻게 되든 상관없어요. 하지만 미호시 씨는 그 일에 대해 아무것도 모르잖습니까. 그래서 이런 얘기를 해주고 싶었어요. 부디 조심하라고. 하지만 본선 진출자로 뽑혔다고 기뻐하는 미호시 씨를 막상 마주하고 보니 차마 입이 떨어지지 않더군요.

그런데 오늘 미호시 씨의 전화를 받고 이번에야말로 실감했습니다. 부디 조심하라고 말해주려고 했던 게 괜한 노파심이 아니었어요. 일단 미호시 씨가 직접 피해를 본 건 아니니 다행이지만, 이번에도 또다시 악의에 찬 혼입 사건이 일어났잖습니까.

이런 걸 비극이라고 해야겠지요. 정말 어처구니가 없어요. 2년 전에 나 자신을 희생해 가며 지키려고 했던 KBC가 다시 소멸될 위기에 처하다니. 이제야 자기들의 잘못을 깨닫고 그들이 오늘 나를 위해 조금쯤은 가슴 아파했을까요?

제4장

둘째 날

1

그가 대회장에 나타났을 때, 마치 밀폐된 공간에 바람구멍이 뚫린 것처럼, 혹은 잔잔한 호수에 돌연 소용돌이가 일어난 것처럼 분위기가 급변하는 것을 나는 분명하게 감지했다.

"세, 센케 씨!"

"당신이 어떻게 여기에?"

미호시 씨의 주선으로 객석에 모인 다섯 명의 출전자—우에오카, 사에코, 이시이, 간다, 그리고 아스카—는 그를 보자마자 제각기 한마디씩 내뱉었다. 의자에서 벌떡 일어서거나 반대로 바짝 굳어버리거나, 반응은 다양했지만 하나같이 망령이라도 본 것처럼 경악했다.

"다들 잘 지냈어요? 2년 만이군요."

센케는 간밤에 약속한 대로 아테리 플라자의 제5회 KBC 대회장을 찾아왔다.

연한 파란색 셔츠에 갈색 테일러드재킷을 걸친 단정한 차림새였다. 상큼한 미소를 띠고 인사하는 그를 따뜻하게 환영하는 사람은 없었다. 하긴 그럴 만도 하다. 2년 전 대회에 얽힌 기억과 그에 따른 복잡한 감정이 저마다 가슴속에 교차할 터였다.

"센케 씨, 여기는 어떻게 나오셨어요?"

가장 먼저 당혹감을 드러낸 사람은 간다였다. 적의에 찬

말이라기보다 이 자리에 나타나서는 안 되지 않느냐고 타이르는 듯한 투였다.

"센케 씨에게 꼭 나오시라고 부탁한 건 나예요."

미호시 씨가 센케 옆으로 다가가 대신 답했다.

"어떻게 센케 씨의 행방을 알아냈어요?"

궁금해서 견딜 수 없다는 듯이 아스카가 물었다.

"얼마 전에 센케 씨가 저희 커피점에 찾아오셨어요. 그때 연락처를 알았죠."

"그랬구나. 근데 왜 센케 씨를 여기에?"

우에오카의 질문에도 복잡한 속마음이 배어 나왔다.

"이번 대회의 두 차례 혼입 사건과 제4회 대회 때의 일이 분명 관계가 있다고 생각했기 때문이에요. 오늘도 경기를 계속해야 하는데 또 다른 혼입 사건이 발생하지 않는다는 보장이 없는 한, 2년 전 혼입 사건의 당사자인 센케 씨도 나오셔야 한다고 판단했습니다."

"누구 마음대로 그런 결정을 해요? 당신은 2년 전 일은 알지도 못하잖아요!"

이시이가 큰소리를 냈지만 미호시 씨는 태연하게 응했다.

"그 일이라면 센케 씨에게서 상세히 들었어요."

"바로 그 센케 씨의 자작극이라고 이미 결론이 난 일이에요."

"하지만 본인은 부정하고 계세요."

"그야 당연하죠. 내가 했습니다, 하고 순순히 인정하겠어요?"

"그럼 이시이 씨는 궁금하지 않은가요, 자신의 경기를 방해한 범인이 누군지?"

그러자 이시이는 말문이 턱 막혔다. 밀어붙이듯이 미호시 씨가 말을 이어갔다.

"설령 2년 전 혼입 사건이 센케 씨의 자작극이었다고 해도, 이번 일은 이시이 씨 본인이 내가 했노라고 인정하지 않는 한, 따로 범인이 있다는 얘기예요. 2년 전 일과 이번 대회, 두 건의 혼입이 동일범에 의한 것이라고 단정할 수는 없지만, 적어도 지난번 대회의 일이 이번 대회의 혼입 사건에 방아쇠가 되었을 개연성이 높아요. 그렇다면 두 번 다시 나쁜 짓을 못 하도록 범인을 찾아내는 데 반드시 센케 씨가 필요해요."

"그래도 어제 일은 이미 해결됐잖아요."

"아뇨, 2년 전 일까지 합해 총 세 건의 혼입 사건이 아직 해결되지 않았어요. 각각 유력한 용의자가 한 사람씩 지목되었다는 정도죠."

2년 전에는 센케 료, 올해의 에스프레소 부문에서는 아스카, 그리고 커피 칵테일 부문에서는 나, 그렇게 세 명인가. 어처구니가 없었지만, 현재로서는 그런 내 처지를 감수할 수밖에 없었다.

"범인을 이대로 둔다면 앞으로 KBC는 개최 자체가 어려워질 수 있어요. 당사자인 우리가 이번 소동이 다음 대회에까지 영향을 미치지 않도록 어떻게든 막아야 할 의무가 있습니다. 그러기 위해서는 지금까지의 모든 일을 명명백백히 밝혀내는 수밖에 없어요."

"미호시 바리스타, 그런 마음은 고맙지만……."

우에오카가 달래듯이 말했을 때, 그 목소리를 지워버릴 만큼 큰 소리가 등 뒤에서 날아왔다.

"죄송합니다, 늦었습니다!"

전시장 입구 쪽에서 허둥지둥 달려와 머리를 숙인 것은 마루조코였다.

오늘도 어제와 마찬가지로 오전 9시까지 집합하기로 했다. 그리고 어제처럼 따로따로 준비실에 들어가면 다시 혼입 사건이 일어날지 모르니 전원이 모두 모일 때까지 카드 키를 관리실에서 가져오지 않는다는 방침을 세웠다. 그런 방침에 대해 출전자들은 어제 이미 필요한 짐을 모두 준비실에 가져다 놓았는지 별다른 반대는 없었다.

현재 시각은 오전 9시 20분. 오늘은 개회식이 없는 만큼, 아침 이 시간에 집합해도 문제가 없기는 했지만, 마루조코가 이십 분을 지각했다는 건 분명한 사실이었다. 어제부터 긴박한 상황이 이어지고 있건만 진짜 배짱 좋은 친구다. 역시나 오늘은 헤드폰은 쓰지 않았지만, 그것도 단순히 어제오늘 사이에 새것을 준비할 여유가 없었기 때문인지도 모른다.

"드디어 모두 모였으니 이제 가시죠, 우에오카 씨."

간다의 재촉에 우에오카는 일단 관리실에 들러 카드 키를 받아와 출전자들을 이끌고 대기 공간 뒤편 문으로 사라졌다. 물론 나는 따라가지 않았다. 어제 그러겠다고 맹세했기 때문이다.

센케는 그들과 함께 가서 이십 여 분 동안 돌아오지 않았다. 이윽고 모습을 드러냈을 때, 센케는 감개무량한 듯 무대와 객석을 둘러보더니 무슨 생각을 했는지 맨 앞줄에 앉은 내 오른쪽 옆에 와서 앉았다.

어제 함께 전화 통화 내용을 들은 사람이 나라는 것은 미호시 씨가 이미 알려준 모양이었다. 그래서 내 옆자리에 와서 나란히 앉은 모양인데 아무래도 신경이 쓰였다. 천재 바리스타를 동경한다는 특별한 감정은 없지만, 센케 료는 나에게도 분명 유명인이었다. 말도 없이 앉아 있는 게 훨씬 더 어색한데도 나는 괜히 긁어 부스럼이 될까 입을 꾹 다물고 침묵할 수밖에 없었다.

KBC를 둘러싼 복잡한 사건에는 아무 관심도 없는지 대회장에 도착하자마자 바람처럼 사라졌던 모카와 씨도 슬슬 객석에 자리를 잡았다. 그리고 드디어 오전 10시, 어제와 똑같은 여성 사회자가 높직한 목소리로 이틀째의 개막을 선언했다.

"지금부터 제5회 간사이 바리스타 경연 대회의 이틀째

경기를 시작하겠습니다. 대회장을 찾아주신 관객 여러분, 어제에 이어 열전을 펼칠 여섯 명의 바리스타에게 따뜻한 성원을 부탁드립니다!"

박수 소리가 끓어오르고 무대 아래쪽에서 우에오카가 나타났다. 오늘 처음 온 관객들을 위해 대회의 개요를 간단히 설명했고, 이어서 들려온 것은 팡파르였다. 즉시 사회자가 첫 경기자의 준비 작업을 메워주는 토크를 시작했다.

"그러면 세 번째 종목인 라떼 아트 부문에 대해 알아볼까요? 우에오카 씨, 라떼 아트라는 건 우리의 혀뿐만 아니라 눈까지 즐겁게 해주는 음료로 일반인들 사이에 특히 인기가 높지요?"

"네, 그렇습니다. 일반적으로, 에스프레소 표면에 그림을 그려내는 것을 라떼 아트라고 합니다만, 실제로는 프리 푸어, 즉 우유를 따르는 움직임으로 그려내는 것과 픽으로 선을 그리는 에칭 기법 등 몇 가지로 분류됩니다. 이번 경기에서는 프리 푸어로 그려내는 일반적인 라떼 아트, 그리고 좀 더 작은 잔에 만들어내는 마끼아또, 그리고 기법에 제한을 두지 않고 자유롭게 그려내는 디자이너스 라떼까지, 세 종류를 만들게 됩니다. 제한 시간은 팔 분. 이번 종목에서 바리스타에게 필요한 것은, 어디까지나 고객에게 음료를 제공하는 기술이지 예술품을 만들어내는 능력이 아닙니다. 한정된 시간 안에 얼마나 신속하고 정확하게 완성도 높은 라떼 아트를 만들어내는가 하는 점이 평가 대상입니다."

고개를 끄덕여가며 귀를 기울이고 있는데 문득 오른편에서 목소리가 들렸다.

"괜찮아요. 아무 일 없을 테니까."

"네?"

반사적으로 고개를 돌렸다. 센케는 무대를 응시하고 있었지만 그게 내게 건넨 말이라는 건 분명했다.

"준비실 상황을 내가 똑똑히 지켜보고 왔어요. 분위기가 팽팽하게 긴장해서 마치 서로가 서로를 감시하는 것 같았죠. 그런 분위기에서는 설령 자기 재료에라도 이물질을 섞기가 어려울걸요."

아, 네에, 하고 나는 억지 대답을 했다. 얼굴에 얇은 막을 씌운 듯한 센케의 웃음에서는 어떤 감정도 읽히지 않았다.

"그러니 마음 놓고 봐도 돼요. 저거 봐요, 첫 출전자의 경기가 시작됐어요."

무대로 시선을 돌렸다. 카운터 안쪽에 이시이가 서 있었다.

두 번씩이나 혼입 피해를 당해서인지 눈에 띄게 긴장한 표정으로 경기에 나선 이시이였지만, 결론부터 말하자면 또다시 이변이 일어난 듯한 기척은 없었다. 처음으로 무사히 경기를 마친 이시이는 이제 완성도 따위는 문제도 아니라는 듯 맥 빠진 웃음을 내보였다.

라떼 아트 부문은 단순히 멋진 그림의 라떼 석 잔을 만들어내는 것만이 아니라 세 가지 그림에 연속되는 이야기를 담아 그 아름다움을 더욱 돋보이게 하는 게 일반적인 연출 방식이다. 이를테면 두 번째 출전자 마루조코는 '마른 들판에 피어난 희망'이라는 제목으로 첫 잔에는 물방울을 그려 들판에 비가 내리는 모습을, 두 번째 잔에는 잎사귀를 그려 새싹이 움트는 모습을, 그리고 세 번째 잔에는 마침내 활짝 피어난 꽃의 모습을 담았다. 헤드셋 마이크에서 흘러나오는 설명을 통해 그 의미가 관객에게 전해질 때마다 감탄의 박수 소리가 터져 나왔다.

세 번째로 나온 아스카는 다른 출전자를 일거에 압도하는 섬세한 솜씨로 호랑나비와 거미줄 같은 곤충의 세계를 그려냈다. 그리고 네 번째가 미호시 씨의 순서였다.

"저는 라떼 아트 그림으로 우리 커피점 탈레랑에서 함께 일하는 동료들을 소개하겠습니다."

미호시 씨의 첫 설명을 듣자마자 지금까지의 이야기와는 전혀 다른 취향이라서인지 관객들이 여기저기서 몸을 앞으로 내밀며 관심을 보였다. 상당히 좋은 반응이다.

"저는 기리마 미호시라고 합니다. 친척이 경영하는 커피점 탈레랑에서 일하면서 멋진 바리스타가 되기 위해 아직도 공부하는 중이죠. 부모님이 지어주신 이름 미호시는 한자로는 '아름다운 별美星'이라는 뜻입니다."

그녀가 들고 있는 잔의 표면에 별 모양이 그려졌다. 프리 푸어로 다섯 군데의 호를 그리는 동작을 반복해 만들어낸 곡선의 별이다.

"다음은 커피점 탈레랑의 사장이자 제 외할머니의 동생이신 모카와 마타지 씨. 트레이드마크는 턱수염과 모스그린색의 니트 모자. 이 모자를 벗으면 어떤 모습이 드러날까요? 쉿, 그건 비밀이랍니다."

객석에서 킥킥거리는 웃음이 터졌다. 내 뒤쪽에서 오늘도 그토록 애지중지하는 니트 모자를 쓰고 계신 모카와 씨는 적잖이 민망한 표정을 지었을 것이다. 설명하면서 미호시 씨가 그려낸 것은 잎사귀 라떼 아트였다. 니트 모자의 색감을 표현한 것이다.

"그리고 또 한 사람, 아니, 또 한 마리, 탈레랑 커피점에는 동료가 있습니다."

설명과 함께 미호시 씨는 정성껏 우유 거품을 내기 시작했다. 공기를 듬뿍 품어 우유 저그에서 곧 흘러넘칠 것 같은 거품은 솜처럼 부드러워 보이지만 실은 귀퉁이가 바짝 설 만큼 단단하다. 그것을 미리 준비해 둔 카페라떼 위에 스푼으로 떠넣어 형태를 만들어나간다. 그리고 약간 남겨두었던 에스프레소로 색을 더했다.

"자아, 커피점 탈레랑의 마스코트 샴고양이 샤를입니다!"

완성한 디자이너스 라떼 잔을 빙글, 돌려 관객에게 내보인 순간, 장내가 술렁거렸다.

카페라떼로 채워진 보통 크기의 잔, 그 표면을 뚫고 우유 거품 고양이가 얼굴을 쏙 내밀었기 때문이다. 눈과 수염은 에칭으로 그렸고, 귀와 코 주위는 에스프레소로 진하게 표현해서 진짜 샤를을 빼닮은 모습이었다.

샴고양이 샤를을 위해 미호시 씨는 일부러 입체 라떼 아트에 도전한 것이다. 강한 인상을 남기자는 작전이었는데, 관객의 반응을 보니 이게 예상보다 잘 먹힌 것 같다.

"이것으로 저의 경기를 마칩니다."

미호시 씨의 인사와 동시에 정지한 타이머는 칠 분 오십팔 초로 나왔다. 사전 연습 때 미호시 씨는 입체 라떼 아트는 시간과의 싸움이라는 점을 누누이 강조했다. 일반적인 스티밍에 비해 우유 거품을 더 단단하게 내고 그 거품을 떠서 스푼으로 모양을 만들 때도 매우 섬세한 기술이 필요해서 어떤 종목보다 신중해야 한다. 다른 두 잔은 단순하게 마무리하는 것으로 시간을 적절히 안배하고, 거기에 꼼꼼한 준비와 계획, 연습을 무한 반복해 겨우 해낼 수 있는 연출이었다.

아, 잘돼서 다행이다. 어느 때보다 큰 관객의 박수갈채를 들으며 마치 내가 출전자인 것처럼 가슴을 쓸어내렸다.

다섯 번째로 나온 간다는 결과가 좋든 나쁘든 역시 빈틈이 없었지만, 미호시 씨 바로 다음 순서였던 게 약간 불리하게 작용할 것 같았다. 그의 경기도 별 탈 없이 끝나고, 자리를 바꾸듯이 여섯 번째로 사에코가 무대에 올랐다.

"마지막 순서군요."

앞을 바라본 채로 센케가 말했다.

"센케 씨 말씀대로 아무 일 없이 지나갔네요."

나는 그렇게 대답했다. 무대에서는 지난번 우승자의 관록이라고 할 여유를 보이며 사에코가 양팔을 펼쳐 관객에게 인사하는 참이었다.

"이 종목, 센케 씨는 어떻게 될 거라고 예상하세요? 미호시 씨도 꽤 괜찮게 한 것 같긴 한데."

KBC를 누구보다 잘 아는 센케의 의견을 듣고 싶었다. 그는 별로 고민할 것도 없이 곧바로 대답했다.

"라떼 맛을 확인해 본 건 아니지만, 적어도 아트 부문에서는 지금까지 미호시 씨가 가장 잘했어요. 하지만 사에코의 경기를 보지 않고서는 결론을 내리기가 어렵군요."

단순히 아직 한 사람이 남았다는 뜻은 아닌 것 같다.

"사에코 씨가 라떼 아트를 특히 잘하는 편인가요?"

"상당히 잘하죠. 나도 이 종목에서는 패했던 적이 있어요. 일단 손재주가 뛰어난 데다 속도도 빨라서 다른 출전자보다 선이 복잡한 무늬를 세세하게 표현해 내거든요. 미호시 씨는 아이디어가 뛰어난 쪽이지만, 기본기만 보자면 사에코는 출전자 여섯 명 중에서 가장 뛰어날 겁니다."

즉 사에코는 이 라떼 아트 종목에 특히 중점을 둘 가능성이 있다. 자신의 특기 종목이던 커피 칵테일 부문에서 해코지를 당한 이시이가 생각나서 나는 불길한 예감이 들었다.

"제가 여러분께 보여드릴 것은 바닷속 세계입니다."

설명과 함께 사에코는 작업에 들어갔다. 이 또한 관객의 호기심을 자극하는 주제였다. 잎사귀를 산호처럼 바꾸고 프리 푸어로 물고기를 그리려나, 하고 나는 앞질러 상상해 보았다.

낭비 없는 동작으로 에스프레소를 내린 뒤, 사에코는 카운터에서 뭔가를 집어 들었다. 그 모습을 보고 센케가 중얼거렸다.

"우유 팩에서 직접 저그에 따르려는 건가? 특이하네."

사에코가 집어 든 것은 1리터 종이 팩 우유였다. 마개를 돌리는 걸 보니 아직 열지 않은 우유 팩이다. 다른 출전자들은 쓰기 편하게 뚜껑이 달린 텀블러에 미리 우유를 옮겨두고 경기에 임했기 때문에 센케는 종이 팩을 그대로 쓰는 것이 마음에 걸린 모양이다. 참고로, 사에코가 쓰는 우유는 후원사에서 제공한 것이 아니라 자신이 따로 준비한 것이다.

"아, 그건요……."

사정을 알고 있는 내가 센케에게 설명하려고 했을 때였다.

"꺄악!"

허공을 가를 듯한 비명과 함께 사에코는 개봉한 우유 팩을 털썩 떨어트렸다.

안에 든 것이 무대에 쏟아져 마치 살아 있는 생물처럼 슬금슬금 퍼져갔다. 뜻밖의 광경에 관객들의 시선이 일제히 그쪽에 쏠렸다.

우유 팩에서 흘러나온 액체는 우윳빛이 아니었다.

아니, 정확히 말하면 예전의 순수한 흰빛을 띠고 있기는 했다. 다만 붉은빛이 섞여 진한 색채를 내뿜는 것이었다.

우유에 딸기 과즙을 섞는다면 그 비슷한 색감일까. 거기서 눈을 떼지 못한 채 사에코는 두 손을 입에 대고 바들바들 떨었다. 가장 먼저 움직여야 할 사회자와 우에오카도, 다른 스태프와 출전자도 얼어붙은 듯 우두커니 서버렸다.

"이물질이 섞였어." 그 광경을 본 사람이라면 모두 알고 있는 말이 내 입에서 튀어나왔다. "또다시 혼입 사건이 일어났어요!"

설마, 하며 센케가 옆에서 끄응 신음하는 소리가 들렸다.

2

망연자실한 상태로 객석에 앉아 있던 내가 관계자로 대기실에 불려간 것은 그로부터 십 분이 지난 뒤였다.

라떼 아트 부문은 기권 처리된 사에코를 제외하고 다른 다섯 명을 대상으로 심사가 이루어졌다. 그 결과, 미호시 씨가 처음으로 종목별 1위를 손에 넣었다.

객석으로 나를 데리러 온 미호시 씨와 함께 대기 공간 뒤쪽 통로로 들어갔다. 관계자들이 기다리는 대기실 문을 열자 가장 먼저 눈에 들어온 것은 테이블에 놓인 붉은 식용색소였다.

"센케 씨가 여기 쓰레기통에서 찾아냈어요. 범인이 사에코 씨의 우유에 탄 뒤에 여기에 버린 모양이에요."

미호시 씨의 말에 화장대 앞에 서 있던 센케가 고개를 끄덕였다. 라떼 아트 부문이 끝난 뒤에 그는 다른 출전자들과 함께 무대 뒤에서 사에코의 우유에 무슨 일이 있었는지, 조사에 참여했다.

나는 테이블 위의 식용색소 병을 들고 안을 살펴보았다. 마개는 열렸고 내용물이 반쯤 줄었다. 그 우유를 빨갛게 물들인 게 바로 이 붉은 식용색소였다. 이거라면 색깔 때문에 누군가 깜빡 마실 리 없고, 혹시 마셨더라도 앞서 일어난 두 건의 혼입 사건과 마찬가지로 몸에 해는 없을 터였다.

"아니, 혼입 사건이 벌써 두 번이나 일어났는데 왜 무대에 오르기 전에 우유 팩을 확인하지 않았냐고."

이시이가 원래부터 가느다란 눈을 한층 더 가늘게 뜨며 사에코를 나무랐다. 그렇게 나무랄 수 있는 건 아마 그 또한 피해를 당한 처지였기 때문일 것이다.

"우유는 팩을 뜯지 않는 게 더 안전하다고 생각했죠."

사에코는 다부지게 쏘아붙였지만, 여전히 얼굴이 창백해

서 나는 그녀가 좀 가여웠다.

"하지만 아직 뜯지도 않은 우유 팩에 어떻게 색소를 넣었을까요?"

아무래도 이상해서 내가 물어보자, 미호시 씨는 색소 병 옆에 놓인 우유 팩을 집어 내게 보여주었다.

"여기 이 입구 부분을 보세요."

그녀가 가리키는 대로 '여는 곳' 아래쪽을 보았다. 끝에 1센티미터 폭의 양면테이프가 붙어 있었다. 실소가 터질 만큼 단순한 속임수였지만, 아직 뜯지 않았다는 선입견이 있는 상태에서는 의외로 알아차리기 힘들 것 같았다.

"팩 귀퉁이를 뜯고 안에 색소를 넣은 뒤에 양면테이프를 붙여 아직 안 뜯은 것처럼 속였군요."

"네, 그 생각이 틀림없을 거예요."

"근데 이 우유는 어떻게 된 거야? 내가 나눠준 우유가 아니잖아요."

후원한 우유 회사에 대한 미안함도 있었는지 우에오카가 미간을 찌푸리며 물었다.

사에코가 흘끔 나를 보았다. 일이 이렇게 된 마당에 더 이상 감출 일이 아니었다. 나는 슬쩍 고개를 끄덕이고 사에코 대신 설명에 나섰다.

"이 우유는 어제 내가 준비실 앞에서 감시할 때 사에코 씨가 가져온 거예요."

짧은 술렁임이 실내를 채웠다.

"이건 또 무슨 소리야. 사에코 씨, 설마 어제 점심시간에 준비실에 들어갔어요?"

이시이가 추궁하자 사에코는 시선을 돌리며 대답했다.

"네, 어제 잠깐 준비실에 들렀어요. 하지만 나는 그 위장약과는 관계없어요."

"미리 말씀드리지 못해 죄송합니다." 나는 머리를 숙였다. "하지만 사에코 씨 말이 맞아요. 그녀는 이 우유 팩을 냉장고에 넣고 나왔을 뿐입니다."

"무슨 일인지 좀 더 자세히 얘기해 줄래요?"

감정을 억누른 목소리로 미호시 씨가 얘기를 진행시켰다.

"준비실 문 앞에서 감시를 시작하고 이십 분쯤 지났을 때예요. 사에코 씨가 통로 너머에서 얼굴을 내밀었습니다."

하얀 비닐 봉투를 든 그녀는 별반 주위에 신경 쓰는 기색도 없이 내게 말했다.

"잠깐 문 좀 열어주세요. 냉장고에 넣어둘 게 있어요."

네, 얼마든지 들어가십시오, 라고 해서는 감시인으로서 실격이다. 일단 카드 키로 준비실 문을 열어주기는 했지만, 나는 그녀가 가져온 것을 철저히 확인했다.

"그게 뭡니까?"

"이거."

사에코는 비닐 봉투에서 우유 팩을 꺼내 보여주었다.

"우유가 왜 필요하지요? 주최 측에서 준비해 주기로 했잖아요."

"오늘 아침에 에스프레소 부문에서 그 우유를 써봤는데 아무래도 스팀할 때의 느낌이 평소와 달랐어요. 거품이 곱게 나오지 않는다고 할까. 지난번 대회 때는 그런 느낌이 전혀 없었는데……."

카페라떼나 카푸치노를 만들 때는 에스프레소뿐만 아니라 우유도 완성도에 큰 영향을 끼친다. 이를테면 스티밍에는 성분 무조정 우유를 쓰는 것이 일반적이다. 성분이 조정된 우유로는 실크처럼 매끈하고 결 고운 거품을 내기가 어렵고, 부드러운 맛이나 달콤함도 떨어진다고 알려져 있다. 물론 후원사에서 준비해 준 우유도 성분을 조정하지 않은 원유 그대로지만 신선도나 보존 상태에 따라 민감한 바리스타들은 위화감을 느낄 수 있다.

"에스프레소 부문에서는 어쩔 수 없이 그 우유를 썼지만, 라떼 아트 부문에는 절대로 쓰고 싶지 않았어요. 그래서 근처 편의점에 가서 내가 항상 쓰던 메이커의 우유를 사 왔어요."

"규정상 괜찮습니까, 다른 우유 회사 제품을 써도?"

"문제없을 거예요. 과거에도 그런 예가 있었거든요. 자기가 아는 목장에서 일부러 주문해다 썼죠."

그렇다면 내가 참견하고 나설 일은 아니었다. 라떼 아트 부문은 내일이지만, 오늘 안에 마음에 드는 우유를 챙겨두려는 그 마음은 충분히 이해되었다.

사에코는 냉장고 문을 열더니 우유 팩을 감추듯이 안쪽으로 밀어 넣었다. 다른 사람들 눈에 띄면 이러니저러니 말이 많을까 봐 그러는 모양이었다.

"다른 그릇에 옮겨 담지 않아도 돼요?"

에스프레소 부문에서 출전자들은 미리 정확하게 계량한 우유를 텀블러에 담아 카운터에 늘어선 여러 개의 저그에 똑같이 나눠놓고 썼다. 경기 중에는 계량할 여유가 없기 때문이다. 원래 라떼 아트에 쓰는 우유는 저그의 오목한 부분을 눈금 삼아 분량을 짐작하는 일이 많고, 또한 그림을 완성한 시점에 우유가 약간 남는 정도가 딱 적당해서 정확히 계량해 두지 않아도 경기에 별다른 지장은 없다.

"아뇨, 팩으로 두는 게 좋아요. 칵테일 부문에서는 우유를 쓸 일이 없으니까. 게다가 내가 다른 우유를 쓰는 걸 보고 후원사에서 좀 더 품질 좋은 제품을 만들어준다면 더 바랄 게 없겠죠?"

사에코가 웃으며 말하는지라 나는 어깨를 으쓱할 수밖에 없었다.

내가 여기 왔다는 건 비밀로 해주세요. 그녀는 그렇게 말하며 매력적인 윙크를 날리고는 준비실을 떠났다. 나는 다시 준비실 문을 닫았고, 나중에 출전자들 전원이 나타날 때까지 더 이상 카드 키는 쓰지 않았다.

"……네, 그렇게 된 겁니다. 기껏해야 오 분 정도였나, 그때 사에코 씨가 어떤 수상쩍은 행동도 없었다는 건 내가 보증합니다. 물론 그 틈에 다른 누군가가 침입한 일도 절대로 없었습니다."

어제 일을 낱낱이 털어놓는 나를 보며 이시이가 혀를 끌끌 찼다.

"그런 얘기를 왜 이제야 하는 거냐고."

"두 번째 혼입 사건과는 관계가 없다고 판단했거든요. 어쨌든 죄송합니다."

"그렇다면 세 번째로 이물질을 넣는 게 가능했던 사람은 딱 한 명밖에 없어요."

마루조코가 말했다. 오늘은 헤드폰이 없어서인지 그도 발언에 적극적이었다.

"누굽니까, 그게?"

고개를 갸우뚱하는 나를 마루조코가 손끝으로 쿡 찌르듯이 가리켰다.

"당연히 아오야마 씨 당신이죠. 어제 사에코 씨가 준비실에 다녀간 뒤에 이시이 씨의 소금 병과 사에코 씨의 우유 팩에 각각 이물질을 넣는 게 가능했잖아요?"

또 다른 혐의까지 씌워지는 바람에 나는 울상이 되었다. 아니, 그보다 마루조코가 이렇게 열정적으로 몰아붙이는 성격인 줄은 미처 몰랐다.

"맞아, 준비실은 그 뒤에 우리가 함께 들어왔던 때를 제외하고는 계속 밀실 상태였어. 역시 범인은 아오야마 씨밖에 없어요."

이시이가 뒤를 이어 몰아붙였다. 내 목소리는 저절로 하소연하는 투가 되었다.

"내가 범인이라면 왜 사에코 씨가 준비실에 다녀갔다는 얘기를 감췄겠습니까. 게다가 내가 감시인 역할을 떠맡은 것도 갑작스러운 결정이었잖아요. 위장약은 그렇다 쳐도 식용색소나 양면테이프 같은 걸 내가 갖고 있었을 리가 없죠."

"그건 애초에 준비실 어딘가에 있었던 거 아닌가요?"

간다는 명백히 이 상황을 즐기고 있었다. 일이 그렇게 척척 맞아떨어질 리가 있냐고요, 라고 말하려는데 쨍한 목소리가 대기실을 울렸다.

"아뇨, 세 번째 사건은 최소한 아오야마 씨 혼자서 저지른 건 아닙니다!"

미호시 씨였다. 다행히 그녀만은 내 편이 되어주었다.

"뭐예요, 한 팀이라고 지금 편들어 주는 겁니까? 어제 이 친구가 수상하다는 말을 먼저 꺼낸 건 당신이잖아요."

이시이가 어처구니없다는 얼굴로 따지고 들었지만, 미호시 씨는 물러서지 않았다.

"두 번째 사건에서는 아오야마 씨가 의심스럽다고 한 것뿐이에요. 그 생각은 지금도 변함이 없어요. 하지만 세 번째 사건은 아오야마 씨 혼자서는 할 수 없어요."

"이해를 못 하겠네. 두 번째와 세 번째 사건을 동시에 해치울 수 있었는데 한쪽은 의심스럽고 다른 쪽은 결백하다는 거예요? 식용색소나 양면테이프를 갖고 있었을 리 없다는 게 그 근거라면 그건 논리가 좀 약하죠."

마루조코가 반론에 나섰다. 전혀 약하지 않은 논리다, 라고 대꾸하고 싶었지만 그래서는 얘기가 제자리를 맴돌 뿐이다. 그런데 미호시 씨는 단호하게 고개를 가로저었다.

"아뇨, 식용색소 병은 대기실 쓰레기통에서 발견됐어요. 하지만 아오야마 씨는 오늘 아침에 한 번도 대기실에 들어온 적이 없습니다. 따라서 아오야마 씨는 식용색소 병을 대기실에 버릴 기회가 없었어요."

"왜요? 대기실은 개방되어 있으니까 어제 점심시간 이후에 슬쩍 내버리면 될 텐데요."

식용색소 병을 발견한 센케가 의아한 듯 말을 꺼냈다. 하지만 이번에도 미호시 씨는 고개를 저었다.

"아니, 그건 안 됩니다. 왜냐하면 이 쓰레기통은 어제저녁 이후로 최소한 한 번은 비워졌기 때문이에요. 그렇죠, 우에오카 씨?"

자신에게로 질문이 날아오자, 우에오카는 즉시 고개를 끄덕였다.

"아테리 플라자는 개관하자마자 청소업자가 관내의 모

든 쓰레기통을 비우게 되어 있어요. 아, 준비실 쪽이라면 어제와 오늘 이틀 동안 청소하지 말라고 미리 지시했지만요."

어제 아침에 무대 뒤로 이어지는 문 앞에서 청소부 아줌마와 마주쳤던 게 생각났다. 그러면 그때 청소부 아줌마가 대기실 쓰레기를 걷어오던 참이었던가.

"조금 전에 센케 씨 뒤에서 나도 쓰레기통을 들여다봤고, 그때 청소했다는 걸 알았어요. 그곳에 버려졌던 헤드폰이 눈에 띄지 않았거든요."

어제저녁에 마루조코는 코드가 끊어진 헤드폰을 홧김에 쓰레기통에 처넣고 집에 돌아갔다고 했다. 금세 눈에 띄어야 할 그 헤드폰이 보이지 않았다면 역시 쓰레기통을 청소했다는 건 금세 알 수 있다.

"오늘 아침에 이 쓰레기통을 청소했다면 식용색소 병이 버려진 것은 그 뒤였다는 얘기예요. 아오야마 씨는 어제저녁에 준비실에서 쫓겨난 이후로 무대 뒤편 출입이 금지되었으니까 대기실 쓰레기통에 식용색소 병을 버릴 수 없었습니다. 따라서 세 번째 사건은 아오야마 씨 혼자서는 불가능했어요."

"하지만 지금처럼 그를 구해주려고 미호시 씨가 대신 식용색소 병을 내버렸을 가능성도 있잖아요. 아, 그래서 아오야마 씨 혼자서는 불가능한 일, 이라고 했군요?"

간다는 미호시 씨의 말 속에 포함된 또 다른 의미를 눈치채고 그렇게 말하는 것 같았다. 그렇다면 미호시 씨 쪽에서도 그런 반론은 이미 충분히 예상했을 터였다.

"네, 맞습니다. 하지만 공범일 가능성이 있는 사람은 딱히 나뿐만은 아니에요. 준비실 문 앞을 감시하던 아오야마 씨를 매수해 한편으로 만드는 건 우리 출전자들 모두가 가능하니까요. 즉 현재로서는 우리 중 누구도 용의선상에서 벗어날 수 없어요."

"하지만 다른 방법을 대지 못한다면 그가 범인이라는 건 변함이 없어요."

"이를테면 사에코 씨의 자작극이라면 아오야마 씨는 결백합니다."

"아니, 난 그런 짓 안 했어요."

신경질적으로 쏘아붙이는 사에코를 달래듯이 미호시 씨가 말했다.

"네, 저도 동감이에요. 라떼 아트 부문은 사에코 씨가 특히 잘하는 종목이라고 들었습니다. 두 번째 사건 때도 말했지만 자신이 잘하는 종목에서 그런 자작극을 펼치는 건 아무 이득도 없는 일이죠."

라떼 아트 경기가 한창일 때, 센케에게서 들은 말을 미호시 씨도 이미 들었던 모양이다. 사에코와 어제 꽤 오랫동안 얘기했으니까 직접 자기 입으로 말했는지도 모른다.

"하지만 그것과 같은 정도로 나는 아오야마 씨가 경기

를 훼방할 분이 아니라고 굳게 믿고 있습니다. 그렇다면 이제부터 풀어가야 할 문제는 한 가지뿐이에요. 이물질을 넣을 또 다른 방법은 없는지, 지금부터 찬찬히 조사해 볼 생각이에요."

"미호시 바리스타, 본격적으로 범인을 밝혀낼 작정인 모양이네."

우에오카는 반쯤 포기한 듯 한숨을 내쉬었다. 미호시 씨는 망설임 없이 고개를 끄덕였다.

눈을 꾹 감고 미간을 찌푸린 채 우에오카는 잠시 생각에 잠겼다. 이윽고 눈을 번쩍 떴을 때, 그녀는 결심한 듯이 말했다.

"좋아요. 이번 일은 대회 진행자인 우리 운영 위원회에 가장 큰 책임이 있습니다. 수많은 관객 앞에서 그런 볼썽사나운 꼴을 보인 이상, 이대로 진실을 못 밝힌다면 KBC는 더 이상 개최할 수 없어요. 하지만 나는 사실관계를 수사해 볼 만한 여유도, 진실을 규명할 만한 능력도 없습니다. 따라서 내가 책임지고 미호시 바리스타를 이번 혼입 사건의 해결사로 임명하겠습니다. 다른 출전자들은 최대한 그녀의 수사에 협조하도록 하세요. 자신이 범인이 아니라면 그런 정도는 할 수 있겠지요?"

우에오카는 준비실 카드 키를 꺼내 미호시 씨의 손에 쥐여주었다. 모두가 멍한 표정인 가운데 간다만은 냉철하게 문제점을 지적했다.

"미호시 씨가 범인일 경우에는 어떻게 하죠? 수사라는 명목으로 무한정 자유를 주면, 네 번째 혼입 사건이 일어날 수도 있어요."

"그것까지 포함해 내가 모든 책임을 지겠다는 얘기예요. 걱정할 거 없어요. 오늘은 센케 씨도 도와주러 왔고, 여러분의 눈도 있으니 미호시 씨도 경솔하게 행동하지는 못할 거예요."

우에오카는 미호시 씨의 눈을 지그시 들여다보며 말했다.

"이제는 당신을 믿을 수밖에 없어요."

미호시 씨는 크게 고개를 끄덕였다. 그리고 출전자들을 향해 힘찬 목소리로 말했다.

"혹시라도 네 번째 혼입 사건이 일어난다면 그때는 주저할 것 없이 나를 범인으로 지목하셔도 좋습니다. 저도 그 정도의 각오로 진실 해명에 뛰어들 테니까요."

당황스러운 표정으로 서로를 쳐다보면서도 결국 모두가 무언의 승인을 해주었다.

"하지만 범인이 이미 네 번째 혼입을 저질렀을 수도 있어요. 그러니 지금부터 준비실로 가서 다시 한번 재료를 점검해 보는 게 좋겠어요. 각자 순서대로 자기 것뿐만 아니라 다른 사람 것까지 뭔가 이물질이 섞이지 않았는지 서로 확인해 주기로 하죠."

미호시 씨의 제안에 모두가 동의해서 우리는 준비실로 이동해 각 재료와 도구 등을 샅샅이 살펴보았다. 그 결과 어디에서도 이물질이 섞인 흔적은 보이지 않았다. 한바탕 점검을 마치고 나와 미호시 씨, 그리고 센케를 제외한 다른 여섯 명은 점심을 먹기 위해 각자 준비실을 떠났다.

3

"우에오카 씨는 왜 미호시 씨에게 이런 일을 믿고 맡겼을까요?"

일시에 휑하게 빈 준비실에서 나는 옆에 선 미호시 씨에게 물었다. 그녀는 눈치채지 못하게 센케를 흘끔 쳐다본 뒤에 대답했다.

"내가 본선에 처음 출전했기 때문일 거예요. 어쨌든 2년 전 혼입 사건과는 무관하다고 생각했을 테니까요."

"오호, 미호시 씨는 2년 전 일과 이번 일이 동일범의 짓이라고 생각하는군요."

센케가 미소를 지으며 물었다. 스스로는 어떻게 생각하는지, 그 표정에서는 읽어낼 수 없었다.

"아직은 확실하게 말할 수 없어요. 단지, 우에오카 씨로서는 제4회 대회 때의 일을 알지도 못했던 내가 이번 대회에서 갑작스럽게 이물질을 넣지는 않았을 거라고 판단하셨겠죠."

"하지만 미호시 씨가 반드시 지난번 사건을 알지 못한다고 할 수는 없지 않나요? 마음만 먹는다면 얼마든지 알아볼 수 있었을 텐데."

"맞는 말씀이에요. 나도 그렇고 여기 아오야마 씨도 현재로서는 용의자 중 한 사람일 뿐이죠. 우리에게 걸린 혐의를 풀기 위해, 그리고 우에오카 씨의 결단에 보답하기 위해 저는 어떤 선입견에도 얽매이지 않고 오로지 객관적인 사실에 따라 진실을 규명할 생각이에요."

그녀의 말은 더없이 든든하게 느껴졌다. 그렇다, 미호시 씨라면 틀림없이 범인을 잡아낼 것이다.

"미안해요, 사에코 씨 일을 여태까지 말하지 않아서."

내가 사과하자 미호시 씨는 고개를 저었다.

"애써 사에코 씨의 결백을 주장해 준 아오야마 씨는 정말 대단했어요. 사에코 씨가 살짝 부러워질 정도였죠."

"앞으로는 내가 가진 카드는 전부 보여드릴게요. 내가 할 수 있는 일이 있다면 뭐든 말해요."

나는 미호시 씨의 손을 꼬옥 잡았다. 마주 보는 눈동자가 촉촉해지면서 나도 모르게 손에 힘이 들어가고······.

"흠흠."

일부러 하는 센케의 헛기침 소리에 우리는 퍼뜩 정신을 차렸다. 맞잡은 손을 놓고는 얼른 서로를 외면했다.

"자아, 그럼 두 분 곁에서 나는 뭘 하면 되나요?"

센케가 실로 냉정한 눈빛으로 우리를 바라보았다. 미호시 씨가 붉어진 얼굴을 한 채 대답했다.

"우선 여기 준비실부터 살펴볼까요? 마음에 걸리는 게 눈에 띄면 말씀해 주세요."

그 말을 시작으로 우리는 수색에 들어갔다. 일단 나는 준비실이 정말로 밀실이었는지 확인하기 위해 창문 쪽으로 갔다. 주의 깊게 살펴보니 창틀은 스펀지로 빈틈없이 틈새가 메워져 있었다. 식품의 보관 등을 고려해 세심하게 기밀을 유지할 수 있게 해둔 모양이었다. 이래서는 창틈으로 끈을 이용해 고리를 건드리는 식의 고전적인 방법은 쓸 수 없다. 아무래도 범인은 창문으로 드나들지는 않은 것 같다.

센케는 테이블 밑을 살펴보고 로커도 열어보았다. 마음만 먹으면 거기에 성인 한 명쯤은 숨을 만한 공간이 분명 있었다. 극단적으로 말하면, 대회 시작 전에 준비실에 침입해 경기가 진행되는 동안 계속 이곳에 숨어 있었다면 세 번의 혼입 사건도 충분히 가능할 터였다. 하지만 다행히 센케가 열어본 로커에서 누군가 튀어나오는 호러 영화 같은 일은 일어나지 않았다. 나는 어제저녁에도 침입자가 없는지 한바탕 수색했었다고 센케에게 알려주었다.

미호시 씨는 냉장고에서 이시이의 짐을 꺼내고 있었다. 이물질이 섞였던 도구를 살펴보려는 모양이었다. 소금 병은 구조가 단순해서 대충 살펴보고 알루미늄 배트 옆에 내려놓았다. 그 곁에는 완전히 똑같은 모양에 단지 마개에 새겨진 메달 그림만 다른—이건 서양인의 옆얼굴이다—작은 병이 있었다. 안에 들어 있는 흰 가루는 한쪽이 소금, 그리고 또 한쪽은 설탕인가.

다음에는 첫 번째 혼입 사건 때의 검정 원두 통을 들고 뚜껑을 열었다. 나도 그 곁에 다가가 다시 살펴보니 어제 확인한 그대로였다. 미호시 씨가 검지로 스윽 휘저었지만, 결점 원두와 피베리가 쉽게 골라낼 수 없을 만큼 뒤섞여 있는 게 보일 뿐이었다.

"이시이 씨는 아직도 이 원두를 내버리지 않았네요?"

이런 건 즉시 내버리고 싶지 않았을까. 그렇게 생각하며 내가 말했다.

"원래 두 번째 종목에서 사용한 짐들은 어제 집에 가져가도 상관없었어요. 하지만 어제저녁 분위기가 워낙 뒤숭숭했기 때문에 다들 짐 같은 걸 챙겨갈 생각도 못 했죠."

미호시 씨의 말을 듣고 보니 정말 그럴 만도 했다. 괜히 쓸데없는 짓을 했다가 자칫하면 의심을 살 수 있는 분위기였던 것이다.

"그나저나 이 결점 원두, 배전된 게 아무래도 마음에 걸려요."

내 지적에 미호시 씨도 동의했다.

"정말 이 정도 양이라면 범인이 일부러 결점 원두만 골라 배전까지 해왔다고 생각할 수밖에 없어요."

결점 원두는 일반적으로 배전하기 전에 핸드 픽으로 골라낸다. 이따금 빠트리고 지나가거나 배전한 뒤에야 결점이 보일 때도 있지만, 미리 핸드 픽으로 꼼꼼히 골라내면 배전 후에 나오는 결점 원두는 극히 소량에 불과하다. 즉 이시이의 통에 섞인 결점 원두의 양을 보면 핸드 픽으로 병든 생두만 골라서 따로 배전해 온 것이라고 보는 게 자연스럽다.

"세 번째 혼입 사건도 마찬가지예요. 양면테이프나 식용색소가 우연히 주위에 있었다고 하기는 어려워요. 범인이 미리 계획적으로 준비했다고 생각할 수밖에 없어요."

"결점 원두는 이시이 씨의 자작극이라는 설은 이미 아닌 것으로 결론이 났지만……. 이를테면 이런 건 어떨까요?"

나는 퍼뜩 생각난 것을 말해보았다.

"결점 원두를 섞은 다음에 그 위에 다시 100퍼센트 피베리를 살짝 덮어둔다. 그렇게 해서 우리에게 통 속을 보여주고 다음 날 준비실에서 대기 공간으로 옮겨갈 때 저절로 통이 흔들려 피베리 층이 무너지게 하는 거예요. 그러면 굳이 용기를 흔들지 않더라도, 즉 다른 사람에게 들키지 않더라도 자연스럽게 결점 원두를 섞는 게 가능해요."

"네, 그것도 나쁘지 않은 방법이에요. 하지만 약간 현실성이 떨어져요."

미호시 씨가 하는 말이니 맞을 것이다. 그래도 나는 그 이유를 물었다.

"이시이 씨는 이 통을 자기 집에서 가져왔어요. 잠깐 이동하는 정도로 무너질 만큼 피베리 층이 얇았다면 아무리 조심해도 집에서 대회장에 나올 때 이미 뒤섞였겠죠."

"하지만 대회장에 도착한 다음에 몰래 그 통에 넣었다면 어떻게든 가능하지 않을까요?"

"아뇨, 또 한 가지가 있어요. 이시이 씨는 이틀 전에 여기서 원두 통을 꺼냈는데 그걸 넣어온 종이 가방은 테이블에 눕혀져 있었어요. 거기에 어떤 식으로 넣어왔든 종이 가방 안에서 이미 통은 기울기가 90도로 바뀌었겠죠. 그런데도 윗부분이 온통 피베리였으니까 잠깐 흔들리는 정도로는 무너지지 않을 만큼 그 층이 두터웠다는 얘기예요."

요컨대 피베리 층이 두툼했다면 우리에게 보여준 다음에 무너트릴 수 없었고, 피베리 층이 얇았다면 우리에게 보여준 시점에 이미 무너져 있었을 것이다, 라는 얘기다. 전혀 불가능하다고까지는 할 수 없지만 역시 내가 말했던 것은 현실성이 떨어진다. 또한 종이 가방을 옆으로 눕혀두었기 때문에 용기를 꺼내기 직전에 그 가방 속에서 몰래 피베리 층을 평평하게 고른다는 것도 어렵다.

"흠, 자작극 설은 역시 지우는 게 좋겠군요."

미호시 씨는 대답 없이 입을 꾹 다물고 뭔가 생각에 잠겼다. 그때 실내를 샅샅이 수색해 보고 만족했는지 센케 씨가 이쪽으로 다가왔다.

"어디, 나도 좀 볼까요……."

센케가 안을 들여다보려고 팔을 내미는 겨를에 미호시 씨의 손에서 통이 미끄러져 바닥에 요란한 소리를 내며 떨어졌다. 이시이가 자랑하던 피베리와 누군가 넣은 결점 원두가 한순간에 산산이 흩어졌다. 마치 한 움큼의 콩을 휘이익 흩뿌린 것 같은 모습이었다.

"앗, 미안합니다!"

미호시 씨가 서둘러 그 자리에 웅크리고 앉아 원두를 줍기 시작했다. 자신이 오히려 미안하다면서 센케도 원두를 쓸어 담았다. 나는 저만치 굴러간 통을 잡으러 갔다.

준비실 모퉁이에 부딪혀 겨우 멈춰 선 통을 허리 숙여 집어 올렸다. 검은 표면에 네 개의 홈이 새겨져 있었다. 한가운데 인쇄된 'ISI'라는 로고는 커피점 이름이라고 했다. 얼핏 보면 캔 커피통 같지만, 평평한 원반을 댄 듯한 구조의 바닥면은 음료수 캔이라기보다 통조림통과 비슷했다. 그저께의 기억과 조합해 봐도 통의 외측에 별다른 이변은 눈에 띄지 않아서 나는 무심코 텅 빈 안쪽을 들여다보았다.

"……엇?"

"왜요?"

나도 모르게 흘린 말에 미호시 씨가 귀도 밝게 반응했다.

"아뇨, 바닥에 피베리 한 알이 남아서……." 나는 통을 흔든 뒤에 다시 안을 들여다보았다. "딱 달라붙어서 떨어지지 않는데요?"

그대로 그녀에게로 다가가 통을 건네주었다.

"……미호시 씨?"

그녀는 대답도 없이 달랑 한 알의 그 원두에 다시 볶아버릴 듯 뜨거운 시선을 쏟고 있었다.

"아오야마 씨."

오히려 내 이름을 부르는 바람에 나는 별다른 이유도 없이 등을 꼿꼿이 세워 자세를 바로잡았다.

"네에, 무슨 일이신지요."

"확인해 볼 게 있어요. 냉장고에서 내 배트 좀 가져다줄래요?"

지시에 따라 나는 냉장고에서 미호시 씨의 이름이 적힌 배트를 꺼내 테이블로 가져왔다. 미호시 씨는 거기서 캐니스터를 찾아 텅 빈 이시이의 통에 자신의 원두를 담기 시작했다. 90퍼센트쯤까지 넣더니 이번에는 준비실에 있던 주방용 저울에 올려 무게를 재보았다. 통의 무게를 빼고 65그램이라는 수치가 나왔다.

"에스프레소에 들어가는 원두는 한 잔에 7에서 10그램. 에스프레소 부문은 석 잔을 내려야 하니까 충분한 양이라고 할 수 있군요."

굳이 암산해 볼 것도 없이 나는 그렇게 결론을 내렸다.

그런데 미호시 씨는 아무 맥락도 없이 이런 말을 꺼냈다.

"……내가 조금 전에 어떤 선입견에도 얽매이지 않겠다고 선언했지요?"

"예에, 그랬죠."

"하지만 나는 이미 어리석은 선입견에 사로잡혀 있었던 거 같아요."

아, 예에, 하고 얼빠진 대답을 할 수밖에 없었다.

그녀는 쓰윽 고개를 들어 입구의 문을 지그시 바라보며 말했다.

"장소를 옮기죠. 몇 가지 얘기를 들어봐야 할 사람이 있어요."

흩어진 원두를 대충 치워놓고 우리는 준비실을 나왔다.

통로를 지나 대기실로 들어선 순간, 미호시 씨가 느닷없이 비명을 올렸다.

"꺄악!"

"허걱!"

화장대 밑에 머리를 들이밀고 이쪽으로 엉덩이를 내보인 수상쩍은 남자는 미호시 씨의 비명에 놀라 뒤통수를 쿵 찧었다. 나까지 머리통이 아파 오는 둔탁한 소리에 저절로 얼굴이 찌푸려졌다.

"아휴, 아파……. 갑자기 왜 비명을 지르는 거예요!"

마루조코가 왼손으로 뒤통수를 쓰다듬으며 몸을 일으켰다.

"미호시 씨, 얘기를 들어봐야 할 사람이라는 게……?"

내가 재빨리 귀엣말을 하자 그녀는 고개를 저었다.

"아니, 저분이 아니에요."

"마루조코 씨, 여기서 대체 뭐 하고 있어요?"

센케의 질문에 마루조코는 오른손에 든 것을 내밀었다. 페트병 뚜껑이었다.

"차를 마시려는데 페트병 뚜껑이 떨어져 화장대 밑으로 굴러가잖아요. 그걸 잡으려는데 갑자기 비명 소리가 나서……."

테이블 위에는 그가 먹던 편의점 도시락이 펼쳐져 있었다. 뚜껑 열린 페트병은 그 옆에 서 있었다.

"놀라게 해서 미안해요. 머리는 괜찮아요?"

미호시 씨가 걱정스럽게 물었다.

"뭐, 내 머리가 원래부터 괜찮지 않긴 해요."

엉뚱한 대답을 하며 왼쪽 손가락 끝을 들여다보던 마루조코가 흠칫 놀랐다.

"엇, 다쳤네."

"저런! 어서 양호실로 가요."

당황하는 미호시 씨에게 마루조코가 급히 손을 내저었다.

"그럴 거 없어요. 이제 피도 멎은 거 같은데."

"화장대 뒤에 피가 묻었을지도 모르겠네."

그렇게 말하고 나는 방금 마루조코가 했던 대로 바닥에 무릎을 대고 뒤편을 들여다보았다.

"허거걱!"

"꺄아악!"

내가 낸 소리에 놀라서 미호시 씨가 덩달아 비명을 올렸다.

"거참, 꺅꺅거리지 좀 말아요. 이번에는 또 뭡니까?"

센케가 눈썹을 찌푸리며 앞으로 나섰다. 나는 화장대 뒤를 가리키며 말했다.

"이상한 게 있어요!"

미호시 씨도 머리를 숙여 들여다보고 헉 숨을 삼켰다.

그곳에는 라이터만 한 크기의 검은 기기가 붙어 있었다. 끝에 늘어진 2센티미터쯤의 돌기는 안테나인 것 같았다.

"이건 도청기예요."

"도, 도청기?"

뜻밖에 튀어나온 단어에 나는 입이 떡 벌어졌다. 그런 나를 아랑곳하지 않고 미호시 씨는 기계를 떼어내 앞뒷면을 살펴보았다. 도청기라는 말을 듣고 새삼 들여다보니 옆에 뚫린 작은 구멍은 마이크 같았다. 귀퉁이에 작동 중이라는 표시의 램프가 켜졌지만 전원 코드인 듯한 것은 눈에 띄지 않았다.

"건전지로 작동하는 거예요. 전원을 켜두면 최대 일주일은 갈 테니까 이번 대회를 노리고 달아두었다고 생각해도 무방하겠죠. 수신 반경은 기껏해야 300미터쯤일 거예요."

미호시 씨가 설명했다. 어떻게 이리도 잘 아는가, 의아해하다가 그녀가 예전에 스토커 피해를 당했었다는 게 퍼뜩 생각났다. 어쩌면 그 무렵에 원치 않게 도청기를 접했는지도 모른다.

"하지만 꼭 이번 대회를 노린 건 아닐 수도 있잖아요. 산업스파이 같은 사람들이 식품 회사의 정보를 노리고 이걸 달아뒀는지도 모르죠."

마루조코의 말에 미호시 씨는 몸을 일으켜 센케를 향해 물었다.

"대회 때마다 대기실로 계속 이곳을 사용했던가요?"

"그렇죠. 대회장을 아테리 플라자로 옮긴 제2회 때부터 대기실도 준비실도 계속 같은 곳을 사용했어요."

"그러면 KBC 관계자의 대화를 도청할 목적으로 달아뒀을 가능성이 높군요."

"범인이 혼입할 기회를 노리기 위해 도청으로 다른 출전자들의 동향을 파악했던 모양이네요."

내 말에 곧바로 마루조코가 뒤를 이었다.

"그렇다면 범인은 리시버에 이어폰을 달고 소리를 들었겠죠? 그걸 자연스럽게 들으려면 귀가 머리카락으로 가려지는 사람들이겠죠. 여자라면 출전자 세 명, 그리고 우에오카 씨도 포함돼요. 그리고 남자라면 간다 씨와 여기 아오야마 씨. 우와, 출전자 대부분이잖아? 제외되는 건 나와 이시이 씨밖에 없어요."

"이봐요, 마루조코 씨야말로 당당히 헤드폰을 끼고 다녔잖아요."

센케가 피식 웃으며 지적하자 마루조코는 농담처럼 대꾸했다.

"에이, 내가 도청했다면 이렇게 허술하게는 하지 않아요."

"하지만 KBC 관계자라면 대기실에 있을 때는 굳이 도청할 필요 없이 얘기를 들을 수 있어요. 자신이 대기실에 없을 때만 얘기를 들으려고 이 도청기를 설치했을 거고, 대기실 이외의 장소에서라면 주위에 관계자가 없는 경우가 많으니까 굳이 남의 시선에 신경 쓸 것 없이 당당하게 리시버를 사용했겠죠. 그런 걸로 용의자를 좁혀가는 건 난센스예요."

미호시 씨의 당연한 반론이었다. 하지만 마루조코가 반쯤은 농담 삼아 한 얘기에 정색하고 반박하는 바람에 분위기가 약간 어색해졌다. 아직도 바닥에 무릎을 꿇고 있던 나는 일어서는 참에 화장대 뒤편을 보다가 다시 한번 짧은 비명을 터트리고 말았다.

"크윽, 이게 뭐야! 미호시 씨, 도청기를 붙였던 이 양면테이프, 사에코 씨의 우유팩에 붙인 것과 똑같은 거 아니에요?"

미호시 씨가 재빨리 허리를 숙여 화장대 뒷면에 붙은 양면테이프를 확인했다. 어느 회사의 양면테이프든 별 차이는 없겠지만, 폭이 1센티미터인 것과 표면이 보풀보풀한 것이 우유 팩에 붙었던 것과 똑같았다.

"역시 이 도청기는 이물질을 넣은 범인이 설치했군요."

내가 발견했다는 것에 흥분해서 말했지만, 마루조코는 시들한 투로 대꾸했다.

"그게 어떻다고요? 도청기를 설치한 사람과 이물질을 넣은 사람이야 당연히 같은 사람이겠죠."

하지만 미호시 씨는 빙긋이 웃으며 나를 바라보았다.

"아니, 이건 매우 중요한 단서예요. 아오야마 씨, 고마워요."

뭐가 뭔지 알 수 없었지만 어떻든 내가 도움이 된 모양이다. 자랑스러운 마음에, 나는 검지로 코밑을 슬슬 비볐다.

"점심 먹는 데 방해해서 미안해요. 우린 그만 갈게요."

미호시 씨는 이제 만족했는지 마루조코에게 꾸벅 인사를 건네고 냉큼 대기실을 나섰다.

"건투를 빌게요."

말과는 달리 마루조코는 전혀 관심 없는 표정이었다. 통로를 지나갈 때, 내 등 뒤에서 센케가 떨떠름하게 중얼거리는 소리가 들렸다.

"역시 똑 닮았어……."

하지만 그게 누구를 가리키는 말인지는 알 수 없었다.

4

전시장에 도착하자 모카와 씨가 지치지도 않는지 부스 틈새로 사에코의 뒤꽁무니를 졸졸 따라다니는 게 보였다. 모르는 척 자기 일만 하는 사에코가 솔직히 가엾었다.

"말려야 하는 거 아니에요?"

보다 못해 미호시 씨에게 말했더니 그녀는 성큼성큼 모카와 씨에게 다가가 머리통을 찰싹 내리쳤다. 그러고는 몇 마디 속닥거리자, 영감님은 급한 볼일이라도 생긴 듯 사에코는 버려두고 다른 쪽으로 뛰어갔다.

"무슨 얘기를 했길래 저렇게 신나게 뛰어가요?"

돌아온 미호시 씨에게 물었더니 영감님이 뛰어간 쪽을 바라보며 말했다.

"잠깐 뭘 좀 알아보라고 했어요. 시간이 남아돌면 자꾸 미운 짓을 하고 다니시잖아요."

할 일을 잔뜩 안겨주면 의외로 딴사람이 된 것처럼 열심히 뛰어준다고 한다. 하지만 모카와 영감님은 미호시 씨가 시키는 대로 고분고분 따라줄 사람이 아니다. 분명 뭔가 다른 꿍꿍이가 있어서 얼씨구 좋다 하고 뛰어갔을 거라고 내심 짐작이 갔다.

"지금 찾고 있는 사람이 사에코 씨도 아니군요?"

"네, 제가 찾는 사람은 따로……. 아, 마침 저기 오네요."

그녀를 따라 시선을 전시장 입구 쪽으로 돌리자, 아스카가 이쪽으로 걸어오는 참이었다. 얘기를 들어볼 사람이라는 게 바로 아스카였던 모양이다.

"이봐, 아스카! 미호시 씨가 너하고 얘기하고 싶대."

앞장서서 그녀에게로 다가가며 센케가 손을 흔들었다. 아스카는 당황한 얼굴이었지만, 별다른 저항 없이 우리 쪽으로 걸어왔다.

"무슨 얘기인데요?"

"어제 아침에 개회식이 시작되기 전에 아스카 씨가 대기실 밖으로 잠깐 나갔었지요? 그것 때문에 첫 번째 혼입 사건의 범인으로 의심받았잖아요. 그때 아스카 씨는 무슨 일로 어디에 갔었지요?"

단도직입적인 질문에 아스카의 눈빛이 명백히 허둥거렸다. 그리고 그 시선이 마치 쉬어갈 나뭇가지를 발견한 새처럼 센케의 얼굴에서 잠깐 멈췄다. 그에게 뭔가 도움을 청하는 것처럼 보였다.

"실은 편지가 들어 있어서……."

그렇게 대답하는 아스카의 목소리는 가늘게 떨렸다.

"편지?"

"정확히 말하면, 급하게 쓴 메모 쪽지였어요. 혹시 잊어버린 게 없는지 토트백을 확인했는데 그 안에 들어 있더라고요. 집에서 나올 때는 그런 쪽지가 없었는데……. 내 토트

백, 지퍼나 버튼 없이 위가 뚫린 거라서……."

"그러니까 누군가 아스카 씨의 토트백에 몰래 쪽지를 넣었군요. 어떤 내용이었어요?"

"실은 이거예요."

어제도 입었던 옷의 호주머니에 그 쪽지를 넣어둔 모양이다. 가로세로 10센티미터쯤의 쪽지니까 분명 편지라기보다 메모에 가까웠다.

거기에 적혀 있는 것을 보고 우리는 똑같이 눈이 휘둥그레졌다.

긴히 할 얘기가 있어. 개회식 시작 전에 앞쪽 편의점에서 잠깐 만나자. 센케 료.

"아니, 어떻게 이런 일이? 나는 이런 쪽지를 쓴 적이 없어."

센케가 난감한 듯 머리를 긁적이며 쓴웃음을 지었다. 아스카는 고개를 떨구며 말했다.

"찬찬히 보면 센케 씨의 글씨라기에는 지나치게 악필이에요. 근데 처음 이 쪽지를 봤을 때는 너무 당황해서 누가 장난을 쳤든 뭐든 일단 가봐야 한다고 생각했어요. 2년 전에 행방을 감추신 뒤로 센케 씨하고는 소식이 끊어진 상태였으니까요. 하지만 유감스럽게도 편의점에는 아무도 없었어요."

"범인이 센케 씨를 빙자해 아스카 씨를 불러냈군요. 첫 번째 혼입 사건의 죄를 덮어씌우려고 그랬겠죠."

내 입으로 말하면서도 뭔가 위화감이 느껴졌다. 누군가 아스카에게 죄를 덮어씌우려 했다면 그녀로서는 절대로 불가능했던 두 번째 혼입 사건과는 아귀가 맞지 않는다. 연달아 일어난 혼입 사건에 대해 각각 다른 사람에게 죄를 덮어씌운다면 결국 어디선가 미심쩍은 부분이 나오게 마련이다. 범인은 어째서 그런 어중간한 짓을 했을까. 갑작스럽게 내가 감시하는 바람에 미처 대응하지 못했던 것일까.

"나는 이제 그만 가도 될까요?"

아스카는 한시바삐 자리를 뜨고 싶은 눈치였다. 그 순간, 미호시 씨가 내 옆구리를 팔꿈치로 슬쩍 쳤다. 어떻게든 아스카를 붙잡아 두라는 뜻이다.

"그나저나 아스카 씨, 이번 대회에서 실력을 제대로 발휘했던데요? 벌써 두 종목에서 1위를 했고, 이러다 진짜 우승하는 거 아닌가? 정말 대단해요. 아, 그게, 그래서……."

하지만 여기서 아스카와 이런 대화를 나누는 건 누가 봐도 부자연스럽다. 지나치게 친한 척한 탓에 아스카가 미간을 찌푸렸다.

"글쎄요. 저는 그냥 마지막 종목까지 무사히 끝나기나 했으면 좋겠어요."

"2년 전 대회 때는 아슬아슬하게 우승을 놓쳤다면서요? 마지막 종목에서 사에코 씨가 역전승을 거뒀다고 하던데. 엇,

그런데 어제는 같은 에스프레소 부문에서 사에코 씨를 누르고 1위를 했네요? 지난번 대회 때는 뭔가 실수를 했던 모양이죠?"

"그때는 센케 씨 일로 너무 당황해서……."

"아, 그랬겠네요."

거기서 말이 뚝 끊겼다. 그 정도가 내가 할 수 있는 최선이었다. 재빨리 뒤쪽을 훔쳐보니 미호시 씨와 센케는 등을 돌린 채 뭔가 숙덕거리고 있었다. 어쩔 수 없다, 이제는 아스카가 자리를 뜨지 못하게 두 팔을 펼쳐 가로막는 수밖에 없다고 생각한 순간, 비밀 회담을 마친 두 사람이 이쪽으로 몸을 돌렸다. 둘 다 기분 나쁠 만큼 싱글벙글하는 얼굴이었다.

"아스카, 미호시 씨가 할 얘기는 이제 끝난 모양이야. 우리도 오랜만에 만났는데 잠깐 얘기나 할까. 그래도 한때는 사제지간이었는데, 생판 남처럼 서먹하게 헤어지는 것도 섭섭하잖아."

센케가 어쩐지 부자연스러운 투로 아스카에게 말했다. 미호시 씨가 시킨 일이겠지만 너무도 서툰 연기여서 나는 터지려는 웃음을 겨우 참았다.

"하지만 제가 점심을 먹어야 하는데……."

"그럼 함께 먹자. 자, 갈까?"

"잠깐만요, 센케 씨."

성큼성큼 걸음을 떼는 센케를 막으려고 아스카가 졸지

에 그의 왼쪽 손목을 잡았을 때였다.

센케가 뜻밖의 반응을 보였다. 강한 혐오감을 느낀 사람처럼 아스카의 손을 난폭하게 뿌리친 것이다.

그야말로 한순간의 일이었고, 센케는 곧바로 미안한 표정을 보였다. 그러고는 침착함을 되찾으려는지 재킷의 옷깃을 가다듬었다.

"미안해, 깜짝 놀라서 그만."

"아, 아니에요, 제가 미안하죠."

말은 그렇게 했지만, 아스카는 완전히 겁에 질려 있었다. 서둘러 실수를 봉합하려는 듯 센케는 미호시 씨를 돌아보았다.

"그럼 미안하지만 우리는 이쯤에서 실례할게."

"네, 알겠습니다. 아스카 씨, 협조해 줘서 고마워요."

인사를 건네자 두 사람은 나란히 무대 뒤편으로 사라졌다. 웃는 얼굴로 손을 흔드는 미호시 씨에게 나는 물어보았다.

"센케 씨한테 뭘 부탁한 거예요?"

"어제 리허설 때 간다 씨가 아스카에 대해 뭔가 좀 변한 것 같다, 2년 전에는 저런 느낌이 아니었다, 라고 했잖아요. 그게 사실이라면 그녀가 달라진 건 제4회 대회 때 일어난 일 때문일 수 있어요. 그래서 자연스럽게 그 이유를 좀 알아봐 달라고 센케 씨한테 부탁했어요."

"그나저나 방금 그건 뭐였죠? 그래도 한때는 사제지간이었다면서 왜 그렇게 손을 홱 뿌리쳤을까요?"

"나도 놀랐어요. 다만 센케 씨로서는 2년 전 일이 바리스타를 은퇴할 만큼 큰 충격이었어요. 어제 그 일에 관해 얘기할 때, 아스카까지 자기를 배반했다는 투로 말했잖아요. 그러니 겉으로는 온화하게 대하지만 속은 부글부글 끓고 있는지도 모르죠."

2년 전의 혼입 사건에 관해 센케는 누군가를 범인으로 지목하는 말은 일절 하지 않았다. 하지만 실제로는 뭔가 감을 잡은 게 아닐까. 애초에 이물질을 섞은 목적이 마지막 종목을 방해하는 것이었다면 그럴 만한 동기를 가진 사람은 한정되어 있다. 그렇다면 범인은······.

나는 고개를 저어 그 생각을 떨쳐버렸다. 안이하게 결론을 내리는 건 좋지 않다. 내 몸짓의 의미를 아는지 모르는지, 미호시 씨는 새침한 얼굴로 말했다.

"우리는 이제 관리실로 가볼까요?"

전시장 입구로 향할 때, 누군가 흘끔흘끔 쳐다보는 시선이 느껴졌다.

"잠깐 실례해도 될까요?"

아니나 다를까, 출입문을 지나가려는데 부르는 소리가 들렸다. 나와 미호시 씨는 뒤를 돌아보았다.

어제 이름표를 건네준, 스태프 점퍼를 입은 도우미들이

었다. 나란히 선 세 아가씨 중 한 사람이 대표로 나서서 우리를 부른 모양이다.

"무슨 일이세요?"

미호시 씨가 상냥하게 웃으며 응했다.

"조금 전에 센케 씨와 얘기하셨지요? 그분, 오늘 갑작스럽게 나타나신 이유가 궁금해서요."

뭔가 심각한 이유가 있어서 물어보는 분위기는 아니었다. 아마도 이 도우미들은 센케 씨에게 관심이 있는 것 같았다.

"아, 제가 개인적으로 아는 분이라서 오늘 잠깐 나오시라고 했어요."

거짓말은 아니지만 일단 두루뭉술하게 대답하자 도우미 아가씨들은 일제히 탄성을 내뱉었다.

"와아, 부럽네요."

"센케 씨 팬인가요?"

"네, 정말 좋아하는 분이에요. 우리는 바리스타 대회가 아테리 플라자에서 개최된 뒤로 계속 기업 전시회 접수처를 담당해 왔거든요."

대표 아가씨가 말하고 다른 두 사람은 옆에서 연신 고개를 끄덕였다.

"우리한테 항상 친절하게 대해주시고, 대회 때마다 다른 바리스타들이 딱해질 만큼 천재적인 실력을 보여주셨잖아요. 게다가 얼마나 멋있게 생기셨는지! 오토바이 타고 대회장에 나타나는 날에는 다들 설레서 어쩔 줄 몰랐죠. 해마다 센케 씨를 만나려고 별 재미도 없는 접수처 도우미 일을 지원했다고나 할까……."

이건 남자로서 부러워해야 할 일인가. 나는 쓴웃음을 지을 수밖에 없었다.

"그런데 작년에는 대회가 없었고, 게다가 올해는 센케 씨가 출전하지 않아서 너무 섭섭했어요. 이제 다시는 못 볼 줄 알았는데 오늘 아침에 얼굴을 보고 다들 깜짝 놀랐죠. 어떻게 된 일이냐고 궁금해하던 참이에요."

"센케 씨를 금세도 알아보셨네요. 혹시 다른 출전자들 얼굴도 다 알고 계세요?"

미호시 씨가 물었다.

"물론이죠. 지금까지 대회에 출전했던 분이라면 단박에 알아요."

"살짝 변장을 했더라도?"

그 질문을 엉뚱하다고 느낀 것은 나뿐만이 아니었다. 도우미 아가씨들의 얼굴에서 당황스러움이 묻어났다.

"모자나 선글라스 같은 거 말인가요? 그런 정도라면 아마 알아볼 거예요. 이곳에 입장하는 사람들은 우리가 일일이 이름표를 확인하거든요. 그때 저절로 얼굴도 보게 돼요. 퇴장할 때는 일일이 확인하지 않으니까 놓치는 일도 있지만."

한바탕 이야기가 끝나자, 미호시 씨는 미소를 지었다.

"고마워요. 팬이라는 얘기, 센케 씨에게 꼭 전해드릴게요."

잘 부탁한다는 세 사람의 합창이 등 뒤로 들려왔다. 관리실 쪽으로 걸어가면서 나는 미호시 씨에게 물었다.

"방금 들은 얘기, 뭔가 수확이 있었어요?"

"아직 잘 모르겠어요. 하지만 머릿속에 담아둬서 나쁠 건 없겠죠. 범인이 전시장을 지나 준비실로 들어갔다면 그 모습은 도우미들이 틀림없이 목격했다는 걸 알았으니까요. 시간대에 따라서는 범인을 밝히는 데 유력한 단서가 될 수 있어요."

아하, 그렇구나. 역시나 미호시 씨, 빈틈이 없다.

혼자 고개를 끄덕이며 감탄하는 사이에 관리실에 도착했다. 마침 그 옆에 우에오카의 모습이 보였다.

"어때요, 수사는 잘 되고 있어요?"

"네, 그럭저럭. 우에오카 씨는 이쪽에 무슨 일이세요?"

"아마 우리 둘 다 똑같은 이유로 관리실에 온 것 같군요. 혹시 카드 키가 부정하게 사용되지 않았는지 확인하러 왔어요."

그녀는 관리실 창문을 손끝으로 톡톡 두드려 안에 있는 관리인을 불렀다.

"미안하지만, 내가 빌려 간 카드 키의 대출 기록을 보여주세요."

"대출 기록? 그런 걸 봐서 뭐 하시게? 뭐, 아무튼 잠깐만 기다리쇼."

관리인은 교토 사투리가 섞인 컬컬한 목소리로 말하고는 안쪽 선반으로 향했다. 키가 자그마한 초로의 남자로, 바짝 깎은 머리에 백발이 섞였다. 대회 때마다 봐서 그런지 우에오카와는 친한 사이인 모양이다.

관리인이 가져온 것은 평범한 대학 노트였다. 각 카드 키마다 한 권씩 할당된 듯했다. 의외로 아날로그 시스템이다. 우에오카가 노트를 받아 해당 페이지를 펼쳤다.

"오늘은 카드 키 대출이 오전 9시 한 번뿐이었어요. 어제는 8시에 대출 한 번, 19시에 반납 한 번, 그리고 그저께는 점심시간 대출, 18시 반납, 각각 한 번이었어요. 이용자는 모두 다 우에오카 가즈미라고 적혀 있죠? 즉 지난 사흘 동안 준비실 카드 키를 가져간 사람은 나밖에 없었어요."

"기록에 남기지 않고 카드 키를 가져가는 일은 없을까요?"

혹시나 해서 내가 물었더니 관리인이 눈을 허옇게 떴다.

"이보쇼, 그건 안 되지. 카드 키는 죄다 저 안의 키 박스에 보관했고 그 열쇠는 내가 항상 갖고 다녀. 여기 노트에 적지 않고서는 절대로 카드 키는 못 가져가."

"그럼 대출해 간 카드 키를 돌려주지 않는 경우는 없을까요? 카드 키가 한 장밖에 없는 건 아니잖아요."

"어허, 그런 일은 없다니까. 카드 키야 당연히 방별로 몇 장씩 있지만, 폐관할 때 반납 여부를 반드시 확인한다고. 분실했다가는 그거야말로 큰일이거든."

"비슷한 위조 키를 만들어 반납한 일은 없을까요?"

"안 될 소리네. 홀로그램이라나 뭐라나, 아무튼 위조하지 못하게 그림이 새겨져 있어. 반납할 때마다 우리가 그걸 보고 진짜인지 가짜인지 훤히 알아. 가짜 카드를 반납해 봤자 금세 들통이 난단 말이지."

이번에는 미호시 씨가 보충 질문에 나섰다.

"우에오카 씨는 카드 키를 다른 사람에게 건네줄 때 외에는 항상 투명한 패스 케이스에 넣어 가슴에 걸고 계셨어요. 그러니까 슬쩍 빼내서 사용한 다음에 반납한다거나 빌렸을 때 가짜와 바꿔치기했다가 나중에 진짜를 돌려놓는 방법은 누구도 쓸 수 없었을 거예요. 그리고 우에오카 씨는 계속 무대 주위에 계셨으니까 남의 눈에 띄지 않게 몰래 준비실에 들어가 이물질을 넣는 건 사실상 불가능했어요."

"어머, 나도 용의자인 모양이네?"

우에오카가 쓴웃음을 지었다. 미호시 씨는 난감한 표정이었다.

"죄송해요. 카드 키를 자유롭게 쓰셨으니, 우에오카 씨도 반드시 짚고 넘어가야 해서……."

"아니, 아주 잘하고 있어요. 정말 믿음직하군요."

"참고로, 관리인 아저씨, 야간에 방범 시스템이 작동한다던데 혹시 어젯밤에 비상벨이 울린 일은 없었나요?"

"아니, 없었어. 그런 일이 있었으면 반드시 나한테 얘기하게 되어 있으니까 확실해."

머리 숙여 인사하고 우리는 관리실을 나왔다. 미호시 씨는 우에오카에게 물어볼 게 있다고 했다.

"제4회 대회 때 센케 씨의 혼입 사건 외에 뭔가 마음에 걸리신 일은 없었던가요? 특히 아스카와 사에코 씨에 관해서."

질문의 의도는 명백했다. 그녀는 2년 전 혼입 사건이 센케의 자작극이 아니라면 상위권이었던 두 사람의 소행일 가능성이 높다고 생각한 것이다.

"글쎄, 나는 그 일은 일단 센케 씨의 자작극이었다고 생각하는데……."

우에오카가 말끝을 흐리자 미호시 씨가 재촉했다.

"뭐든 좋아요, 얘기해 주세요."

"굳이 말하자면, 아스카 바리스타에 대해 한 가지, 마음에 걸리는 게 있었어요."

야마무라 아스카—. 그녀의 손을 홱 뿌리치던 센케의 모습이 다시 머릿속에 떠올랐다.

"그녀가 마지막 종목에서 사에코 바리스타에게 역전을 당한 건 에스프레소 부문의 평가가 좋지 않았기 때문이었어요. 하지만 제3회 때는 에스프레소 부문에서 상당히 높은 점수가 나왔죠. 물론 사에코 바리스타가 이길 가망성이 전혀 없었다는 건 아니에요. 둘 다 실력이 막상막하였으니까. 그렇긴 한데 그 전에 아스카 바리스타가 받은 평가는 어이없을 만큼 형편없게 나왔거든요."

이건 또 무슨 얘기인가. 설마 아스카도 혼입 피해를 봤던 것일까. 아니, 그런 거라면 센케가 혼입 사건의 피해를 한창 호소했을 때, 아스카가 침묵을 지켰을 리 없다.

"그래서 내가 잠깐 이런 생각을 했었어요. 아스카 바리스타는 조금만 더 하면 우승할 수 있었으니까 자기도 모르게 센케 씨의 경기를 방해했고, 나중에야 양심에 찔려 경기 중에 어이없는 실수를 해버린 게 아닌가 하고. 하지만 심사 위원들은 아스카 바리스타의 에스프레소는 원두가 좋지 않았다고 평가했고, 애초에 센케 씨가 주장한 혼입 소동도 흔적을 찾을 수가 없었으니까 그런 의심은 금세 풀렸죠."

"그러면 에스프레소 부문만 봤을 때, 센케 씨의 실력은 어땠어요?"

미호시 씨는 우에오카의 얘기에 흥미진진한 눈빛을 보였지만, 연거푸 던지는 질문은 센케에 대한 것뿐이었다.

"그야 두말할 것 없이 훌륭했죠. 센케 씨의 실력은, 우선 그 기초가 되는 에스프레소의 질이 뛰어난 점에 있으니까요. 분명히 말해서, 지난번 대회 때도 마지막 종목에 접어든 단계에서 다들 센케 씨가 우승할 거라고 예상했어요. 다른 대회 때와는 달리 컨디션이 그리 좋지 않은 모습을 보이기는 했지만, 그래도 다들 그의 우승을 굳게 믿었죠."

"컨디션이 좋지 않았어요?"

"갑작스럽게 출전을 결정했기 때문일 거예요. 어딘지 막다른 곳에 몰린 사람 같았다고 할까, 평소의 여유로움이 느껴지지 않더군요. 센케 씨도 그런 자신이 몹시 답답했던 모양이에요. 세 번째 종목에서 아스카 바리스타에게 졌을 때는 그답지 않게 심사 위원들에게 항의까지 했어요. 이런 평가는 너무 부당하지 않으냐고."

"단 한 종목에서 아스카에게 뒤졌을 뿐인데 심사 위원들에게 항의를?"

이건 그저 흘려들을 수 없는 이상한 얘기다. 다시금 아스카에게 보였던 센케의 난폭한 몸짓이 머릿속을 스쳤다. 역시 예전에는 친하게 지냈으나 제4회 대회를 거치면서 아스카에게 좋지 않은 감정을 갖게 된 게 아닐까.

"나도 깜짝 놀라서 그 자리에서 센케 씨를 따끔하게 나무랐죠. 지금 돌이켜보면 내가 잘못한 것 같아요. 은퇴하겠다는 그에게 꼭 출전하라고 권했던 게 역시 좋지 않았어요."

우에오카는 시선을 내려 손목시계를 들여다보았다. 말끝이 파르르 떨린다는 느낌을 받은 건 내가 잘못 들은 것인지도 모른다.

"미안해요, 나는 이제 슬슬 무대에 가봐야겠어요."

"오래 붙잡고 있어서 죄송해요. 협조해 주셔서 고맙습니다."

미호시 씨의 말에 우에오카가 겸연쩍게 웃었다. 자기 대신 사건의 진상을 파헤치는 미호시 씨에게 오히려 감사를 받았기 때문일 것이다.

우에오카가 자리를 뜨자 나는 미호시 씨에게 물었다.

"이제 어떻게 하죠?"

"카드 키 쪽으로는 미심쩍은 부분이 없어요. 이걸로 밀실 수수께끼는 다시 원점으로 돌아갔네요. 어쨌든 준비실로 돌아가서······."

"이봐요!"

입구 쪽에서 부르는 소리가 들려서 우리는 동시에 뒤를 돌아보았다.

"심각한 얼굴들이시네. 그 표정을 보아하니 아직 아무것도 알아내지 못한 모양이죠?"

차가운 미소를 지으며 우리를 바라보는 사람은 간다였다. 자존심이 상했는지 미호시 씨가 나지막하게 대꾸했다.

"아무것도 알아내지 못한 건 아니에요. 유감스럽게도 전체를 해명하는 데는 이르지 못했지만."

"문이 잠긴 준비실에 범인이 어떻게 드나들었을까. 어때요, 그 정도는 알아냈겠죠?"

"지금 그걸 재검증하려고 준비실로 가려던 참이에요."

그러자 간다는 한쪽 눈썹을 치켜들고 답답하다는 듯 한숨을 내쉬었다. 그리고 몸을 홱 돌려 말없이 걸음을 옮겼다.

"저기요, 어디 가는 겁니까?"

나도 모르게 그 등 뒤에 대고 말했다. 간다는 멈춰 서더니 고개만 쏙 돌려 이쪽을 보며 말했다.

"따라와요. 기막힌 거 알려줄 테니까."

5

간다는 입구 밖으로 나가더니 어제저녁 내가 벤치에서 바라본 화단 건너편으로 돌아갔다. 아테리 플라자 건물 외벽과 회단 사이는 겨우 50센티미터 남짓한 정도로 비좁다. 허리 높이의 화단에 가려져 거의 눈에 띄지 않기 때문인지 외벽 밑은 바닥 흙이 그대로 드러났고 손질도 허술해서 잡초가 무성했다.

발밑을 오고 가는 개미 떼를 밟지 않도록 조심조심 간다 뒤를 따라갔다. 건물 모퉁이에 다다랐을 때 간다는 걸음을 멈추고 창문을 들여다보았다. 어제도 짐작했던 대로 그 안쪽이 준비실일 터였다.

다음 순간, 간다가 한 걸음 쓱 다가가더니 이중 창문의 바깥쪽을 두 손으로 붙잡았다. 그러고는 덜컹덜컹 위아래로 흔들기 시작했다.

나와 미호시 씨는 어리둥절한 채 멀거니 지켜볼 수밖에 없었다. 불과 십여 초 만에 간다는 절도범 비슷한 짓을 멈추고는 손을 탈탈 털며 말했다.

"이제 됐어요."

설마, 하는 생각이 뇌리를 스쳤다. 하지만 간다가 창문을 옆으로 밀자 삐걱거리는 소리를 내며 어이없을 만큼 간단히 열려버렸다.

서둘러 안을 들여다보았다. 스테인리스 테이블, 업무용 냉장고, 키가 큰 로커. 눈에 익은 준비실의 광경이 펼쳐졌다.

"이 창문, 문고리가 고장 났어요. 밖에서 힘을 주면 그냥 열리더라고."

"이럴 수가……. 창문으로 침입할 수 있었다면 누구라도 이물질을 넣는 게 가능했다는 얘기잖아요."

"맞아요, 준비실 문 앞을 감시하든 말든 방범 시스템이 작동하든 말든 마음만 먹으면 누구든 혼입 사건을 일으킬 수 있었다는 얘기예요."

간다는 어처구니없다는 듯 껄껄 웃었고 나는 어깨를 털썩 떨구었다. 미호시 씨는 어떤가 하면, 날카로운 비난의 눈초리로 간다를 노려보았다.

"이런 중요한 일을 왜 여태까지 말하지 않았어요?"

"이런 중요한 일을 발설하면 얼씨구 좋다 하고 악용하는 사람들이 많아질 것 같아서 그랬죠."

이쪽을 얕잡아 보는 말투였다. 괜히 따지고 들어봤자 내 입만 아플 것 같았다.

"이런 얘기를 했다가는 괜히 나를 범인으로 몰 거 아니에요. 게다가 주최 측의 우에오카 씨가 알았다가는 이런저런 책임 문제로 일이 진짜 복잡해져요. 그래서 우에오카 씨가 당신에게 준비실 문 앞을 감시하라고 했을 때도 선뜻 나설 수가 없더라고. 하지만 걱정이 되어서 준비실을 감시하자고 주장했던 건 나예요."

준비실 문 앞이 아니라 준비실 안에서 감시했다면 혼입을 막을 수 있었다는 뜻이다.

"어쨌든 이걸로 밀실에 대한 수수께끼는 풀렸네요. 범인은 다른 방향에서 찾아야……."

하지만 미호시 씨는 내 말을 다 듣기도 전에 고개를 좌우로 내저었다.

"아직은 반반이에요."

"반반이라뇨?"

"어이구, 이 창문으로 들어갈 수는 있어도 나올 수는 없다는 얘기잖아요."

간다가 나를 보며 답답하다는 듯이 설명을 이어갔다.

"지금처럼 밖에서 창문을 흔들어 준비실에 들어갔다가 다시 이 창문으로 나온다면 고리는 어떤 상태가 되겠는지 생각해 봐요."

생각해 볼 것도 없었다.

"고리가 열린 채로 남겠군요."

"그렇죠. 하지만 오늘 아침에도, 어제 점심시간에도 고리는 분명하게 잠겨 있었어요."

어제 내가 감시자 역할을 마치고 준비실 문을 열었을 때 간다가 우선 창문 쪽으로 다가가 살펴보던 게 생각났다. 그때 고리가 잠긴 것을 내 눈으로도 확인했다. 오늘 아침에 나는 대기 공간 뒤쪽은 들어가지도 않아서 알지 못하지만, 미호시 씨가 간다와 함께 고리가 잠겨 있는 것을 확인했다고 한다.

"보다시피 식품 보관에 대비하려고 이 준비실은 기밀 유지를 위해 창문을 틈새 없이 스펀지로 막았어요. 그건 창문을 아무리 흔들어도 달라지지 않아요. 즉 밖에서 고리를 여는 건 가능해도 그걸 다시 잠그는 건 불가능하다는 얘기예요."

"그렇군요. 자동으로 닫힐 만한 장치 같은 것도 발견되지 않고⋯⋯."

자동으로 닫힌다? 내가 말해놓고 그제야 퍼뜩, 감이 잡혔다.

"아니지, 준비실 문은 오토록이에요. 이 창문으로 들어가 안에서 고리를 잠가놓고 출입문으로 나가버리면 얼마든지 밀실이 완성되는 거 아닙니까."

"글쎄 그 문 앞을 당신이 지키고 있었잖아요."

⋯⋯아차, 그렇지. 두 번째 혼입 사건은, 첫 번째 종목이 끝난 직후에 이시이가 소금 병을 확인하고 그 뒤 점심시간에 출전자들이 모두 준비실로 들어오기까지 대략 한 시간 사이에 일어났다. 그리고 그 시간의 대부분은 내가 준비실 문

앞에서 감시하고 있었다. 점심시간 첫머리에 대기실에서 상의하던 시간에만 감시인이 없었던 셈이지만, 그때도 대기실 문을 활짝 열어두었기 때문에 누군가 통로를 지나갔다면 금세 알아봤을 것이다.

"세 번째 혼입 사건도 어젯밤 폐관 이후로 오늘 아침까지 방범 시스템이 작동했고 스태프가 감시했으니까 준비실 문을 통해 빠져나오는 건 불가능했어요. 오늘 아침에 혹시 무대 뒤쪽에 누군가 숨어 있지 않은지도 철저히 확인했고요."

미호시 씨의 설명에 나는 머리를 부여잡았다. 어제 점심시간에도, 그리고 오늘 아침에도 관계자들은 모두 밀실 상태의 준비실이나 무대가 아닌 바깥에서 나타났다. 그중에 범인이 있고 창문으로 준비실에 침입했다면 어떻게든 탈출했다는 얘기인데 현재로서는 그 방법이 짐작도 가지 않았다. 이래서는 그야말로 반반이다. 아니, 탈출 방법을 알지 못하면 창문으로 침입했는지 아닌지도 밝혀지지 않으니까 어쩌면 반반조차 아닌지 모른다.

"이 창문이 밖에서 열린다는 걸 아는 사람이 또 있습니까?"

내 질문에 간다는 기억을 더듬듯이 시선을 비스듬히 위쪽으로 향했다.

"원래 이 창문 고리가 고장이라는 건 4년 전 제2회 대회 때 알았어요."

간다의 말에 따르면 대회 이틀째 날 아침, 한 남자 바리스타가 지각을 했다. 그는 입구로 갔다가 우에오카를 덜컥 만나면 혼이 날 것 같아서 다른 출전자들이 와 있던 준비실 밖으로 돌아가 창문을 두드렸다. 하지만 출전자들은 바짝 긴장한 상태여서 그를 위해 창문을 열어줄 기미가 없었다. 짜증이 난 그는 창문을 마구 흔들었다. 자기를 어필하려는 행동이었지만 뜻밖에도 그 충격으로 창문 고리가 열려버렸다.

"그 자리에 제2회 대회 출전자들이 다 있었어요. 근데 이번에 겹치는 사람은 아스카와 나뿐이네? 우에오카 씨는 그때 그 자리에 없었고."

또다시 아스카라는 이름이 튀어나왔다. 부쩍 의심이 깊어졌다. 첫 번째 혼입 사건에서 자신이 의심을 받았을 때, 아스카는 왜 창문 이야기를 하지 않았을까. 그런 얘기를 했다면 이물질을 넣을 수 있었던 사람이 자신뿐만이 아니라는 게 증명된다. 혹시 4년 전 일이라서 잊어버린 건가. 아니면 아직은 말할 수 없는 어떤 속사정이 있었을까.

하지만 이어서 간다가 또 다른 의외의 인물을 언급하는 바람에 내 추리는 거기서 끊겨버렸다.

"그 밖에도 알고 있을 가능성이 큰 사람이 있어요. 다름 아닌 마루조코 요시토."

"어떻게 마루조코 씨가?"

"이 창문 고리를 망가트린 바리스타가 바로 마루조코 요시토의 형이거든요."

"어엉?" 얼빠진 소리가 나왔다. "마루조코의 형도 이 대회에 출전했었어요?"

간다는 고개를 크게 끄덕이더니 이야기를 풀어놓았다.

"형인 마루조코 야스토는 제2회부터 제4회까지 본선에 진출했어요. 이번 대회는 말하자면 그가 따내지 못한 우승을 동생에게 의탁한 거예요."

마루조코 요시토가 첫째 날부터 난생처음 출전한 사람답지 않게 여유로운 모습이었던 게 생각났다. 본선에는 처음 진출했지만, 그동안 형을 따라다닌 덕분에 그렇게 익숙한 모습을 보였던가.

"그렇다면 형에게서 창문 얘기도 들었겠군요. 어휴, 상상도 못 했네, 그런 형이 있었다니. 아, 그러고 보니 아까 마루조코를 보고 센케 씨가 '역시 똑 닮았어'라고 혼잣말을 중얼거리던데, 그게 형 얘기였군요."

내가 연신 고개를 끄덕이며 말하자 간다는 문득 벌레를 씹은 듯한 표정을 보였다.

"분명 형을 빼닮았죠. 지각하는 거 보니까 성격까지 닮은 모양이에요. 그렇게 꼭 닮은 사람을 보고 센케 씨도 기분이 그리 좋지는 않았을 겁니다."

"그건 또 무슨 얘기예요?"

간다는 마치 준비실 건너편의 대기실을 꿰뚫는 것처럼

눈을 가늘게 떴다.

"2년 전 혼입 사건 뒤에 센케 씨가 반미치광이 같은 꼴로 양호실을 빠져나와 대기실로 달려왔었어요. 우리는 그를 어떻게 대해야 할지, 다들 찜찜한 상태였어요. 우에오카 씨가 조사해 봤는데 그의 커피에 이물질이 섞인 흔적이 전혀 없다고 했으니까. 근데 그때 과감하게 나서서 센케 씨에게 단도직입적으로 '당신이 저지른 자작극 아니냐'고 얘기한 사람이 있었어요. 바로 형인 마루조코 야스토였죠."

뜻밖의 얘기에 나는 선뜻 입이 열리지 않았다. 미호시 씨도 똑같은 심경인 것 같았다.

"이제 와서 돌이켜보면 센케 씨가 바리스타 일을 포기한 건 어쩌면 마루조코의 그 말 때문이었는지도 몰라요. 마루조코는 물론 그런 결과를 원하지는 않았겠지만."

간다는 돌아가는 참에 피곤한 웃음을 보이며 말했다.

"그 마루조코 야스토도 이번에는 우에오카 씨의 요청을 고사하고 예선에도 참가하지 않았어요. 아마 이런 대회 따위, 지긋지긋했겠죠. 나도 그런 생각이 절실하게 들 정도니까."

간다의 뒷모습이 아테리 플라자 입구로 빨려 들어간 뒤에도 우리는 준비실 창문 옆에 멍하니 서 있었다.

"짐작했던 것보다 관계가 더 복잡하게 얽혀 있군요."

내가 말하자 미호시 씨도 고개를 끄덕였다.

"얘기를 들어볼수록 점점 더 혼란스러워요. 마루조코 씨의 형이 대회에 출전했었다는 얘기는 나도 어디선가 들었을 텐데, 깜빡 기억을 못 했어요."

그렇다, 지금까지 여러 번에 걸쳐 이 대회에 도전해 온 미호시 씨라면 과거의 본선 진출자를 파악하는 건 당연한 일이다. 실제로 사에코에 대해서는 제4회 우승자라는 걸 미리 알고 있었다. 다만 우승자가 아닌 한, 팸플릿에서 얼핏 이름만 본 출전자라면 잊어버리는 것도 무리는 아니다.

"아무튼 우리는 쓸데없는 것에 휘둘리지 말고, 꼭 필요한 정보를 판단해서 취사선택해야 해요. 이를테면 아오야마 씨는 방금 창문이 밖에서 열린다는 걸 아는 사람이 누구냐고 간다 씨에게 물었죠? 누군가 그런 얘기를 주위에 흘렸다거나 혹은 직접 알아냈을 가능성을 완전히 부정할 수는 없으니까 그 질문은 무의미하다고 생각해요."

"그건 그렇군요. 어쨌든 지금은 어떻게 탈출했는지, 그 방법을 생각해야겠어요. 혹시 발자국 같은 게 남지 않을까요? 그저께 비가 왔으니까, 어제도 바닥이 질퍽거렸을 텐데."

나는 땅바닥을 찬찬히 살펴보았다. 그랬더니 창문 바로 아래쯤에 묘한 것이 있었다.

"이런 곳에 누가 소금을 뿌렸지?"

그것은 새끼손가락 끝마디 정도로 볼록하게 쌓인 흰색 가루였다. 손끝으로 가리키자, 미호시 씨는 곧장 쪼그리고 앉아 들여다보았다. 엇, 저런, 손끝으로 찍어 날름 핥아보기까지 한다.

그러면 안 되죠, 미호시 씨. 땅바닥에 흘린 걸 입에 넣다니.

당황하는 나는 돌아볼 것도 없이 그녀는 고개를 돌려 말했다.

"틀림없이 소금이네요."

머릿속에 떠오르는 것은 역시 이시이의 소금 병이었다. 나는 퍼뜩 생각난 것을 말해보았다.

"그 병에 위장약을 넣으려고 여기에 소금을 내버렸을까요? 앗, 미호시 씨, 괜찮아요?"

그녀의 이변을 깨닫고 나는 소스라치게 놀랐다.

한마디로 말하면, 우선 안면이 창백했다. 초점이 맞지 않는 눈으로 땅바닥의 소금을 응시하며 헛소리처럼 뭔가 웅얼웅얼 중얼거렸다.

"설마, 그럴 리가……. 하지만 그런 거라면 앞뒤가 맞아떨어지는데……."

"미호시 씨, 정신 차려요! 어디 아픈 거예요?"

그러자 미호시 씨는 스르륵 몸을 일으키더니 충격적인 말을 내뱉었다.

"범인이 누군지 알았어요. 지금, 의혹이 확신으로 바뀌었어요."

"누, 누굽니까!"

나는 그녀의 어깨를 잡고 흔들었다.

"앗, 진정하세요, 아오야마 씨. 아마 내 생각이 맞을 텐데, 아직은 명백히 추궁할 만한 증거가……."

"어이, 아까부터 거기서 뭐 하고 있다냐?"

느릿한 교토 사투리가 들려와서 우리는 화단 건너편을 바라보았다.

"창문에 뭔 장난질을 치고 있어? 거기서 그러면 안 되지."

건너편에서 말을 건넨 사람은 아테리 플라자에 드나드는 차를 관리하는 경비원이었다. 어깨가 탄탄한 중년 아저씨로, 주차장 문 옆에서 이쪽을 지켜보고 있었다.

미호시 씨와 한순간 눈빛을 교환했다. 금세 서로의 생각이 통했다. 우리는 경비원을 향해 손을 흔들었다.

"죄송한데요, 잠깐 여쭤볼 게 있어요."

"뭔 일이래? 내가 지금 근무 중인데."

중얼중얼하면서도 다행히 차량 통행이 적은 시간인지 경비원이 이쪽으로 걸어왔다. 우리가 그쪽으로 가려면 화단을 빙 돌아야 해서 그가 와주는 게 더 간단한 일이었다.

"아저씨는 하루 종일 그쪽에서 근무하시나요?"

미호시 씨의 질문에 경비원은 쾌활하게 대답했다.

"그렇구먼. 어제오늘은 행사 때문에 차량 출입이 많아서 아침 8시 개관부터 오후 7시 폐관까지 내내 여기 있었어. 혼자 도맡으면 너무 힘드니까 반나절씩 교대하고 있지."

"아까처럼 주차장 문 앞에 서 계시면 이 창문이 훤히 보이시죠? 어제오늘, 이 창문 근처에서 혹시 수상한 사람 못 보셨어요?"

"봤지, 자네들."

경비원이 입을 크게 벌리고 웃었지만, 지금은 그런 농담도 반갑지 않았다.

"자네들 말고는 아무도 못 봤어. 어디 창문 하나쯤 열려 있어도 우리야 잘 모르지. 그나저나 수상한 사람이라면 창문을 타 넘고 들어가는 거 말인가? 그런 거라면 우리가 당장 혼찌검을 내지. 경비원이 하는 일이 그런 거잖어."

나는 경비원과의 사이에 자리한 화단을 살펴보았다. 범인이 몸을 바짝 낮춰 화단 뒤쪽으로 지나간다고 해도 창문이 화단보다 높은 위치에 있기 때문에 침입 순간을 목격하지 못할 일은 없을 터였다. 하지만 경비원은 그런 사람은 전혀 못 봤다고 한다.

역시 창문으로 침입했다는 건 성급한 추정이었을까. 그런 생각을 하고 있으려니 경비원 뒤쪽에서 불쑥 또 다른 경비원이 나타났다.

"왜 이렇게 안 오나 했더니만, 이봐, 왜 거기서 농땡이를 치고 있어? 교대 시간이잖아. 자네가 안 오면 나야 뭐, 교대 안 해도 되니까 좋긴 하지만."

"벌써 시간이 그렇게 됐어? 이 친구야, 교대를 안 해주면 곤란하지. 어제오늘 내내 서 있었더니만 다리 힘이 풀려 버렸구먼."

똑같은 교토 사투리로 대화를 주고받는 똑같은 경비복 차림의 중년 아저씨들. 그 모습에 압도되어 나는 멍하니 바라보고 있는데 미호시 씨는 태연하게 질문을 계속했다.

"항상 이 시간에 교대하시나요?"

"그렇지. 8시부터 7시까지 열한 시간을 반으로 딱 나눠 다섯 시간 반 만에 교대야. 정확히 1시 30분에 교대하는구먼."

"이 젊은 애들은 누구랴?"

"저기 창문으로 넘어간 수상쩍은 사람을 찾고 있다는구먼. 자네, 혹시 봤어?"

"못 봤는데? 내가 봤으면 당장 잡아들였지."

"교대 때는 지금처럼 후반 담당자가 전반 담당자를 찾아오시는 건가요?"

그들의 기세에도 주눅 들지 않고 미호시 씨는 연달아 질문했다.

"아니지, 근무 끝난 사람이 부르러 가야 해. 안 그러면 시간이 한참 지나도 도통 교대하러 나오지를 않아. 월급이 달라지는 것도 아니고, 아무래도 여기 서 있는 시간은 되도록 짧은 것이 좋잖어."

"나도 자네가 부르러 올 때까지 안에 가만히 있을걸, 에이, 손해났네."

두 사람은 캬하하 웃었다. 시계를 보니 1시 40분을 가리키고 있었다.

"그렇다면 어제 교대할 때는 아무도 이 창문을 못 보셨겠네요?"

미호시 씨가 캐묻자 두 사람은 겸연쩍은 표정을 보였다.

"그야 그렇겠지? 아니, 그래봤자 기껏 오 분이야."

"어제 몇 시쯤 교대했는지 생각나세요?"

"대개는 십 분 전에 교대하러 가. 내가 1시 20분이 된 것을 확인하고 나갔어."

먼저 말을 걸어준 경비원이 대답했다.

"그런 경비 스케줄은 해마다 똑같은가요?"

"그렇지. 벌써 5년째 그렇게 해왔어."

그 말을 듣고 미호시 씨는 빙긋이 웃으며 인사했다.

"고맙습니다. 아주 흥미로운 말씀이었어요."

"이제 됐어? 뭔지는 잘 모르겠지만 열심히 해봐."

경비원 아저씨는 손날을 세워 인사하고, 한쪽은 담당구역으로, 다른 한쪽은 건물 안으로 사라졌다. 나는 미호시 씨에게 물었다.

"범인은 경비원이 잠깐 담당구역을 벗어나는 시간을 알고 있었고, 그 순간을 기다렸다가 창문을 넘어 준비실에 침입했을까요?"

"그럴 가능성이 높아요. 아오야마 씨와 사에코 씨가 준비실에 들어간 게 몇 시쯤이었죠?"

"1시 30분쯤이었어요. ……엇, 그럼 범인이 그때 이미 준비실에 들어와 있었어요? 하지만 우리는 아무도 못 봤는데?"

"로커에라도 숨어서 두 사람을 따돌렸겠죠. 범인은 사에코 씨가 특히 잘하는 라떼 아트 부문을 방해할 목적으로 그 우유 팩에 식용색소를 넣었으니까요."

오싹 소름이 돋았다. 범인은 로커에서 숨을 죽이고 나와 사에코의 대화에 귀를 쫑긋 세웠던 것인가.

"사에코 씨는 오 분여 만에 준비실을 나왔고 그 즉시 아오야마 씨는 문을 잠갔어요. 범인은 그 뒤부터 우리가 준비실에 들어간 1시 50분 사이에 우유 팩에 식용색소를 넣은 거예요."

"그러고는 준비실을 나갔다, 어떤 방법으로 나갔는지는 알 수 없지만……."

그러자 미호시 씨는 문득 생각난 듯이 말했다.

"아니, 딱 한 가지 방법이 있어요."

뜻밖의 말에 나는 흠칫 멈춰 섰다. 미호시 씨는 얼굴빛도 변하지 않고 그다음 말을 이어갔다.

"그 방법은 딱 한 번, 어제 점심시간에 침입했을 경우가 아니면 쓸 수 없어요. 그래서 내가 조금 전에 '반반'이라고 했던 거예요."

간다가 얘기한 것처럼 '들어갈 수는 있어도 나올 수는 없다'라는 뜻에서 한 말이 아니었다는 것인가. 그녀는 이미 두 번째 혼입에서의 밀실 수수께끼를 해명했는데도 세 번째 혼입 사건의 밀실에 대해 여전히 고민하는 것이다.

"이 문제를 풀자면 범인이 두 번째 혼입과 세 번째 혼입을 한꺼번에 해치웠다고 생각할 필요가 있어요. 하지만 그렇게 되면 아무래도 식용색소의 존재가 걸려요. 어떻게 범인이 마침맞게 식용색소를 갖고 있었는가."

"탈출 방법이 뭔지는 모르겠지만 범인은 계획적으로 혼입 사건을 일으켰던 게 아닐까요? 그렇다면 식용색소는 사전에 준비했다고 봐야겠지요."

"아니, 그 반대예요. 식용색소를 넣기 위해서는 사전에 준비해야 하니 혼입 사건은 계획적으로 이루어졌다는 것이죠. 하지만 세 번째 혼입이 어제 낮에 이루어졌다면 범인은 식용색소를 준비할 기회가 없었어요. 왜냐하면 사에코 씨가 우유를 사 온 것도, 아직 뜯지 않은 우유 팩을 무대에 가져간 것도, 그저 우연한 과정에 불과했기 때문이에요."

머리가 지끈거렸다. 이해력이 현저히 떨어지는 나에게 미호시 씨는 차근차근 알려주었다.

"방해할 목적으로 혼입 사건을 일으켰다면 일반적으로 식용색소를 우유 팩에 넣는 건 그리 좋은 방법은 아니에요. 왜냐하면 텀블러에 우유를 옮길 때, 이미 뭔가 섞였다는 게 눈에 다 보이니까요. 피해자는 물론 깜짝 놀라겠지만, 그 즉시 새 우유를 준비할 수 있겠죠. 주최 측에 사정을 얘기할 수도 있고 편의점에 얼른 다녀와도 되니까요."

또한 대부분의 출전자는 우유 팩을 준비실 냉장고에 보관했다가 경기 직전에 텀블러에 옮겨 담기 때문에, 텀블러에 직접 식용색소를 넣는 수단도 유효하지 않다.

"그런 점을 생각하면, 눈으로 보자마자 알 수 있고 또한 맛에도 별다른 영향을 주지 않는 식용색소는 방해를 목적으로 한 혼입에는 적합하지 않아요. 즉 방해할 만한 재료들을 범인이 미리 다양하게 챙겨왔다고 해도 굳이 식용색소를 가져올 이유는 없다는 거예요. 사실은 그 밖에도 범인이 식용색소를 사전에 준비했다고 할 수 없는 중요한 이유가 있어요. 그건 아직 이 자리에서는 밝힐 수 없지만."

괜히 사람 답답하게 만든다는 생각도 들었지만, 미호시 씨는 아직 확실치 않은 내용은 발설하고 싶지 않은 것이다. 그래서 나는 굳이 캐묻지 않았다.

"그런데도 범인은 식용색소를 우유에 넣었어요. 이건 우유 팩을 무대로 직접 가져간다는 사에코 씨의 말을 들었고, 그래서 방해가 가능하겠다고 판단했기 때문인 게 틀림없어요."

"나와 사에코 씨가 준비실에 들어가기 전에 창밖에는 이미 교대한 경비원이 담당구역에 서 있었다. 그래서 범인이 우리를 따돌린 뒤 식용색소를 사 오는 건 불가능했다. 그러니 침입한 시점에 이미 식용색소를 갖고 있었다고 생각할 수밖에 없다, 그런 얘기지요?"

필사적으로 따라잡은 내게 미호시 씨는 '잘했어요'라는 듯이 고개를 끄덕였다.

"그건 혼입한 것이 식용색소가 아니라 다른 대용품이었어도 마찬가지예요."

"아하, 혼입한 것이 반드시 식용색소인 건 아니군요?"

"네. 그런데 대용품이 될 만하고 게다가 평소에 지니고 있어도 이상하지 않은 것이라면 빨간 펜 정도가 고작이겠지요. 하지만 사에코 씨의 우유를 붉게 물들인 게 그런 소량의 잉크인 것 같지는 않아요."

동감이다. 한편으로 똑같이 세 번째 혼입에 사용된 양면테이프에 대해서는 문제가 되지 않는다고 미호시 씨는 말했다. 도청기를 설치할 때 사용했으니까 범인은 분명 양면테이프는 갖고 있었기 때문이다. 그래서 그녀는 내가 대기실에서 발견한 양면테이프를 중요한 단서라고 말했던 모양이다.

"참고로, 어제 아침부터 출전자의 재료를 둘러볼 기회가 있었지만, 유유를 붉게 물들일 만한 걸 갖고 있는 분은 없었어요."

"전시장 쪽에 식용색소나 그 비슷한 것을 제공해 준 부스는 없을까요?"

"실은 그 점을 아저씨에게 알아보라고 부탁했어요. 이제 슬슬 결과가……."

마침 이때를 노린 듯이 미호시 씨의 스마트폰이 울렸다. 착신 표시를 확인하고 그녀가 응답했다.

"수고 많으시네요. 그래서, 어땠어요? ……네. 네. 그랬군요. 알았어요, 고마워요."

각 부스에 아름다운 여자 도우미들이 있어서 모카와 영감님이 좋아라 이런 조사를 맡아준 것이구나. 내가 그런 생각을 하는 사이에 미호시 씨는 통화를 마쳤다. 아무래도 기대했던 대답은 듣지 못한 기색이었다.

"우유를 붉게 물들일 만한 것을 전시하는 부스가 몇 군데 있기는 한데, KBC 관계자에게 그런 것을 내준 부스는 한 군데도 없다는 거예요. 기업 전시회 특성상, 근무처 정보를 알아야 샘플을 내주는 게 원칙이라서 신분을 위장한다고 해도 그런 물품을 받아내는 건 불가능하대요."

마지막 기대도 끊겨버렸네요, 라고 중얼거리며 미호시 씨는 스마트폰을 챙겨 넣었다.

"결국 식용색소에 대한 건 끝내 해결되지 않은 채 남아버렸군요. 범인이 그걸 방패 삼아 반론하면 우리는 승산이 없어요. 범인이 무엇을 노렸는지, 어떻게 준비실에서 탈출했는지는 대략 짐작이 가요. 하지만 이대로 식용색소에 대한 것을 마저 밝혀내지 못하면 해결까지 마지막 한 걸음 남은 지점에서 범인을 놓쳐버리겠죠."

그렇게 말하며 고개를 떨구는 미호시 씨의 앞머리를 바

람이 불어와 흐트러뜨렸다.

마음 약해져서는 안 된다고 나는 그녀를 격려하려고 했다. 하지만 다시 화단 너머에서 목소리가 들려와 우리의 대화는 중단되었다.

"대체 언제까지 거기서 어물거리고 있어요? 아까부터 다들 기다리는데."

차가운 말을 던진 사람은 이시이였다. 혼자인 걸 보니 간다에게서 우리가 이곳에 있다는 말을 듣고 온 모양이다.

"다음 종목이 곧 시작돼요. 준비실 카드 키 갖고 있는 건 그쪽뿐이잖아요. 십 분 전에 다들 집합하기로 어제 정했죠? 이렇게 꾸물거리다가 경기에 늦으면 책임질 거예요? 마지막 종목, 내가 첫 출전자라고요."

다급하게 시계를 들여다보았다. 1시 55분. 수사에 집중한 나머지, 그새 시간이 이렇게 훌쩍 지나간 것도 알지 못했다. 마지막 종목은 2시에 시작된다. 기다리다 못해 미호시 씨를 찾으러 온 모양인데 지금 달려가도 시간에 맞출 수 있을지 말지 아슬아슬했다.

"그나저나 진상을 해명하겠다고 큰소리치더니, 뭐 좀 알아내긴 했어요?"

이시이의 추궁에 미호시 씨는 꺼져가는 목소리로 대답했다.

"아뇨, 유감스럽게도 아직 완전하게는……."

"내 그럴 줄 알았어. 앞뒤 사정도 모르면서 설치고 나서더니 결국 밝혀내지도 못했잖아요. 대체 뭐 하는 겁니까? 나참, 우에오카 씨도 진짜 한심한 짓을 하셨네."

이시이는 거친 말투로 미호시 씨를 비난했다. 혼입 사건으로 경기를 제대로 치르지 못해 분노했다는 건 물론 이해하지만, 이건 완전히 엉뚱한 화풀이였다. 미호시 씨는 아랫입술을 깨물며 지그시 참고 있었다.

"당장 때려치워요, 탐정 놀이 따위. 어차피 기대하지도 않았지만, 최소한 방해는 되지 말아야……."

"이봐요, 말이 너무 심하잖습니까."

나도 모르게 말대꾸했다.

"뭐요?" 이시이의 얼굴빛이 홱 변했다. "당신은 뭐야? 이번 대회와는 관계도 없잖아!"

"이시이 씨도 이번 사건의 피해자잖아요. 진상을 해명하려는 건 당신이나 사에코 씨가 입은 피해를 밝히는 과정이기도 해요. 근데 그런 식으로 미호시 씨를 비난하는 건 뭡니까?"

"이봐, 당신이 지금 어떤 처지인지 알기나 해요? 이번 대회와는 상관도 없는 사람이고, 게다가 두 번의 혼입 사건의 가장 유력한 용의자야. 아하, 당신이 그런 짓을 저질러놓고 미호시 씨와 수사하는 척하면서 진상을 감추려고 거짓말을 지어내고 있는 거 아니야?"

"아닙니다!"

"증거가 있어요? 자신 있게 아니라고 말할 증거가 있느냐고!"

"미호시 씨가 애써 조사해서 이제 문제가 거의 다 풀리는 지점까지 왔어요. 범인이 누구인지 반드시 밝혀낼……."

"아오야마 씨, 그만하세요. 여기서 말다툼해 봤자 소용없어요."

미호시 씨가 옆에서 가로막는지라 나는 입을 꾹 다물었다. 하지만 분한 마음은 가라앉지 않았다.

"쳇, 아무튼 빨리 나와요."

이시이는 머쓱한 기색으로 내뱉고 발길을 돌렸다.

그대로 사라졌다면 나도 말없이 지켜봤을 것이다. 하지만 이시이가 내뱉은 쓸데없는 한마디에 가라앉던 가슴속 불길이 한순간에 타올랐다.

"설치는 여자에, 허세 작렬 남자라니, 진짜 웃기는 커플이네."

나한테 욕하는 건 좋다. 실제로 '허세 작렬'에 관해서라면 나도 몇 가지 찔리는 게 있다.

하지만 미호시 씨는 그렇지 않다. 그녀는 누구보다 간절하게 이 대회가 명맥을 유지해 가기를 원했고, 누구보다 총명한 두뇌로 사건을 해명하려고 뛰어다녔다.

"이봐, 지금 뭐라고 했어!"

등을 돌리고 걸어가는 이시이의 팔을 홱 낚아챘다. 하

지만…….

"이거 놔!"

아뿔싸, 예상보다 이시이는 힘이 셌다. 붙잡힌 팔로 홱 밀치는 바람에 나는 얼굴을 흙바닥에 처박으며 나동그라졌다. 넘어진 곳이 마침 개미 떼가 행군하던 길이어서 뿔뿔이 달아나는 개미들이 내 코와 이마 옆을 기어갔다.

"괘, 괜찮아요?"

미호시 씨가 무릎을 짚고 앉아 내 어깨를 잡았다. 어떻게든 힘을 내보려 했지만, 흙바닥에 쓸린 뺨과 내동댕이쳐진 어깨가 아파서 제대로 말이 나오지 않았다.

눈을 질끈 감아버렸기 때문에 이시이가 어떤 얼굴로 돌아갔는지는 알지 못한다. 말없이 멀어져 가는 발소리만 들렸을 뿐이다.

"크으윽……."

미호시 씨의 부축을 받으며 윗몸을 일으켰다. 옷에 묻은 흙을 그녀가 털어주었다.

"진짜 꼴사납게 당했네. 나도 모르게 발끈해서……."

하지만 나동그라진 아픔과는 또 다른 이유로 나는 숨조차 제대로 쉬지 못하는 상태가 되었다.

미호시 씨가 양팔로 살그머니 내 등을 껴안았기 때문이다.

"나 대신 화를 내주셨네요. 고마워요."

화단으로 가려진 곳에 주저앉아 있었으니, 아무도 우

리를 목격하지 못했을 것이다. 그런데도 나는 뜻밖의 상황에 머릿속이 하얘져서 멍하니 그녀의 포옹에 몸을 내맡기고 있었다.

"그래도 싸움은 안 돼요. 누구도 행복해지지 않는 짓이에요."

"……미, 미안해요."

그녀는 양팔을 풀고 내 머리를 손바닥으로 가볍게 툭 쳤다. 빙긋이 웃는 그 얼굴이 발갛게 물들었지만, 나는 그것에 대해 아무 말도 하지 않았다. 아마 나도 그 비슷한 얼굴일 터였기 때문이다.

우리는 자리에서 일어섰다. 이제 곧 2시다. 한시바삐 무대로 돌아갈 필요가 있었다.

하지만 미호시 씨는 걸음을 옮기기 전에 이런 귀띔을 해주었다.

"또 한 가지, 몸을 내던져 싸워주신 아오야마 씨에게 감사할 게 있어요."

"예?"

그녀는 맑은 가을 하늘을 우러러보았다. 그러고는 지쳐버린 자신을 격려하듯이 힘찬 목소리로 말했다.

"이 수수께끼, 다 풀렸어요!"

6

 서둘러 무대로 돌아가 보니 관계자들이 한자리에 모여 하나같이 답답한 기색으로 미호시 씨를 기다리고 있었다. 미호시 씨가 머리 숙여 사과하고 모두 함께 무대 뒤편으로 달려갔다. 객석에는 나와 모카와 씨, 그리고 센케가 남겨졌다.

 "어떻게 된 거예요, 그 상처?"

 맨 앞줄에 앉은 센케 옆에 자리를 잡자, 그가 내 얼굴을 보며 물었다.

 "상처요?"

 "왼쪽 광대뼈 근처에 쓸린 상처가 났는데?"

 그 말에 얼굴을 더듬어보니 따끔하게 아팠다. 아까 흙바닥에 나동그라졌을 때 생긴 상처일 터였다. 힘없이 피식 웃으며 아무것도 아니라고 얼버무렸다.

 "그보다 아스카 씨에게서 뭔가 얘기를 들었습니까?"

 미호시 씨는 수수께끼가 다 풀렸다고 했지만, 새로운 정보를 얻어내서 나쁠 건 없다. 그런 생각에 물어보았는데 센케에게서 돌아온 것은 쓴웃음뿐이었다.

 "별거 없었어요. 오히려 행방을 감춘 뒤로 어떻게 지냈느냐고 시시콜콜 캐묻는 바람에 대답하기에 바빴죠."

 두 사람이 대화를 나눈 건 실상 삼십여 분 정도다. 별다른 성과가 없었다 해도 어쩔 수 없는 일이다.

"제5회 간사이 바리스타 경연 대회의 마지막 종목, 드립 부문을 시작합니다!"

팡파르에 이어 관객을 설레게 하는 사회자의 흥분한 목소리가 장내에 울려 퍼졌다. 지금까지 연이은 혼입 사건으로 혼란이 거듭되었는데도 출전자들의 태도에 전혀 흔들림이 없는 것을 보니 역시 프로는 다르다는 생각이 들었다.

"뛰어난 여섯 명의 바리스타가 이틀간에 걸쳐 솜씨를 펼친 KBC도 이제 한 종목만을 남겨뒀습니다. 이번 종목의 결과에 따라 우승자가 결정되겠지요. 지켜보는 우리도 가슴이 두근거리는군요. 자아, 우에오카 씨, 이번 드립 부문은 어떤 점을 주목해서 봐야 할까요?"

"바리스타라는 직업이 탄생한 이탈리아에서는 커피라면 에스프레소를 가리키고 드립 커피를 마시는 일은 별로 없습니다. 카페 아메리카노, 라고 주문하면 그 비슷한 것이 나오기는 하지만 이건 에스프레소에 끓인 물을 섞어 연하게 한 것일 뿐 드립 커피와는 근본적으로 다르지요. 하지만 국내에서는 에스프레소보다 드립 커피가 훨씬 더 친숙하고 일상에 녹아들어 있어요. 그래서 아무리 뛰어난 바리스타라도 드립 기술 없이는 커피 전문가라고 하기 어렵습니다. KBC에서는 우리만의 독특한 커피 문화를 바탕으로 특별히 드립 부문을 만든 것입니다."

우에오카의 해설도 지금까지와 똑같이 막힘이 없었다.

하지만 눈 밑이 거무스레하고 한쪽 다리에 몸무게를 딛고 서 있는 모습에서는 어제부터의 혼입 사건에 따른 심리적 피로감이 여실히 드러났다.

"드립 부문의 주요 포인트는 역시 어떤 원두를 사용하는가, 그리고 어떤 방법으로 드립하는가, 라는 점입니다. 어떤 블렌드인지, 배전한 정도는 어떤지, 거칠게 갈았는지 곱게 갈았는지, 모두 심사하게 됩니다. 거기에 융 드립, 페이퍼 드립, 혹은 다른 방법의 드립을 쓰는지도 지켜봐야겠지요. 단순히 질 좋은 원두를 사용하는 것뿐만 아니라 각각의 원두에 적합한 배전 정도와 추출 방법을 찾아나가는 것이 중요합니다. 정해진 시간 안에 바리스타들은 두 잔의 서로 다른 드립 커피를 만들어내게 됩니다. 그대로 마셔도 맛있고 설탕이나 우유를 넣었을 때도 그 맛이 돋보이는 커피라면 더욱더 높은 평가가 나오겠지요."

스스로 말했던 대로 드립 부문의 첫 출전자는 이시이였다. 두 번이나 혼입 피해를 겪었지만, 그는 별다른 혼란 없이 경기를 마쳤다. 이어서 아스카, 사에코, 간다까지 차례로 본선 경험자들이 나왔지만, 또 다른 혼입 소동이 일어나는 일은 없었다. 다섯 번째로 나온 마루조코도 마치 지금까지의 혼란이 거짓말이었던 것처럼 깔끔하게 경기를 마무리했다.

마지막인 여섯 번째 출전자는 미호시 씨다. 그녀의 경기를 끝으로 제5회 KBC의 모든 종목이 종료되기 때문에 이른

바 '대미를 장식하는' 중요한 역할이었다. 종목별로 장장 세 시간에 걸쳐 경기가 펼쳐졌기 때문에 중간부터는 그만 진력이 나버린 듯한 관객도 간간이 눈에 띄었지만, 마지막 출전자 차례가 되자 모두 개막 때처럼 기대를 품은 시선으로 무대를 지켜보고 있었다.

그토록 원하던 무대에 올라선 그녀를 마지막까지 내 눈에 똑똑히 남겨두고 싶다. 그런 마음으로, 나는 미호시 씨의 등장을 기다렸다. 하지만 마루조코가 무대 윙으로 물러나고, 이제는 나올 때가 되었는데도 그녀는 무대에 나타나지 않았다. 그 대신 우에오카가 마이크를 들고 무대 중앙으로 걸어 나왔다.

불길한 예감이 밀려왔다.

"참가 번호 3번, 기리마 미호시 바리스타의 경기가 남았습니다만, 본인의 의사에 따라 드립 부문을 기권하게 되었습니다."

우에오카의 말이 선뜻 머릿속에 들어오지 않았다.

"다시 한번 말씀드립니다. 기리마 미호시 바리스타는 본인의 의사에 따라 기권합니다. 따라서 드립 부문은 조금 전에 경기를 마친 다섯 명의 바리스타를 심사하는 것으로······."

문득 정신을 차렸을 때, 나는 객석 맨 앞줄에서 벌떡 일어서 있었다.

등 뒤에서는 관객의 시선이, 그리고 앞에서는 우에오카

와 사회자와 스태프들의 시선이 수많은 화살처럼 나를 쿡쿡 찔렀다. 하지만 그런 건 눈곱만큼도 신경 쓰이지 않았다.

그보다는 잠깐 방심해 버린 나 자신을 저주했다. 이번에 일어난 혼입 소동은 2년 전 사건이 발단이라는 생각 때문에 그 사건과는 사실상 아무 관계도 없는 미호시 씨가 혼입의 표적이 되리라고는 상상도 못 했다.

하지만 이제 범인에게는 미호시 씨를 방해할 강력한 동기가 있다. 미호시 씨가 범인을 밝혀내고자 적극 수사에 나섰기 때문이다. 경고를 위해, 혹은 사태를 좀 더 복잡하게 만들기 위해 그녀가 표적이 되리라는 건 충분히 예상할 수 있는 일이었다.

"앗, 이봐요, 어디 가요?"

우에오카가 마이크를 통해 제지하는 소리도 듣지 않고 나는 대기 공간으로 뛰어들었다. 출전자들은 모두 눈이 휘둥그레져서 예기치 않은 난입자를 응시했다. 그 속에 미호시 씨의 모습은 없었다.

"미호시 씨는 어디 있어요!"

그들을 향해 부르짖자 간다가 당황하면서도 손끝으로 알려주었다.

"대기실에 있을 텐데……."

"고마워요!"

나는 대기 공간을 빠져나와 문을 벌컥 열어젖혔다. 그리고 좁고 어슴푸레한 통로를 전속력으로 내달렸다.

내가 정신을 똑바로 차렸다면 이런 일은 없었을 텐데.

자책의 마음에 짓눌린 몸을 끌고 달려가는 그때, 겨우 몇 미터의 거리가 나에게는 끔찍하게 먼 길처럼 느껴졌다.

제5장

둘째 날, 수수께끼가 풀리다

1

"미호시 씨!"

발로 뻥 걷어차듯이 대기실 문을 열어젖히자, 미호시 씨가 그곳에 있었다. 커피점 탈레랑에서 오래도록 보았던 핸드밀을 붙잡고 드르륵드르륵 원두를 갈고 있었다.

"안 돼요, 마음대로 들어오시면."

못된 장난을 치다가 들켜버린 어린애처럼 토라진 표정으로 말한다. 어지간히 태평하다.

"……혼입 사건을 당한 거 아니었어요?"

스르르 맥이 빠져서 나는 물었다. 미호시 씨는 어리둥절한 얼굴이었다.

"무슨 말씀이세요?"

"아니, 마지막 종목을 기권했다고 해서……."

아, 그거요, 라는 말을 하는 순간만 미호시 씨는 핸드밀을 돌리던 손 움직임을 멈췄다.

"출전자들에게 혼입 사건을 설명하려면 꼭 준비해야 할 게 있었어요. 시간이 좀 걸릴 것 같아 별수 없이 드립 부문은 기권하기로 했죠. 걱정하지 마세요. 혼입 피해를 당한 건 아니니까."

아무래도 내가 너무 앞질러 호들갑을 떤 모양이다. 그토록 절절했던 자책이 쓸데없는 짓이었다니, 안도했다고 할까,

실망했다고 할까.

"전원이 경기를 마치고 돌아오면 범인이 누구인지 밝히려는 거예요?"

"네, 범인만이 가진 특성을 밝혀내기 위해 한 가시 실험을 할 예정이에요. 밝혀지는 사실이 참담하다는 게 정말 견디기 힘들지만, 상황이 상황이니만큼 어쩔 도리가 없어요."

담담하게 말하면서 미호시 씨는 드리퍼를 서버에 얹고 막 갈아낸 원두 가루로 드립을 시작했다. 물을 끓인 전기 포트는 얼마 전까지 이곳에 없던 물건이다. 드립 부문 경기가 치러지는 동안 어디선가 마련해 온 것이리라.

"하지만 여기서 기권해도 괜찮겠어요? 드립 부문은 가장 기대했던 종목인데."

나는 솔직하게 유감스러운 마음을 전했다. 그녀가 내려주는 드립 커피가 얼마나 맛있는지, 세상에 널리 알릴 기회였던 것이다.

그녀가 떠올린 미소는 어딘지 쓸쓸해 보였다.

"이제 됐어요. 어제 말씀드린 대로 사건 해결에 온 힘을 기울이기로 결심했으니까."

"그리고 내년에 다시 나오려고요?"

"글쎄요, 어쩌면 두 번 다시 출전하지 않을지도."

"엇, 왜요?"

어제오늘 사이에 말이 너무 달라진 거 아닌가. 미호시 씨는 뜨거운 물을 맞고 봉긋하게 부풀어 오른 드리퍼 안의 원두 가루 쪽으로 시선을 떨궜지만 여전히 웃음만은 잃지 않았다.

"오랫동안 이 대회를 꿈꿔왔어요. 언젠가는 나도 무대에 서고 싶다고. 그런 바람이 이뤄져서 마침내 본선 진출이 결정되었을 때, 입으로는 우승을 노린다고 했지만 사실 그건 내 진심이 아니었나 봐요. 지금까지 이래저래 연구하고 연습을 거듭해 온 것은 단지 이 대회를 더럽히지 않기 위해, 그리고 부끄럽지 않은 경기를 하기 위해서였던 것 같아요."

나도 그 마음이 어쩐지 이해가 되었다. 그녀에게서 우승을 노린다는 말을 들었던 날, '남들과 경쟁하는 일에는 별로 흥미가 없는 줄 알았다'라고 했던 사람은 오히려 나였다.

"하지만 실제로 대회에 참가해 내부를 들여다보니 사람들은 서로 으르렁대고 심지어 해코지까지 서슴지 않는 곳이었어요. 추악한 감정이 소용돌이쳐서 나도 모르게 눈을 돌리고 싶은 그런 세계예요. 전적으로 나쁘다고는 생각하지 않아요. 남의 재료에 뭔가를 넣은 건 물론 나쁜 짓이지만, 그만큼 다들 우승을 위해 필사적으로 뛰었다는 뜻이겠죠. 하지만 그동안 나 혼자 머릿속에 그려왔던 대회와는 너무도 동떨어진 모습이에요. 아무리 시간이 흘러도 나는 이런 대회에는 익숙해질 것 같지 않아요."

익숙해지지 않아도 괜찮다고 나는 마음속으로 생각했다. 싸움은 안 된다, 누구도 행복해지지 않는다는 말을 자연스럽게 입에 올릴 수 있는 그녀가 익숙해져서는 안 되는 세계인 것이다.

"동경은 동경일 때 아름답다는 말이 있죠? 그게 정말 맞는 말이라는 걸 이번에 실감했어요. 그러니 앞으로 내가 이 대회에 출전하는 일은 없을 것 같네요. 단지 이제부터 밝힐 사건의 진상이 관련된 사람들의 마음속 응어리를 조금이나마 풀어주기를 빌 뿐이에요."

하지만 그녀가 밝힐 사건의 진상은 누군가가 누군가를 해코지했다는 내용이다. 사과로 끝날 일이라면 다행이지만, 그녀의 바람과는 정반대의 방향으로 흘러갈 가능성도 적지 않다. 이 대회에 걸었던 그녀의 순수한 마음은 무참히 깨져버렸다. 부디 그보다 더 심한 일은 겪지 않기를. 나 또한 그렇게 기도하는 것밖에는 아무것도 할 수 없었다.

"그러니 아오야마 씨, 괜찮으시다면 관계자 전원을 이곳으로 불러주세요. 어차피 모두 이쪽으로 오기는 하겠지만, 곧이어 시상식이 있을 테니까 되도록 서두르는 게 좋겠어요."

미호시 씨의 부탁에 나는 엄지손가락을 번쩍 들며 대답했다.

"좋아요, 그건 나한테 맡겨요. 지금 즉시 데려올 테니까."

다시 통로를 지나 대기 공간으로 갔더니 다섯 명의 바리스타가 짐을 정리해 준비실로 가려던 참이었다. 마침 카드 키를 가진 우에오카와 센케의 모습도 보였다.

"짐을 준비실에 옮겨놓고 신속하게 대기실로 모여주세요! 미호시 씨가 여러분께 할 얘기가 있답니다."

내 말에 그 자리에 있던 이들이 일제히 놀란 표정을 보였다. 우에오카가 눈을 깜작거리며 물었다.

"수사를 위해 드립 부문을 기권한다더니……. 그럼 정말로 범인을 알아냈어요?"

"그렇습니다. 나도 아직 얘기를 듣지 못했지만, 미호시 씨라면 반드시 납득할 만한 형태로 진상을 밝혀줄 거예요."

"흥, 과연 그럴까? 시간 낭비가 아니라면 좋겠는데."

이시이가 내뱉었다. 누구보다 범인을 알고 싶은 사람은 피해자인 그와 사에코일 텐데도 반신반의하는 마음 때문인지 여전히 반응이 시큰둥했다.

"일단 그녀의 지시를 따릅시다. 어떤 이야기를 들려줄지 기대가 되잖아요?"

간다가 그야말로 궁금하다는 얼굴로 말하자 모두 움직이기 시작했다. 지금까지와는 달리 다음 종목을 치를 걱정이 없어서 준비실에서의 뒷정리는 몇 분 만에 끝이 났다. 우에오카가 준비실 문을 닫자 나를 포함한 여덟 명의 관계자는 통로를 건너 대기실 문 앞에 섰다.

내가 먼저 대기실 문을 열었다. 그러자 앞을 가로막듯이 미호시 씨가 바로 눈앞에서 기다리고 있었다.

"모두 데려왔어요."

"고마워요."

미호시 씨가 깊숙이 허리를 숙였다.

내가 안으로 들어서려고 했을 때였다. 미호시 씨가 두 팔을 펼쳐 정말로 앞을 가로막았다.

"왜요? 지금 우리 둘이 씨름할 때가 아닌데?"

나는 짐짓 항의했다. 하지만 미호시 씨는 그 말에는 대답하지 않고, 뒤에 선 출전자 전원에게 들리게 큰 소리로 말했다.

"이곳으로 모이시라고 한 것은 물론 일련의 혼입 사건에 관한 이야기를 하기 위해서예요. 하지만 그 전에 한 가지 실험을 하려고 합니다. 순서는 따로 정하지 않겠습니다. 자유롭게 한 분씩만 들어오세요."

예기치 않은 사태에 모두 당황스러움을 감추지 못했다.

"실험이라니, 그게 뭔데요?"

이시이가 얼굴을 쑥 내밀며 물었다.

"그건 안에 들어오신 뒤에 알려드릴게요."

미호시 씨가 후훗 웃으며 대답했다. 대체 무슨 꿍꿍이인가. 어린애처럼 장난스러운 미호시 씨의 웃음에 다들 어리둥절해서 아무도 거부 의사를 밝히지 못했다. 하긴 이 시점에 거부하고 나섰다가는 스스로 범인이라고 밝히는 것이나 마찬가지다.

"먼저 들어오겠다는 분이 없는 것 같으니 우선 아오야마 씨부터 안으로 들어오실래요?"

"나, 나요?"

반사적으로 멈칫, 뒤로 물러섰다.

"네, 들어오세요."

별 의미도 없이 꾸벅꾸벅 절을 하며 대기실로 들어섰다. 미호시 씨는 내가 들어가자마자 문을 탁 닫아버렸다.

"자아, 거기 앉으세요."

하라는 대로 탈의실 쪽의 의자에 앉았다.

"나도 그 실험이라는 것에 참가해야 하는군요."

"당연하죠. 다른 분들에게 아오야마 씨는 가장 유력한 용의자예요."

내가 한숨을 내쉬는 사이에 미호시 씨는 화장대 위에 미리 준비해 둔 쟁반을 가져다 내 앞에 놓았다. 그곳에 담긴 것을 보고 나는 실험 내용을 짐작할 수 있었다.

"커핑이군요?"

미호시 씨는 미소를 지으며 고개를 끄덕였다.

커핑이란 원두의 품질이나 향미를 감별하기 위해 맛을 보는 것이다. 커핑 방법은, 작은 유리잔에 갈아낸 원두 가루를 넣고 우선 그 상태 그대로 드라이 커피의 향기를 감별한다. 이어서 끓인 물을 부어 커피가 추출되는 동안 젖은 원두 가루의 향기를 감별한다. 그렇게 추출이 되면 작은 국자 모양의 커핑 스푼으로 표면의 가루나 거품을 걷어내고 액체를 떠낸다. 그리고 호로록 힘차게 빨아들여 입안에 안개처럼 고루 퍼지게 해서 그 원두가 가진 맛과 특성을 감별한다. 커피점에서 사용할 원두를 선정하기 위해 바리스타라면 반드시 갖춰야 할 기능이다.

그 중요성을 고려해 커핑의 정확성을 겨루는 대회가 국내는 물론 전 세계에서 개최되고 있다. 경기 내용을 살펴보면, 한 세트당 석 잔의 소형 잔이 나오는데 그중 한 잔은 다른 두 잔과는 다른 커피다. 참가자는 커핑 스푼을 손에 들고 맛과 향기를 감별하여 다른 두 잔과는 다른 커피가 든 잔을 찾아나간다. 여러 개의 세트가 한꺼번에 출제되어 모든 세트에 대해 답을 하기까지의 시간과 정답 비율에 따라 승부가 결정된다.

내 앞의 쟁반에는 삼각형 모양으로 각각 석 잔의 종이컵이 오른쪽과 왼쪽에 한 세트씩 놓여 있었다. 모두 여섯 잔의 종이컵에 커피가 담겼고 얼핏 보기에는 그 차이를 전혀 알 수 없었다. 그 앞에 커핑 스푼 대신 티스푼이 곁들여져 있었다.

"굳이 설명할 필요도 없지만, 두 세트 모두 석 잔 중 한 잔만 다른 종류의 커피예요. 마음껏 맛을 감별하시고 다른 두 개와는 다르다고 생각하신 종이컵의 번호를 여기 답안지에 적어주세요."

그녀가 내준 답안지에는 미리 내 이름이 적혀 있었다. 다시 살펴보니 쟁반의 왼편에 놓인 세 개의 종이컵에는 각각 A, B, C라는 알파벳이, 그리고 오른편에 놓인 세 개의 종이

컵에는 1, 2, 3이라는 숫자가 적혀 있었다.

"정답을 적어낸 비율로 범인을 밝혀내려고요?"

이럴 줄 알았으면 좀 더 착실히 커핑 연습을 해둘걸, 하고 투덜거렸더니 미호시 씨가 정색한 얼굴로 나를 격려해주었다.

"괜찮아요, 아오야마 씨에게는 아주 쉬운 문제일 텐데요, 뭘."

과대평가하는 거 아닌가. 내심 걱정하며 커핑에 들어갔지만, 그녀의 말대로 어이없을 만큼 간단한 감별이었다. 하지만 너무 쉽게 답을 알아낸 그만큼 그녀가 왜 이런 실험을 하는지 이유를 알 수 없었다.

답안지에 답을 적어내자, 수고하셨어요, 라는 위로의 말을 건넨 뒤에 미호시 씨는 주의 사항을 덧붙였다.

"다른 일곱 분께도 똑같은 실험을 할 예정이에요. 공정을 기하기 위해, 지금 여기서 했던 실험에 대해서는 절대 발설하시면 안 됩니다. 그리고 실험을 끝내고 나온 다른 분들도 발설하지 않도록 아오야마 씨가 눈을 번뜩이며 지켜보셔야 해요."

무심코 한 일인 줄 알았는데 나를 가장 먼저 지목한 이유가 있었던 것이다. 잘 알았다고 고개를 끄덕인 뒤 나는 준비실을 나왔다. 이어서 한 사람씩 대기실로 들어갔지만, 미호시 씨에게 단단히 다짐을 받은 탓인지 실험을 마치고 나온 뒤에 쓸데없는 말을 하는 사람은 없었다.

모두가 커핑 경기에 대해서는 빠삭하게 알고 있어서 실험은 막힘없이 착착 진행되었다. 그리고 마지막으로 우에오카까지 커핑을 마치자, 미호시 씨는 대기실 문을 활짝 열었다.

"여러분, 협력해 주셔서 고맙습니다."

"방금 그걸로 뭘 알아냈다는 거예요?"

이건 이시이의 말이다.

"네, 만족할 만한 결과를 얻어냈어요."

다들 여우에 홀린 듯 어리둥절한 표정이었다.

미호시 씨의 지시에 따라 여덟 명 전원이 다시 대기실로 들어갔다. 주빈 미호시 씨는 가장 안쪽 의자에, 나는 그녀와 가장 먼 입구 쪽 의자에 앉았다. 내 쪽에서 보자면 타원형 테이블의 좌측, 즉 화장대 쪽 의자에는 안에서부터 사에코, 아스카, 우에오카의 순서로 앉았고, 테이블의 우측, 즉 탈의실 앞쪽 의자에는 안에서부터 마루조코, 이시이, 간다의 순서로 앉았다. 일부러 그러기로 한 것도 아닌데 정확히 남녀로 갈라진 셈이다. 센케는 내 왼편 옆에 자리를 잡았다.

자리가 정해지자, 미호시 씨는 한 차례 좌중을 둘러보았다. 누군가는 시선이 허공을 떠돌고 누군가는 오만하게 몸을 젖히고 또 누군가는 다리를 달달 흔들었다. 모두가 이제부터 펼쳐질 이야기의 심각성을 예감하고 많든 적든 평정심을 잃은 듯한 모습이었다. 마치 높은 곳에서 내려다보듯이 미호시 씨는 천천히 자리에 앉아 담담한 미소를 지으며 말했다.

"그럼 시작해 볼까요?"

2

"우선 첫 번째 혼입, 이시이 씨의 통에 결점 원두가 섞인 사건에 대해 말씀드리겠습니다."

미호시 씨는 그렇게 말문을 열더니 어느 틈에 가져왔는지, 이시이의 검은색 원두 통을 탕 소리 나게 테이블에 올려놓았다. 뚜껑은 닫혔고 'ISI'라는 로고가 이쪽을 향하고 있었다.

"이거, 내 원두 통이잖아요."

이시이가 당황하는 걸 보니 그에게 말도 하지 않고 슬쩍 가져온 모양이다.

"네, 실제 혼입에 사용된 통이죠."

잠깐 슬쩍해 온 게 무슨 문제냐는 표정으로 미호시 씨는 태연히 이야기를 이어갔다.

"리허설 날, 제가 준비실에서 통 속을 들여다봤을 때는 온통 깨끗한 피베리였어요. 간다 씨와 아오야마 씨도 그때 똑같은 것을 보셨지요?"

간다와 나는 고개를 끄덕였다.

"그런데 어제 첫 번째 종목인 에스프레소 부문 경기에서 이시이 씨가 통을 열었을 때, 안에 피베리 외에 플랫빈 결점 원두가 대량으로 섞여 있었어요. 그것도 일부러 배전까지 해서 얼른 골라낼 수 없는 상태의 결점 원두였죠.

그런데 이 혼입에 관해서는 다른 두 건과는 달리, 자작극이라는 설은 명확히 틀린 것으로 얘기가 됐어요. 그저께 여러 명이 원두 통 속을 들여다본 이후로 이시이 씨는 다시 결점 원두를 넣을 기회가 없었다. 그리고 설령 통 아래쪽에 미리 결점 원두를 넣어두었다 해도 그 뒤에 이시이 씨가 용기를 흔들어 내용물을 섞는 모습은 볼 수 없었다는 점이 주요한 이유였죠."

그저께 이시이가 준비실에서 원두 통을 배트에 담아 냉장고에 보관했다는 건 틀림이 없다. 밤새 준비실은 밀실 상태였고, 이시이가 다음 날 아침 출전자들이 모두 모이기 전에 한 차례 준비실에 갔었지만 별다른 수상쩍은 움직임은 없었다는 점은 간다가 증언했다. 그러고는 모두 함께 준비실에 들어가 에스프레소 부문에 필요한 재료를 꺼내왔고, 그 이후에 대기 공간 밖으로 나간 사람은 없었다는 건 미호시 씨의 말이었다. 분명 자신의 원두 통이라고 해도 이시이가 손을 댈 기회는 없었던 것으로 보인다.

"그래서 아스카 씨가 의심을 받았잖아요. 준비실 문을 살짝 열어뒀다가 나중에 대기실을 빠져나와 침입하는 방법을 쓸 수 있었으니까."

이시이가 맞은편에 앉은 아스카를 노려보며 말했다. 아

스카는 고개를 떨군 채 몸을 웅크리고 있었다.

하지만 이제 와서 돌이켜보니 아스카에 대한 혐의는 아무 의미도 없었다. 왜냐하면 준비실 창문을 외부에서 열 수 있었기 때문이다. 아직 혼입이 발각되기 전이었기 때문에 어제 아침에 창문 고리가 잠겼는지를 확인한 사람은 없을 터였다. 즉 첫 번째 혼입은 누구라도 가능했다는 얘기다.

나는 미호시 씨가 분명 그 얘기를 할 것으로 생각했다. 하지만 이어서 흘러나온 그녀의 말은 너무도 엉뚱한 소리였다.

"뭔가 부자연스럽지 않은가요? 자작극이라는 설이 명확히 틀렸다고 결론이 난 거."

이시이는 입을 헤벌리고 어, 하고 중얼거리고는 몸이 바짝 굳어버렸다.

"자작극을 부정하기 위해서는 이시이 씨가 다양한 조건들을 통과해야만 합니다. 이를테면 그저께 이시이 씨가 우리에게 피베리를 보여주지 않았다면, 혹은 어제 아침에 준비실에 간다 씨와 함께 간 게 아니라 혼자서 갔다면 자작극이라는 의심은 풀리지 않았겠지요. 그 밖에도 조건을 들자면 한이 없어요. 자작극을 부정할 만한 상황이라는 건 그만큼 성립되기 어려운 것이죠."

그건 물론 맞는 말이었다. 그 말을 뒷받침하듯이 두 번째와 세 번째 혼입에 대해서는 아직도 이시이와 사에코의 자작극이라는 설이 남겨져 있다.

"그런데도 이시이 씨는 무수히 많은 조건을 깨끗이 통과해서 자작극 설은 틀린 것으로 결론이 났어요. 이건 솔직히 말해, 지나치게 잘 꾸며진 얘기라서 도리어 부자연스러워요."

"그래서 뭐가 어떻다고!"

이시이의 관자놀이 근처가 팽팽히 긴장했다.

"또 한 가지, 사소한 것이지만 부자연스러운 점이 있었어요. 특별 주문했다는 바로 이 원두 통이에요."

미호시 씨는 손끝을 가지런히 모아 통을 가리켰다.

"준비실에서 우리에게 피베리를 보여줬을 때, 원두는 통의 90퍼센트까지 차 있었어요. 결점 원두가 섞인 뒤에도 그 양은 달라지지 않았는데, 이건 결점 원두를 섞으려고 원래 들어 있던 원두를 덜어냈다고 해석할 수도 있기 때문에 그다지 큰 문제는 아닙니다.

그런데 제가 조금 전에 통의 90퍼센트까지 차 있는 원두의 무게가 얼마나 되는지 주방용 저울로 재봤어요. 그랬더니 65그램이 나왔습니다. 플랫빈으로 재봤으니까, 모양새가 다른 피베리와는 약간 오차가 있을지도 모르지만, 그리 큰 차이는 없겠지요."

그건 틀림없는 사실이다. 나도 그걸 보고 에스프레소 석 잔을 내리기에 충분한 양이라고 생각했다.

하지만 미호시 씨는 왜 그런지 똑같은 수치에 대해 정반대의 해석을 내렸다.

"너무 적지 않은가요? 겨우 65그램이라면."

"그게 왜 적어요? 한 잔당 10그램을 써도 모자라기는커녕 반도 안 들죠. 포터 필터에 싹 깎아 가득 채웠을 때, 넘치는 분량까지 합친다 해도 아직 한참 남아요."

이시이가 큰 소리로 따졌다. 그러자 미호시 씨는 그에게서 시선을 돌려 출전자들에게 말했다.

"여러분께 질문하죠. 무대에 설치된 대형 그라인더로 원두를 갈 때, 에스프레소를 내리는 데 꼭 필요한 양만큼만 원두를 넣던가요?"

아, 그런 얘기구나. 그제야 겨우 알아들은 나를 제치고 간다가 먼저 대답했다.

"그렇진 않죠. 좀 더 많은 양의 원두를 한꺼번에 넣어요. 양이 적으면 갈릴 때 원두 알이 튀어서 가루가 균일하게 나오지 않으니까요."

간다의 말대로 그라인더에 원두를 갈 때는 대량으로 넣는 것이 좋다. 특히 미묘한 맛의 차이가 치명타가 되는 바리스타 대회에서는 그럴 필요성이 더욱 높아진다. 실제로 첫 번째 종목 때 첫 주자로 무대에 오른 사에코가 그라인더에 대량의 원두를 주르륵 투입했던 것이 기억났다.

"내가 경기하는 거, 다들 봤잖아요. 커피 도구로 마술 퍼포먼스를 하려고 위로 던지기 쉬운 크기의 원두 통을 특별 주문해서 만들었어요. 그러다 보니 양이 적어진 것뿐이에요."

이시이의 반론도 미호시 씨는 즉각 물리쳤다.

"마술 퍼포먼스가 높은 평가를 받는 커피 칵테일 부문이라면 그런 해명도 허용되겠죠. 하지만 순수하게 향미의 완성도를 심사하는 에스프레소 부문에서라면 그런 말은 통하지 않아요. 게다가 애써 피베리까지 준비했을 정도인데 그런 기본적인 사항에는 소홀했다는 건 이상하지요. 어차피 원두가 들어 있으면 통을 위로 던지는 게 불가능한데 가루가 균일하게 나오지 않는 건 무시하고 통을 특별 주문해서까지 퍼포먼스를 우선시할 이유가 없잖아요."

그리고 미호시 씨는 통을 왼손 엄지와 검지로 콕 집어 올렸다. 그러고는 만담꾼이 부채로 탁상을 쳐서 가락을 맞추듯이 두어 번 통 바닥을 테이블에 통통 내리쳤다.

"그렇다면 이시이 씨는 왜 이런 크기의 통을 특별 주문했을까요? 이미 다 눈치채셨겠지요? 이 통에는 얼핏 보면 불가능해 보이는 자작극을 가능하게 해주는 비밀이 감춰져 있었어요."

그 말은 결점 원두를 넣은 범인이 바로 이시이 본인이라고 선언하는 것이었다.

"지금 장난해요? 비밀 같은 거 없어요!"

핏발을 세우며 대드는 이시이에게 미호시 씨는 조용히 말했다.

"그렇다면 직접 보여주시는 게 어떨까요? 이 원두 통에 비밀 따위는 없다고."

"쳇, 좋아요. 이리 줘요."

이시이는 오른편에 앉은 마루조코를 밀치고 팔을 뻗어 원두 통을 낚아챘다. 그리고 반듯하게 세운 통을 테이블 한복판에 쭉 내밀고 손톱 끝으로 뚜껑을 밀었다.

"봐요, 대체 어디에 비밀 같은 게……."

하지만 그는 그다음 말을 잇지 못했다. 모두가 알아볼 수 있는 이변이 그 통에 고스란히 드러나 있었기 때문이다.

"입구가 막혀 있어……."

바로 앞에 있던 아스카가 가느다란 목소리로 말한 것을 간다가 정정했다.

"아니, 그게 아냐. 위아래가 바뀌었어."

이시이는 흠칫해서 재빨리 통을 홱 뒤집었다. 그쪽은 입구가 뚫려서 텅 빈 안쪽이 보였다. 우리가 처음에 본 것은 바닥 면이었던 것이다.

"내가 바닥 쪽에 뚜껑을 덮고 통을 엎어놨어요. 그런데 이 통의 주인인 이시이 씨가 왜 그걸 알지 못했을까요?"

미호시 씨는 거기서 잠깐 뜸을 들였다. 이시이가 아무 말 못 하고 입만 뻐끔거리는 것을 지켜본 뒤에야 만족스러운 듯 다시 얘기를 풀어나갔다.

"설명해 드릴까요? 그건 이 통이 위아래를 바꿔도 모양이 달라지지 않는 디자인이기 때문이에요."

"진짜네. 이거 진짜 희한해요!"

마루조코가 이시이의 통을 가져다 빙글빙글 돌리며 말했다. 온통 검은색이고 측면에 새겨진 네 개의 홈은 똑같은 간격, 그리고 한복판의 'ISI'라는 로고는 점내칭이나.

"이건 정말 위아래를 구분할 수 없군요. 하지만 이걸로 어떻게 자작극을?"

원두 통을 다시 가져가려는 이시이와 내주지 않으려는 마루조코의 작은 다툼을 차갑게 바라보며 센케가 물었다. 미호시 씨는 긴장한 표정으로 센케를 마주 보았다.

"이시이 씨는 이 디자인을 이용해 이틀 전에 지근거리에 있던 우리를 깜빡 속이는 마술을 부렸던 거예요."

"마술?"

"통 안쪽 바닥에 피베리 한 알이 붙어 있는 것은 센케 씨도 보셨지요? 그건 이 통의 바닥 면에 접착제를 발랐다는 뜻이에요."

그 말을 듣고 간다가 입을 비뚤하게 틀며 피식 웃었다.

"이제 알겠네. 바닥에 접착제를 붙인 뒤에 통을 반대로 뒤집었군."

"그렇습니다."

미호시 씨는 미소를 지으며 대답하고, 움직임을 멈춘 마루조코와 이시이 쪽으로 손을 내밀었다. 최면술에라도 걸린 것처럼 마루조코는 순순히 통을 내주었다.

"순서를 자세히 알아볼까요? 이시이 씨는 특별 주문한 통의 밑바닥을 측면에 칼날을 넣는 통조림 따개로 잘라냈어요. 애초에 밑바닥이 분리되는 통을 주문했을 수도 있지만, 업자에게 확인해 봐도 좋다고 장담한 것을 보면 아마 자신이 직접 잘라냈겠지요."

원두 통의 밑바닥은 일반 통조림통처럼 평평한 원반을 씌운 모양이었다. 측면에 칼날을 넣으면 깨끗한 원반 같은 상태로 잘라낼 수 있을 터였다.

"그렇게 하면 원두 통은 바닥 면과 원통형 본체, 그리고 뚜껑까지 세 개의 부품으로 나뉩니다. 그러고는 본체에 뚜껑을 덮은 상태에서 거꾸로 뒤집어 그 안에 결점 원두와 피베리가 섞인 것을 넣습니다."

설명하면서 미호시 씨는 뚜껑을 밑바닥 쪽에 끼운 통을 손바닥에 얹고 70퍼센트 부분을 다른 손 검지로 주욱 표시했다. 그러고 보니 그저께 준비실에서 이시이도 이런 식으로 통을 손바닥에 얹고 있었다. 그때는 단순히 통의 밑바닥에 뚜껑을 깔았다고 생각했는데, 그 뚜껑은 뚜껑이 아니라 밑바닥 역할을 했던 것이다.

"적당량의 혼합된 원두를 넣고 이번에는 그 위에 피베리만으로 한 층을 만듭니다. 그러면 통 속을 들여다보았을 때 피베리만 들어 있는 것처럼 보이죠. 이때 피베리 층은 너무 두터워도 너무 얕아도 안 됩니다. 너무 두터우면 결점 원두가 전체에 섞이지 않았다고 눈치챌 우려가 있고, 너무 얕으면 들고 다닐 때 층이 무너지기 때문이에요."

피베리만의 층을 만든다는 방법에 대해서는 조금 전 준비실에서도 검토했었다. 하지만 이동 중에 무너지지 않을 만큼 두툼한 피베리 층을 나중에 무너트리는 건 불가능하다는 이유로 일단 취소되었다. 하지만 통을 뒤집을 수 있다면 층을 무너트릴 필요가 없는 것이다.

이시이가 자랑스럽게 우리에게 보여줬을 때 피베리를 파헤쳐봤다면 그 밑에서 결점 원두를 찾아낼 수 있었다. 하지만 막상 혼입 사건이 난 뒤라면 모르지만 이제 곧 경기에 사용할 원두에 섣불리 손을 댈 사람은 없다. 따라서 결점 원두가 든 통을 당당하게 우리에게 내밀어도 들킬 염려가 없었던 것이다.

"그런 다음에 짐을 정리하는 척하며 가방 속에서 통 바닥에 접착제를 바르고 한쪽 손에는 원두 통을, 또 다른 손에는 밑바닥을 숨겨놓고 있다가 틈을 노려 통 입구에 재빨리 붙인 뒤에 뒤집기만 하면 끝입니다. 마술의 기본 중에 트럼프를 손안에 감추는 팜palm이라는 기술이 있는데 이시이 씨는 그 팜 기술을 구사해 자작극에 성공했어요. 다만 밑바닥이 손안에 감춰지는 사이즈의 원두 통을 준비해야 했고, 그래서 이런 어중간한 크기의 통을 특별 주문한 거였어요."

잘라낸 바닥 면은 없지만, 미호시 씨의 설명대로 통 입구를 손바닥으로 막고 위아래를 돌려보았다. 통의 내용물을 뒤섞는 건 어려워도 한 차례 뒤집는 정도라면 누구에게도 들키지 않고 충분히 가능했을 것이다.

"통의 밑바닥을 자세히 살펴보면 이런 트릭이 사용된 증거, 즉 접착제로 붙였던 흔적이 확인됩니다. 원래 계획대로라면 이 원두 통은 일찌감치 없애야 했는데, 우리가 두 번째 혼입을 경계하기 시작하자 미처 손을 쓸 수 없었는지, 아니면 어차피 알아낼 리 없다고 얕잡아 봤는지, 아무튼 통을 그대로 둔 것이 큰 실수였어요. 그래도 원두가 그대로 들어 있는 상태였다면 이런 사실이 쉽게 드러나지 않았을 텐데 나와 센케 씨가 깜빡 원두를 쏟아버렸던 게 이시이 씨에게는 큰 불운으로 작용했죠."

이시이는 고개를 떨구고 이를 악물었다. 말이 없는 걸 보니 반론은 이미 포기한 모양이다. 하긴 명백한 증거를 코앞에 들이댄 마당에 더 이상 무슨 할 말이 있을까.

"이시이 바리스타의 자작극이라는 건 이제 알겠어요. 하지만 그가 왜 자신의 경기에 불리한 짓을 했을까요?"

우에오카가 물었다. 그에 대한 대답도 미호시 씨는 명확히 준비했다.

"그건 이시이 씨의 자작극으로 누가 피해를 입을지 생각해 보면 저절로 답이 나오겠죠."

나는 아스카에게로 시선을 던졌다. 그녀도 자신을 가리

킨다는 걸 깨달은 모양이었다.

"이시이 씨의 교묘한 자작극으로 첫 번째 혼입의 용의자는 딱 한 명, 아스카 씨로 좁혀졌어요. 준비실 문을 살짝 열어두는 방법을 쓸 수 있었던 사람, 그리고 대기실을 잠깐 나갔던 사람은 아스카 씨밖에 없었기 때문이에요.

그런데 아스카 씨의 말에 따르면, 그녀가 어제 아침에 대기실 밖으로 잠깐 나갔던 것은 누군가 토트백에 넣어둔 쪽지 때문이었어요. 보낸 사람은 센케 씨라고 적혀 있었는데 센케 씨 본인은 그런 쪽지를 쓴 적이 없다고 증언했습니다."

센케가 말없이 고개를 끄덕였다.

"그렇다면 그 쪽지는 범인이 아스카 씨를 대기실 밖으로 불러내려고 몰래 넣어둔 것으로 생각할 수 있겠지요. 센케 씨를 사칭한 것은 아스카 씨와 각별한 사이였다는 것을 알고 있었고, 센케 씨 본인은 행방불명 상태라서 그에게 확인해 볼 방법이 없다고 예상했기 때문입니다. 그리고 아스카 씨는 그런 쪽지를 받았다고 말하지 않았지만, 설령 대기실을 나간 이유로 그 쪽지를 제시했어도 '혐의를 벗으려고 자신이 쓴 것'이라고 주장할 생각이었겠죠. 어쨌든 그 쪽지만 보더라도 범인이 노린 사람이 아스카 씨라는 건 분명합니다."

"내게 혐의를 씌우려고 이시이 씨가 그렇게 공들여 자작극을 펼쳤다고요? 죄를 덮어씌울 거라면 꼭 내가 아니라 다른 사람이라도 상관없었을 텐데요."

아스카는 눈빛이 흔들리는 가운데서도 미호시 씨의 설명에 이의를 제기했다. 이시이가 자신에게 개인적인 원한을 품을 만한 이유가 딱히 떠오르지 않았기 때문인지도 모른다.

"아뇨, 아스카 씨는 이번 대회의 가장 유력한 우승 후보자였어요. 우승을 노리는 범인에게는 눈엣가시였겠지요. 이시이 씨의 자작극은 그런 아스카 씨를 방해할 목적으로 계획되었습니다. 아스카 씨 외에는 다른 어느 누구도 가능하지 않은 상황에서 혼입 사건을 터트리고, 결국 아스카 씨가 주위 사람들의 의심을 받도록 일을 꾸며서 고립감과 동요, 긴장감을 조성하는 것뿐만 아니라 잘하면 실격이나 추방까지 노렸던 것이죠."

"그 얘기는 앞뒤가 맞지 않는데요?"

이번에는 간다가 이의를 제기했다.

"자기가 쓸 원두에 결점 원두를 넣은 시점에 이미 이시이는 첫 번째 종목을 포기한 것과 마찬가지예요. 대회 진행상, 아무리 혼입 피해를 당했어도 다시 도전할 수는 없으니까요. 그렇다면 설령 아스카 씨가 실격 처리가 되더라도 이미 한 종목을 놓쳐버린 이시이는 절대적으로 불리해집니다. 결국 이시이가 아니라 다른 사람이 우승하게 돼요."

"물론 자작극을 꾀한 단계에서 이시이 씨는 우승을 포기했겠지요. 실례되는 말이지만, 이시이 씨는 지금까지의 대회 성적을 보면 우승 후보가 될 만한 실력은 아니라고 들었습니다. 즉 처음부터 우승에 그리 큰 기대를 품지 않았던 거예요."

뭔가 못마땅한 표정이었지만 이시이는 아무 대꾸도 하지 못했다. 못마땅한 표정이라면 오히려 간다 쪽이 훨씬 더했다.

"그건 더 앞뒤가 맞지 않아요. 아까는 이시이가 우승을 노렸다고 얘기했잖아요."

"아닙니다. 범인이 우승을 노렸다고 말씀드렸죠."

"점점 더 무슨 소린지 모르겠네. 이시이가 혼입 사건의 범인이라고……."

간다는 거기서 멈칫 입을 다물었다. 미호시 씨는 일동을 둘러보고 그 진의를 말했다.

"네, 이시이 씨는 단독범이 아니에요."

놀라는 소리가 터져 나왔다. 우리 중에 공범이 있다는 말인가.

"조금 전과 똑같은 방법으로 생각해 볼까요? 이시이 씨의 공범이 누구인가. 그건 아스카 씨의 경기를 방해하면 누가 이득을 보는가를 생각해 보면 저절로 답이 나오겠지요."

아스카만 제치면 제5회 대회에서 우승할 수 있는 사람이라면……. 모두의 시선이 일제히 아스카 옆에 앉은 여자에게로 향했다.

"이시이 씨를 부추겨 혼입 사건을 일으킨 사람은 사에코 씨, 당신이에요."

"무슨 근거로 나를 끌어들이지요? 그건 그냥 이시이 씨 혼자서 저지른 짓이에요."

그렇게 말하며 머리칼을 쓸어올리는 사에코를 향해 이시이가 콧김을 씩씩거리며 내뱉었다.

"이봐요, 사에코 씨, 나한테 다 덮어씌울 생각이야?"

"내가 뭘? 내가 왜 당신 따위하고?"

"사에코 씨, 발뺌해도 소용없어요. 당신은 이미 우리 눈앞에서 몇 번이나 이시이 씨에게 협조하는 모습을 보였어요."

미호시 씨의 지적에 두 사람은 포기한 듯 입을 꾹 다물었다.

"우선 이시이 씨가 통을 뒤집는 장면이에요. 그야말로 잠깐의 동작이었지만 그 순간을 누군가에게 들키면 끝장이죠. 그런 불상사 없이 완벽하게 성공하기 위해서는 일단 통 쪽으로 향한 사람들의 시선을 확실하게 다른 곳으로 돌릴 필요가 있었어요."

"아하, 그래서 그때 사에코 바리스타가 나를 불렀군요."

감탄한 듯 우에오카가 주먹으로 손바닥을 탁 쳤다. 사에코가 느닷없이 "우에오카 씨!" 하고 큰 소리로 불렀던 것은 내 기억에도 남아 있다.

"그렇습니다. 어디선가 큰 소리가 나면 사람들은 반사적으로 그쪽을 쳐다보게 되지요. 공범인 사에코 씨는 정확한 타이밍을 노려 큰 소리를 냈고 우리가 눈을 뗀 사이에 이시이 씨는 잽싸게 바닥을 붙여 원두 통을 뒤집었어요."

"그건 우연이었어요. 증거라고 할 수 없다고요."

"그렇다면 또 한 가지, 어제 아침에 아스카 씨를 범인으로 몰아붙이는 상황을 만들기 위해 두 사람은 긴밀히 협력할 필요가 있었어요. 이시이 씨는 준비실에 가는 간다 씨를 따라간 덕분에 간다 씨가 결백을 증명해 줬죠. 그리고 사에코 씨는 내가 대기실을 떠나지 않게 적극적으로 말을 걸어 나를 잡아뒀어요."

미호시 씨는 준비실에서 아스카와 함께 돌아오다가 대기실 앞에서 사에코를 만났고, 그 뒤로 내내 대기실에서 사에코와 이야기를 나눴다. 만일 미호시 씨가 잠깐이라도 혼자서 대기실을 나갔다면 '준비실에서 나올 때 문을 살짝 열어두고 나중에 다시 들어갔다'는 방법을 상정할 경우, 그녀 역시 아스카와 똑같이 용의자가 된다. 사에코는 그런 상황을 예상하고 미호시 씨에게 일부러 말을 걸어 붙잡아 둔 것이다.

"잠깐만요, 아무리 그래도 이건 너무 억지스럽잖아요. 이를테면 미호시 씨가 어제 아침에 준비실 문을 꽉 닫았다고 말해버리면 어떻게 되죠? 아니면 몰래 넣어둔 쪽지를 아스카 씨가 알아보지 못했다면? 당신의 설명은 여기저기 구멍투성이에요."

"분명 이 계획은 어딘가 엉성한 느낌이 들지요. 하지만 그건 미처 예상하지 못한 일이 일어났기 때문이었어요."

미호시 씨는 시선을 옆에 있는 아스카에게로 옮겼다.

"아스카 씨에게 한 가지 질문을 하죠. 해마다 KBC 본선 날에는 누구보다 일찍 대회장에 나왔다고 했었지요?"

"그렇긴 한데……. 해마다 그랬는지는 자신 있게 말할 수 없지만, 거의 매번 개관과 동시에 나왔던 거 같아요."

"준비실에도?"

"네, 첫째 날은 아무래도 재료를 미리 갖다 둬야 하니까요."

아스카는 애써 기억을 더듬고 있었다.

"사에코 씨와 이시이 씨는 그런 점을 미리 계산하고 가장 먼저 나온 출전자가 카드 키를 받아가도록 그 전날 우에오카 씨에게 제안했던 거예요. 그러면 아주 간단하게 아스카 씨만 혼입이 가능한 상황을 만들 수 있으니까요."

그렇구나. 아스카가 가장 먼저 나와서 카드 키를 건네받고 혼자 준비실에 들어간다면 그 시점에 아스카는 이미 용의자가 된다. 그다음은 사에코와 이시이가 뒤를 이어 대회장에 도착해 다른 출전자를 감시하기만 하면 된다. 그러고 보니 리허설 날 준비실에서 '가장 먼저 대회장에 나온 사람이 우에오카 씨에게서 카드 키를 받는다'는 규칙을 제안한 것은 다름 아닌 이시이였다.

"하지만 그렇게 아스카 씨를 뒤따르듯이 대회장에 나온 사에코 씨는 대기실 앞에서 예상치 못한 사람을 만났어요. 바로 저예요. 저도 어제는 개관과 동시에 대회장에 나왔으니까요.

 사에코 씨는 크게 당황했겠지요. 이대로 가면 용의자가 두 명이 되고, 게다가 우리 둘이 서로의 결백을 증언해 주면 둘 다 혐의를 벗는 최악의 사태를 맞이할 테니까요. 그래서 사에코 씨는 급하게 다른 방법을 생각해 냈습니다. 쪽지를 이용해 아스카 씨를 대기실 밖으로 불러내고 혼입 사건에 대해 논의하는 자리에서는 준비실 문을 살짝 열어뒀을 가능성을 언급한 거예요."

 급하게 땜질하기 위해 사에코가 그런 교묘한 작전을 짜냈다는 것인가. 나도 모르게 내심 감탄해 버렸다.

 "어제 아침에 사에코 씨는 나와 얘기하면서 휴대전화를 만지작거렸어요. 아마 메시지를 보내 이시이 씨에게 쪽지를 준비하라고 지시했겠지요. 나를 붙잡아 두느라 자신이 직접 움직일 틈이 없었으니까요. 그리고 아스카 씨는 토트백을 들고 있었습니다. 지퍼나 버튼 없이 위가 뚫린 가방이라고 했으니까 거기에 몰래 쪽지를 넣는 건 쉬운 일이고, 아스카 씨가 쪽지를 발견해 읽어볼 가능성도 비교적 높았죠.

 최초 계획보다는 약간 엉성해졌지만 그렇게 두 사람은 궤도를 수정했습니다. 거기에 몇 가지 행운이 겹쳐 애초에 노린 대로 아스카 씨에게 혐의를 씌우는 데 성공했어요."

 "그만 좀 해요. 당신이 하는 말은 단순히 억측일 뿐이에요. 내가 이시이 씨를 부추겼다니, 명확한 증거를 대보세요."

사에코는 여전히 패배를 인정하지 않았다. 그 악착같은 모습은 경쟁자를 해코지해서라도 우승하려는 그녀의 성격을 그대로 보여주는 방증처럼 느껴졌다. 물론 미호시 씨는 그런 감정적인 것이 아니라 어디까지나 논리적으로 모두가 이해할 만한 증거를 말해주었다.

"무엇보다 어제 두 사람은 미처 예상치 못한 사태에 대처하기에 급급해서 가까스로 궤도 수정은 했지만, 그 뒤처리까지 하기는 어려웠어요. 휴대전화에 쪽지를 준비하라는 메시지가 아직 남아 있지 않을까요?"

그 순간, 사에코가 쓰윽 이시이를 노려보았다. 그러자 이시이는 입꼬리를 올리며 피식 웃었다. 어쩌면 사에코는 빈틈없이 발신 메시지를 삭제했을 것이다. 하지만 이시이에게 증거를 인멸하라는 지시는 미처 내리지 못한 모양이었다. 이미 사에코에게 매몰차게 버림을 받은 터라서 이시이는 기꺼이 증거 제출에 협조할 터였다.

"인정하시겠지요? 당신과 이시이 씨가 공범이었다는 거."

미호시 씨가 재우쳐 묻자, 사에코는 눈을 흘기면서도 마침내 실토했다.

"그래요. 원두 통에 대한 것만 마술을 잘 아는 이시이 씨가 준비했고, 그밖에는 모두 내가 계획했어요."

"그럼 그녀를 우승자로 만들려고 이시이 씨는 자신을 희생해 가며 아스카 씨를 함정에 빠트린 거예요? 우와, 뭔가요, 이건? 혹시 두 분이 연인 사이?"

마루조코는 마치 반 친구를 놀리는 초등학생처럼 흥분해서 말했다. 물론 나도 이시이와 사에코가 여러 번 말다툼하는 모습을 목격했던 터라서 두 사람이 실제로 어떤 사이인지 궁금했다.

"상금 때문이에요. 서로 나누기로 하고, 내가 부탁했어요. 단지 그것뿐이니까 천박한 상상은 관두시죠."

사에코가 다리를 꼬고 앉으며 대꾸하자 마루조코는 고개를 갸우뚱했다.

"나눈다고 해봤자 상금이 그렇게 많은 것도 아닌데……. 물론 나야 그 정도라도 엄청나게 받고 싶긴 하지만."

"난 그따위 상금, 관심도 없어요. 2년 전에 기껏 우승했는데 마지막에 터진 혼입 사건 때문에 대회 자체에 함구령이 내려졌어요. 그 바람에 나는 우승자로서 혜택을 전혀 누리지 못했다고요. 흥, 누가 알겠어요, 그 억울함을."

마루조코는 그래도 고개를 갸웃거렸다. 그는 아직 2년 전 사건의 경위를 모르는 모양이었다.

"나는 누구보다 이 대회가 다시 열리기를, 제5회 대회에서 다시 우승하기를 간절히 원했어요. 그걸 위해서라면 어떤 수단이나 방법도 가리지 않을 생각이었다고요."

"그래서 아스카 씨를 방해하는 데 그녀의 재료에 직접 이물질을 넣는 게 아니라 그녀를 오히려 범인으로 몰아가는 우회적인 방법을 택했군요."

"아스카의 재료에 이물질을 넣으면 좀 더 결정적인 대미지를 줄 수 있겠지만, 그걸 들키지 않을 방법이 생각나지 않았어요. 아스카는 분명 실력이 만만치 않지만, 나는 지난번 대회에서 최종 우승한 사람이에요. 실력에서 절대 뒤떨어지지 않아요. 다만 우승을 좀 더 확실하게 하고 싶었을 뿐이죠. 실격까지 몰아가지 않더라도 마음 약한 아스카가 용의자로 몰려 크게 동요하는 정도면 충분했어요."

"하지만 아스카 씨는 당연히 혐의를 부인하겠지요. 제가 한 것처럼 누군가는 범인 찾기에 나설 거라는 생각은 못 했어요?"

"피해를 당한 이시이 씨 본인이 아스카가 범인이라고 지목하는데 다른 사람들이 왜 굳이 나서서 이의를 제기하겠어요? 이미 다 끝난 얘기를 자꾸 들춰내지 말라고 이시이 씨가 면박을 줘버리면 금세 해결될 일이죠."

사에코와 미호시 씨의 대화에는 친근함이라고는 털끝만큼도 없었다. 어제 친하게 대화를 나누던 그 분위기는 어디로 갔을까. 문득 여자들이 일상적으로 쓰고 있는 가면이 얼마나 두꺼운지를 실감하고 나는 오싹해졌다.

그다음에 이어진 말도 여자가 내뱉은 것이었다.

"아, 미안한데 나는 아직 뭐가 뭔지 잘 모르겠군요."

우에오카가 밀려오는 두통을 견딜 수 없다는 듯 손끝으

로 관자놀이를 꾹꾹 누르며 말했다.

"이번의 혼입 사건들은 모두 다 이시이 씨와 사에코 씨가 꾸민 자작극이었다는 건가요? 하지만 두 번째와 세 번째 혼입 사건도 두 사람 짓이라면 사에코 씨는 자신의 경기를 자신이 방해한 꼴이어서 결국 우승할 수 없잖아요."

"흥, 내가 왜 그런 짓을 하겠어요?"

사에코가 날이 선 소리로 부르짖었다.

"우리 말고도 혼입 사건을 저지른 사람이 있어요. 우린 그 바람에 모든 계획이 물거품이 됐다고요."

대기실 안이 고요히 가라앉았다. 벌써 몇 번째인지 모를 당혹스러움이 파도처럼 덮쳐왔다.

"미호시 씨도 같은 생각이에요?"

나는 가까스로 목소리를 쥐어짜 물어보았다. 미호시 씨는 망설임 없이 고개를 끄덕였다.

"첫 번째 혼입은 상황으로 보아 이시이 씨 외에는 할 수 없었고, 거기에 사에코 씨가 공범이라는 것도 의문의 여지가 없어요. 하지만 또 다른 두 가지 혼입 사건은 사에코 씨의 우승에 명백히 역효과가 나는 일이었죠. 사에코 씨가 가장 잘하는 라떼 아트 부문을 기권하게 된 건 말할 것도 없고, 이시이 씨도 자신의 특기였던 커피 칵테일 부문에서 낮은 점수를 받았어요. 게다가 두 번째와 세 번째 혼입은 아스카 씨로서는 도저히 할 수 없는 상황에서 일어났어요. 그런 식으로 혐의가 분산되면 자칫 첫 번째 혼입도 아스카 씨의 짓이 아니라는 결론이 나오겠죠. 그렇게 되면 두 사람이 첫 번째 혼입에서 기대했던 효과를 정면으로 부정하는 것이잖아요. 설령 아스카 씨를 힘들게 한다는 목적이 이미 달성되었다고 해도 그건 이상한 일이죠."

이건 또 무슨 말인가. 나는 그다음 이야기를 듣기가 두려워졌다. 미호시 씨의 말이 옳다면 결론은 한 가지밖에 없다.

"그런 점을 고려하면 두 번째와 세 번째 혼입은 사에코 씨가 한 것이 아닙니다."

즉 자신이 아니라는 사에코의 해명이 옳다는 것이다. 그렇게 굵직한 선을 더듬어가듯이 미호시 씨는 엄숙하게 선언했다.

"이시이 씨나 사에코 씨와는 별도로 두 사람을 노리고 두 번째, 세 번째 혼입 사건을 일으킨 범인이 이 안에 있습니다."

3

미호시 씨는 오늘 낮에 준비실에서, 자신이 어리석은 선입견에 사로잡혔는지도 모른다고 말했었다.

이제는 나도 그 선입견이 무엇인지 알 수 있었다. 우리는 미처 깨닫지 못한 사이에 일련의 혼입 사건이 동일범의 소행이라는 선입견이 생겼던 것이다.

"둘이 피해를 당한 시점에 왜 내게 사실대로 털어놓지 않았죠? 그때 얘기하기만 했어도……."

우에오카가 분노한 목소리로 이시이와 사에코를 나무랐다. 뜻하지 않은 박력에 나까지 옴찔 고개가 움츠러들었다.

하지만 미호시 씨는 그건 어쩔 수 없는 일이라고 말했다.

"첫 번째 혼입을 인정하면 이번 대회에서의 실격은 물론이고 아예 추방당할 수 있었기 때문이겠지요. 예선에서 과거의 출전 경험이 큰 장점으로 작용하는 KBC의 특성을 생각하면 자기 의사에 따라 큰 문제를 일으킨 두 사람을 앞으로 본선에 올려줄 가능성은 전혀 없으니까요."

"뭐, 꼭 그런 건 아닌데……."

우에오카는 난처한 기색으로 말끝을 흐렸다. 몇몇 바리스타가 결선 진출권을 독점하다시피 하는 KBC의 관례를 보면 미호시 씨나 이시이, 사에코가 그렇게 우려하는 것도 당연한 일이다. 실제로 이번 대회에서 우에오카는 과거 대회에 대해 잘 아는 바리스타의 참석을 독려했다. 예선 통과 기준이 순수한 실력이 아니라 재량에 따라 좌우된다는 건 부정할 수 없을 터였다.

"자아, 이제 첫 번째 혼입 사건에 대해서는 명백히 밝혀졌습니다. 하지만 사실 두 사람의 계획에는 중대한 결함이 있었어요."

다시 사건으로 돌아간 미호시 씨의 말에 깜짝 놀란 것은 이시이와 사에코였다.

"무슨 결함이죠? 아스카를 범인으로 생각할 수밖에 없는 상황을 우리가 얼마나 빈틈없이 만들었는데!"

이시이가 당황해서 큰 소리로 말하자, 그게 억울한 누명이었다는 게 밝혀졌는데도 아스카는 몸을 움츠렸다.

"바로 몇 시간 전까지 저도 그 결함을 전혀 인식하지 못했어요. 하지만 첫 번째 혼입 사건은 이 자리에 있는 사람들 누구라도 쉽게 할 수 있었어요."

미호시 씨가 자리에서 일어섰다.

"그 점을 설명해 드리죠. 자아, 이제 준비실로 갈까요?"

내가 아테리 플라자 입구를 지나 준비실 앞에 도착하자 미호시 씨가 안에서 창문을 열고 신호를 보냈다.

"아오야마 씨, 잘 부탁할게요."

그녀의 지시에 따라, 아까 간다가 알려준 대로 창문을 마구 흔들어 고리를 푸는 장면을 실행하게 된 것이다. 창문이 닫히고 고리가 잠긴 것을 흐린 유리창 너머로 확인한 뒤, 나는 두 손으로 창틀을 잡고 위아래로 흔들었다. 눈동냥으로 배웠을 뿐이지만 그래도 고리가 풀리면서 밖에서 쉽게 창문을 열 수 있었다.

"이렇게 준비실은 언제든 외부에서 침입할 수 있었어요."

설명해 주는 미호시 씨와 간다를 제외하고 거의 모두가

아연실색하는 것을 나는 창문 너머로 지켜보았다.

"아, 그랬지. 까맣게 잊고 있었어."

센케가 쓴웃음을 지었고 그 옆에서 아스카도 고개를 끄덕였다. 그녀 역시 이 창문에 얽힌 4년 전의 일을 까맣게 잊고 있었던 모양이다.

"무슨 말이에요, 센케 씨는 미리 알고 있었어요?"

우에오카가 캐물었다. 센케는 어깨를 으쓱하더니 떨떠름한 기색으로 대답했다.

"분명 제2회 대회 때였을 거예요. 저기 있는 마루조코의 형, 마루조코 야스토 바리스타가 지각을 하자 이 창문으로 넘어오려다 고리를 고장내 버렸죠. 그해에 출전했던 사람들은 모두 목격했던 일입니다."

"엇, 우리 형이?"

마루조코가 눈을 둥그렇게 떴다. 형에게서 그런 얘기는 듣지 못한 모양이다.

"이런 상황이니까 이시이 씨의 자작극이 얼마나 쓸데없는 수고였는지도 아시겠지요? 리허설 날 우리가 준비실을 떠난 뒤부터 어제 개회식 직전에 이시이 씨가 원두 통을 꺼내올 때까지, 이 창문을 통해 들락거리면서 우리 중 누구라도 이물질 혼입이 가능했으니까요. 물론 창문으로 탈출한다면 고리가 풀린 상태로 남겨지기 때문에, 분명하게 어느 시점에든 고리가 잠겨 있었다는 걸 증명한다면 여전히 아스카 씨가 용의자일 수 있겠죠. 하지만 혼입이 발각되기 전에는 아무도 창문 고리에는 주의를 기울이지 않았어요."

미호시 씨의 말을 듣고 사에코는 미간을 찌푸렸다.

"나와 이시이 씨는 제2회 대회 때 예선을 통과하지 못해서 그런 건 몰랐죠. 근데 왜 아무도 그런 얘기를 안 해줬어요? 어제 낮에 미리 창문을 막아버렸으면 우리가 혼입 피해를 당할 일도 없었잖아요."

그랬다면 당연히 사에코와 이시이의 계획도 헛수고가 된다. 하지만 그걸로 이시이의 자작극은 발각되지 않았을 테니까 사에코가 특히 잘하는 종목을 망치는 것보다는 훨씬 나았을 것이다. 물론 이건 결과론일 뿐이지만.

어떻든 사에코의 그 말은 자기 잘못은 시렁에 얹어놓고 자신들이 입은 피해만 강조하는 발언이었다. 간다는 어이없다는 표정을 보이면서도 자신이 창문 고리가 고장 났다고 말하지 않았던 이유를 해명했다.

"두 사람이 어떤 피해를 보았든 딱하다는 마음은 안 드네요. 나는요, 창문 고리 얘기는 안 했어도 내내 주의는 했어요. 준비실에 들어올 때마다 가장 먼저 고리부터 확인했는데 한 번도 풀려 있었던 적이 없어요."

"그 점은 저도 보장해요. 그리고 새삼 말할 것도 없지만 이 창문 고리는 외부에서 열 수는 있지만 외부에서 잠글 수는 없어요. 더구나 두 번째 혼입 사건은 어제 점심시간 중에 일어났는데, 그때 준비실 문 앞에서는 야오야마 씨가 계속 감시하고 있었죠. 그러니까 두 번째 혼입 사건이 일어난 시간대만 생각한다면 준비실은 침입은 가능했지만, 탈출은 전혀 불가능했던, 이른바 '반 밀실' 상태였어요."

미호시 씨의 보충 설명에 이시이가 내뱉듯이 낮은 목소리를 냈다.

"그렇다면 역시 저 친구가 한 짓이겠죠."

저 친구, 라는 건 창밖에 있는 나를 가리키는 말이다. 미호시 씨는 고개를 가로저었을 뿐, 그 말은 깨끗이 무시하고 다음 이야기로 넘어갔다.

"범인이 창문 고리를 잠근 것은 경기가 시작될 때까지 자신이 혼입한 걸 들키지 않기 위해서였을 거예요. 고리가 풀린 상태로 그냥 뒀다가 두 번째 종목 직전에 준비실에 들른 출전자가 알아보기라도 하면 혼입의 우려 때문에 모든 재료를 다시 살펴볼 테니까요. 경기 전에 혼입을 눈치채면 소금이든 우유든 새것으로 바꾸는 건 그리 어렵지 않고, 그래서는 힘들여 혼입한 것도 쓸데없는 일이 되겠죠."

실제로 범인의 판단이 옳았던 셈이다. 창문 고리가 풀려 있었다면 틀림없이 미호시 씨와 간다, 아니면 나라도 눈치를 챘을 것이다.

"그런 이유로 범인은 반드시 창문 고리를 잠가야 했습니다. 하지만 그건 범인에게 그리 유리하지 않은 반 밀실 상태를 만드는 선택이기도 했어요. 왜냐하면 창문으로 드나든 것으로 해두면 혼입은 누구라도 가능한 일이라서 특정인에게 혐의가 씌워지는 일은 없기 때문이에요.

아무튼 이 반 밀실에서의 탈출 방법을 저도 내내 고심했었는데, 아오야마 씨가 창문 밖에서 한 가지 중요한 것을 발견했어요. 그게 지금도 그의 발밑에 있습니다."

창문 가까이에 있던 자들이 고개를 길게 빼고 아래쪽을 내려다보았다. 거기에는 아주 작은 소금 산이 있었다.

"제가 확인해 봤는데 저건 소금이었어요. 리허설 때는 비가 왔으니까 최소한 그 이후에 생긴 소금 산이겠지요."

"아니, 저건 내 소금이겠죠, 내 병에 위장약을 넣으려고 원래 있던 소금을 덜어낸 거예요!"

내가 생각했던 것과 똑같은 말을 이시이가 부르짖었다. 하지만 미호시 씨는 그 말을 부정했다.

"단순히 병에 든 소금을 덜어냈다면 굳이 목격당할 우려가 있는 창문 밖에 버리느니 여기 싱크대에 쏟아내고 물을 틀어 흘려보냈겠죠. 그렇게 하지 않은 것은 범인이 뭔가 목적을 갖고 창밖에 소금 산을 만들었다는 얘기예요. 그 목적이 뭔지 알아내기 위해 일단 범인의 시점에서 그 행동을 정리해 보기로 할까요?

범인은 누군가 첫 번째 혼입 사건을 저지른 것을 알고 자신도 똑같이 해코지를 해주기로 마음먹었습니다. 아마 범인은 첫 번째 혼입 사건이 이시이 씨와 사에코 씨의 방해 공작이라는 걸 뻔히 알았겠지요. 그래서 아테리 플라자 입구의 경비원이 교대 시간에 담당구역을 잠깐 벗어나는 순간을 노려 창문으로 준비실에 침입했습니다. 그리고 표적으로 삼은 이시이 씨의 재료를 살펴보다가 발견한 게 흰 가루가 들어 있는 작은 병 두 개였어요."

미호시 씨는 냉장고에서 이시이의 병 두 개를 꺼냈다. 하나는 실제로 위장약이 섞인 매 그림의 소금 병이다. 그리고 또 하나는 서양인 옆얼굴 그림의 병이고, 이쪽에는 아마도 설탕이 들어 있을 터였다.

"얼핏 보기에는 둘 다 비슷한 흰색 가루지만, 두 개의 병에 나눠 담은 걸 보면 하나는 소금이고 또 하나는 설탕이라고 금세 알 수 있었어요. 더구나 범인은 과거에 이시이 씨가 커피 칵테일 부문에서 스노 스타일에 소금을 썼던 것을 알고 있었겠죠. 스노 스타일에 쓰는 소금은 입이나 혀에 직접 닿기 때문에 혼입이 발각되기 쉽습니다. 그리고 커피 칵테일 부문은 이시이 씨가 가장 잘하는 종목이고, 다른 부문에서는 소금을 거의 쓰지 않아요. 즉 이 소금 병은 혼입 대상으로 삼기에 안성맞춤이었어요.

그런데 범인이 처음부터 혼입 사건을 일으킬 생각은 아니었다는 점을 잊어서는 안 됩니다. 어디까지나 첫 번째 혼입 사건을 알고서 우발적으로 두 번째와 세 번째 혼입을 저지른 거예요. 따라서 준비실에 침입한 시점에 범인이 소지한 물건은 제한적이었습니다. 그중에서 혼입에 사용할 만한 것을 찾다가 범인은 평소에 갖고 다니던 위장약을 소금 병에 넣기로 했을 거예요.

그런데 여기서 한 가지 난처한 일이 생겼어요. 두 개의 병은 그림으로 구분했지만, 막상 어떤 병이 소금이고 어떤 병이 설탕인지 눈으로 보는 것만으로는 판별할 수 없었던 거예요."

딱히 틀린 말은 아니었다. 하지만 그게 왜 '난처한 일'인지는 이해할 수 없었다. 소금인지 설탕인지, 그건 단박에 알 수 있는 거 아닌가. 하지만 미호시 씨는 이의를 제기할 틈을 주지 않고 설명을 이어갔다.

"양쪽 다 넣을 만큼 위장약이 많았다면 아마 그렇게 했겠지요. 하지만 범인은 우발적으로 행동에 나섰기 때문에 위장약이 딱 두 봉지뿐이었습니다. 한 봉지씩 양쪽 병에 넣으면 양이 너무 적어서 어렵사리 감행한 혼입이 별 성과도 없이 끝나버리겠죠. 어떻게든 두 봉지 모두 소금 병에 넣어야 한다, 그렇게 생각한 범인의 머릿속에 준비실에 침입할 때 언뜻 본 것이 떠올랐습니다. 어느 쪽 병이 소금인지 알아내는 데 큰 도움이 되는 것이었어요."

"오, 그게 뭐죠?"

그런 건 본 기억이 없어서 나는 주위를 휘휘 둘러보며

물었다. 그에 대한 미호시 씨의 대답은 너무도 뜻밖이었다.

"개미예요. 창문 아래 땅바닥에 수많은 개미가 행진하고 있었어요."

다시 한번 소금 산을 바라보았다. 아까도 봤던 대로 개미 떼가 그 주위를 열심히 기어가고 있었다.

"병에 든 것을 개미들 틈에 조금 쏟아놓고 그걸 물고 가면 설탕, 물고 가지 않으면 소금이에요. 100퍼센트는 아닐지 모르지만, 상당히 정확한 방법이죠. 그래서 창문을 열고―그때는 경비원이 담당구역에 서 있었지만, 그 아저씨들도 창문이 조금 열린 것쯤은 신경 쓰지 않는다고 했어요―개미들을 향해 병 안에 든 것을 쏟았습니다. 지금 저기 보이는 소금 산 옆에는 아마도 설탕 산이 있었을 텐데, 그새 개미들이 남김없이 가져가 버렸죠. 어떻든 그 개미들을 주의 깊게 관찰해서 범인은 소금 병을 알아냈고 그 병에만 위장약을 넣는 데 성공했어요."

"아니, 진짜 어처구니없는 소리를 하시네."

이시이가 툭 내뱉은 말은 내가 가진 의문을 대신해 주고 있었다.

"그게 뭐가 '난처한 일'이지? 설탕인지 소금인지 알아보려고 굳이 개미까지 동원한다고? 그냥 살짝 입에 대보기만 하면 금세 알 거 아니에요."

"하지만 범인이 그렇게 할 수 없었다면 어떨까요?"

미호시 씨의 말에 나는 쾅 얻어맞은 듯한 충격을 느꼈다. 한순간에 그녀가 하려는 말이 완벽하게 이해되었기 때문이다.

"그렇게 할 수 없다니, 그런 사람은 없는……. 앗, 설마."

이시이도 거기서 할 말을 잃었다. 그때 모두가 머릿속에 떠올린, 도저히 믿을 수 없는 말을 미호시 씨가 술술 공표해 버렸다.

"두 번째와 세 번째 혼입 사건을 저지른 범인은 소금과 설탕을 맛으로 판별할 수 없는 사람, 즉 미각장애를 가진 사람이었어요."

"그래서 우리가 아까 그 어이없는 커핑 실험을 해야 했군요."

사에코가 짜증 난다는 듯이 말했다. 미호시 씨는 빙긋이 웃으며 호주머니에서 흰 종이 더미를 꺼냈다.

"이건 조금 전 커핑 실험에서 제출해 주신 답안지예요. 참고로, 첫 장은 맨 처음 도전한 아오야마 씨예요. 그다음은 순서가 제각각이지만."

미호시 씨는 내가 낸 답안지가 잘 보이게 이쪽으로 내밀었다. 왼쪽에 A, 오른쪽에 2라고 크게 적혀 있었다.

"정답은 왼쪽 세트가 A, 그리고 오른쪽 세트가 2. 아오야마 씨, 대단해요, 100점입니다."

"고맙습니다……가 아니라, 전혀 기쁘지 않은데요?"

여전히 창문 밖에서 새시에 몸을 기댄 채 나는 혼자 투덜거렸다.

"정답 컵의 커피에만 **소금을 섞었잖아요**. 한 모금 마시자마자 나를 놀리는 건가 했어요."

"미안해요. 하지만 이제는 그렇게 한 이유를 아시겠지요?"

물론이다. 새삼 정답을 써내서 다행이라고 안도했다. 그리고 실험을 시작하기 전에 미호시 씨가 '밝혀지는 사실이 참담하다'고 말했던 이유도 이제야 알 수 있었다.

"미각장애도 여러 가지가 있다는군요. 미각이 둔해지는 미각 감퇴, 미각이 없어지는 미각 소실 외에 본래의 맛과는 다른 맛이 나는 이미증異味症 등, 다양한 증세가 있대요. 다만 여기서 확실하게 말씀드릴 수 있는 것은 범인이 소금 맛을 판별하지 못한다는 거예요. 따라서 조금 전의 커핑도 소금 맛을 판별하기 위한 것이었어요. 대충 넘겨짚는 답을 막기 위해 확인차 두 가지 문제를 냈죠. 자아, 그러면 실제로 답을 맞춰볼까요."

미호시 씨는 답안지를 한 장씩 넘기며 말했다.

"사에코 씨는 A와 2, 정답입니다. 이시이 씨는 A와 2, 이것도 정답이죠. 간다 씨도 A와 2, 마루조코 씨도 A와 2, 두 분 모두 정답입니다. 우에오카 씨도 A와 2, 정답이고……. 아스카 씨도 A와 2, 모두 정답입니다."

그리고 그녀의 손에는 답안지 한 장만 남았다. 그것을 보았을 때, 발을 딛고 선 땅이 출렁 흔들리는 느낌이 들 만큼 엄청난 경악이 나를 덮쳤다.

"마지막 한 장은 B와 2, 유감스럽게도 틀리셨습니다. 그래도 1번은 정답을 써냈지만, 이번 대회 기간 중 여러 번에 걸쳐 당신을 구해준 행운도 이제 끝이 난 것 같아요. 미리 두 문제를 준비하기 잘했구나, 하는 생각이 드는군요."

답안지에 적힌 사람을 향해 미호시 씨는 성큼성큼 다가갔다. 그리고 그녀를 올려다보는 두 눈을 향해 선명한 분노와 슬픔이 담긴 시선을 던졌다.

"두 번째와 세 번째 혼입 사건을 일으킨 범인은 당신입니다, 센케 료 씨."

4

"이것 참, 자기가 초대한 사람을 범인으로 지목할 줄은 상상도 못 했는데요."

센케는 옅은 웃음을 지으며 미호시 씨를 마주 바라보았다. 거기에 동요하는 모습이라고는 조금도 없었다.

오히려 우리 쪽이 미호시 씨의 말에 황당해하고 있었다. 어제까지도 센케는 이번 대회와는 무관했던 사람이다. 아니, 그보다 행방조차 알지 못했던 사람이다. 그런데 어제부터 대회장에 와 있었고 더구나 혼입 사건까지 일으켰다니, 그건 누구든 선뜻 받아들이기 힘든 말이었다.

"이런 결론이 나왔을 때, 저도 설마 했어요. 하지만 생각해 볼수록 모든 상황이 범인은 당신이라고 가리키고 있었죠."

미호시 씨도 센케의 눈을 피하지 않았다. 그녀가 '동경은 농성일 때 아름답다'고 말했던 게 새삼 떠올랐다. KBC에 대한 동경은 천재 바리스타 센케 료에 대한 동경이기도 했다. 그렇게 동경해 온 사람과 이런 모양새로 대치해야 하는 상황이 미호시 씨는 견딜 수 없을 만큼 안타까운 것이다.

"좋아요, 분명 나는 미각에 장애가 있어요. 그 점에 대해서는 부정해 봤자 금세 밝혀질 테니 인정해야겠지요. 2년 전에 커피점 문을 닫은 것도 사실은 KBC에서 비참한 꼴을 당했기 때문이 아니었어요. 미각을 잃은 이상, 바리스타 일을 계속해서는 안 된다고 판단했기 때문이죠."

센케는 담담하게 말했지만, 보통 일반인에게도 미각을 잃은 충격이란 상상도 못 할 만큼 엄청난 것이다. 하물며 바리스타에게 미각은 축구선수의 다리, 뮤지션의 귀와 같은 것이다. 은퇴는 어쩔 수 없는 선택이었지만, 그는 분명 말로 다 할 수 없는 고뇌를 맛보았을 게 틀림없다.

"하지만 그것 때문에 나를 범인으로 지목하다니, 이건 견디기 힘들군요. 소금 한 가지로 범인을 단정하는 건 지나친 비약 아닌가요? 어쩌면 내가 미각장애라는 것을 잘 아는 범인이 어제 이 대회장에 없었던 내게 죄를 덮어씌우려고 일부러 소금 산을 남겨둔 것일 수도 있잖아요."

"그렇죠, 센케 씨가 그걸 혼입했다면 어제 아무도 몰래 이 대회장에 왔었다는 얘기인데, 잠깐 무대를 둘러보는 것쯤이야 가능하겠지만, 대기실에서 우리가 하는 얘기까지 다 들었을 리는 없잖아요. 대체 센케 씨가 어떻게 우리 쪽 상황을 다 알 수 있어요?"

우에오카는 센케를 옹호했지만, 미호시 씨 앞에서는 그것도 쓸데없는 항변일 뿐이었다.

"아뇨, 센케 씨는 어제도 대회장에 왔었고, 우리가 대기실에서 나눈 대화를 한마디도 남김없이 다 들었습니다. 화장대 뒤에 붙여둔 이 도청기로."

미호시 씨의 손에는 그 도청기가 쥐여져 있었다.

"도청기?"

우에오카가 흠칫 놀라며 되물었다.

"참고로, 이 도청기의 수신 반경은 최대 300미터 이내인 것으로 보입니다. 즉 일정한 의도를 갖고 대기실에 도청기를 설치한 범인은 300미터 이내 거리에 있었다는 뜻이죠. 그렇게 우리가 대기실에서 주고받은 대화를 듣고 첫 번째 혼입 사건에 대한 것도, 점심시간에 준비실 앞에 감시인을 세운다는 것도 파악한 거예요."

"그 도청기를 설치한 사람이 혼입 사건의 범인과 동일인이라는 증거가 있어요? 의심스럽다면 내가 리시버를 어딘가에 차고 있는지, 몸수색이라도 해볼래요?"

센케가 도발하는 듯한 말을 했다. 스스로 그런 말을 하는 걸 보면 리시버는 도청기가 발견된 시점에 이미 처분한 것이리라. 하지만 미호시 씨는 동요하지 않았다.

"센케 씨도 잘 아시겠지만, 도청기를 화장대 뒤에 붙일 때 사용한 양면테이프는 세 번째 혼입 때 우유 팩에 붙인 것과 동일한 테이프였어요. 도청기를 설치할 때 썼던 것을 가방 속에 넣어두었기 때문에 범인은 우발적으로 준비실에 침입했는데도 양면테이프를 갖고 있었다고 봐야겠지요."

그렇다면 센케가 도청기를 설치한 것은 어제 개회식 때, 혹은 첫 종목이 한창 진행되던 때, 아니면 좀 더 이른 리허설 날이었는지도 모른다. 그때라면 사람들의 시선을 피해 대기실에 드나드는 건 그리 어려운 일이 아니었다.

"어찌 됐든 센케 씨가 범인이라는 것을 보여주는 게 꼭 이 도청기만은 아니에요. 그리고 센케 씨가 상황을 파악하기 위해서는 도청기에 의지할 수밖에 없었던 거니까 이 도청기는 범인의 것이라고 봐도 무방하다고 저는 생각해요.

그런데 도청기를 발견했을 때, 주위 사람들에게 들키지 않고 리시버에 이어진 이어폰을 귀에 꽂을 수 있는 사람을 거명한 마루조코 씨에게 센케 씨는 이런 말을 하셨어요. '마루조코 씨야말로 당당히 헤드폰을 끼고 다녔잖아요'라고요."

"그게 어떻다는 겁니까?"

평정을 무너트리지 않는 센케에게 마루조코는 깜짝 놀

란 얼굴로 말했다.

"센케 씨, 나는 오늘 헤드폰을 쓰지 않았어요. 이시이 씨가 어제 망가트렸거든요."

한순간, 센케의 눈이 둥그레지는 것 같았다. 하지만 내가 잘못 봤나 싶을 만큼 재빨리 그는 원래의 옅은 웃음을 되찾았다.

"헤드폰에 대해서는 다른 누구도 아닌 미호시 씨가 얘기해 줬잖아요. 잊어버렸나요, 라떼 아트 부문이 끝난 뒤에 쓰레기통에 있어야 할 헤드폰이 없어졌다고 얘기했던 거."

"네, 분명 그런 얘기를 했었죠. 하지만 나는 그 헤드폰이 누구 것인지는 말한 적이 없어요."

미호시 씨가 즉각 반박했다. 듣고 보니 분명 누구 것이라고는 말하지 않은 것 같다. 하지만 센케는 그 정도로는 자신의 실언을 인정하지 않았다.

"그렇다면 누군가 다른 사람이 한 얘기가 우연히 내 귀에 들어온 모양이지요. 나도 어디서 들었는지 정확히 생각나지 않는군요. 그런 일, 흔하잖아요?"

"아니죠. 마루조코 씨가 리시버를 사용할 만한 사람들에 대해 얘기하자 당신은 용의자가 한 사람이라도 더 많은 게 유리하다는 생각에 깜빡 그 말을 흘렸어요. 누구보다 당당하게 리시버를 사용할 수 있었던 사람은 센케 씨였다고 생각할까 봐 내심 무척 당황하셨을 테니까요."

"나는 그런 추측은 인정할 수 없어요. 그야말로 억지로 꿰맞추고 있군요. 이래서는 얘기가 안 됩니다. 설마 그런 걸로 내가 범인이라는 걸 증명할 생각은 아니지요?"

미호시 씨는 잠깐 숨을 돌리며 틈을 두었다. 태세를 정비한다기보다 이런 이야기를 계속해야 하는 게 너무도 안타까운 기색이었다.

"네, 그건 그저 작은 단서일 뿐이에요. 다만 그 말을 들은 순간, 처음으로 센케 씨를 의심하게 됐어요. 마루조코 씨가 헤드폰을 쓴 것을 봤다면 센케 씨는 어제도 대회장 주변에 있었던 게 틀림없다, 도청기를 설치할 동기가 누구보다 명확한 사람은 대기실에 들어오지 못하는 센케 씨였고, 그렇다면 수신 반경 문제로 대회장에 있었다는 것도 수긍할 수 있다, 하고요.

자아, 여러분, 두 번째 혼입 사건 때는 준비실에 들어올 수는 있어도 나갈 수는 없는 반 밀실 상태였다고 말씀드렸지요? 실제로 센케 씨가 범인이라면, 그 반 밀실에서 탈출한 방법이 의문으로 떠오릅니다. 잠깐 저쪽을 봐주세요."

그녀가 왼손으로 가리킨 준비실 안쪽에 로커 여섯 개가 나란히 서 있었다.

"조금 전에 한 이야기를 떠올려볼까요. 센케 씨는 개미의 도움으로 소금 병을 판별해서 위장약을 혼입하는 작업을 마치자, 저 로커에 몸을 감췄습니다. 그다음에는 우리가 준비실에서 짐을 꺼내가고 감시인이 떠날 때까지 기다렸다가 약봉지를 이곳에 남긴 채 문을 통해 유유히 나갑니다. 나가면서 문을 꽉 닫으면 자동으로 잠길 테니 반 밀실이 완성되는 거예요."

너무도 단순한 탈출 방법에 나는 놀라움을 감출 수 없었다. 분명 이 방법은 전원이 함께 준비실에 드나든 출전자도, 내내 무대에서 동분서주했던 우에오카도 할 수 없는 것이었다.

"그리고 점심시간에 한 차례, 아오야마 씨와 사에코 씨가 준비실에 들렀지만, 그때도 로커 안에 숨어서 두 사람을 따돌렸겠지요. 출전자들은 준비실에서 이동한 뒤에는 전원이 가림막에 둘러싸인 대기 공간에서 자기 차례가 오기를 기다렸으니까 그들의 눈에 띄지 않게 대기 공간 뒤편의 문으로 지나가는 건 어렵지 않습니다."

커피 칵테일 부문이 시작된 뒤에는 관객과 스태프, 출전자가 하나같이 무대를 주목하고 있었다. 그 틈에 대기 공간 뒤편의 문을 지나 전시장을 빠져나가는 건 미호시 씨의 말대로 그리 어렵지 않은 일이다.

서서히 판세가 결정되는 분위기였다. 센케가 범인이라는 말을 처음 들었을 때, 너무도 큰 충격에 황당하다는 반응을 보였던 사람들도 치밀하게 짜인 미호시 씨의 논리에 점차 마음이 흔들리는 분위기였다.

"……아직 해결되지 않은 문제가 있군요."

그때 센케가 한층 나지막한 목소리로 말했다.

"그게 뭔지 얘기해 볼까요? 두 번째 혼입 사건은 나도 가능했고 도청기를 설치할 동기도 충분하겠죠. 일단 그 점은 인정하기로 합시다. 하지만 세 번째 혼입 사건은 어떻게 되지요? 두 번째와 똑같은 방법은 쓸 수 없어요. 어떻게든 범인이 준비실에 침입한 뒤로는 폐관 때까지 창문 밖에 경비원이 서 있었고, 폐관한 뒤에는 방범 시스템의 센서가 준비실을 지켜보고 있었어요. 그리고 오늘 아침에는 개관과 동시에 우에오카 씨가 스태프에게 지시해 대기 공간 뒤편의 문을 감시했다던데요."

즉 경비원이 교대를 마치고 담당구역에 선 순간부터 오늘 아침까지 재차 창문을 통해 준비실에 침입했다가 자동으로 잠기는 출입문을 통해 빠져나가는 방법을 다시 쓸 수 있는 시간은 단 일 초도 없었던 것이다. 그런데도 센케가 오늘 아침에 입구 쪽에서 나타나는 것을 나는 틀림없이 목격했다.

그렇다면 결론은 단 한 가지뿐이다. 그 답을 나는 이미 미호시 씨에게서 들었다.

"두 번째 혼입과는 또 다른 기회에 세 번째 혼입을 실행했다고 가정한다면 세 번째 혼입은 센케 씨로서는 불가능하다는 결론이 나오겠죠. 이건 바꿔 말하면, 센케 씨는 두 번째 혼입과 세 번째 혼입을 한꺼번에, 즉 어제 점심 준비실에 침입했을 때 한꺼번에 해치웠다는 얘기예요."

세 번째 혼입 사건은 사에코가 준비했던 우유 팩에서 일어났다. 그리고 사에코는 우유를 새로 사 왔고, 일단 개봉하면 우유 팩 입구에 혼입 우려가 있다, 거기에 질 나쁜 우유를 준비한 후원사에 다른 회사 우유를 들고 나가 항의한다는 등의 이유로 개봉하지 않은 우유 팩을 들고 라떼 아트 부문의 무대에 올랐다. 한편, 센케는 사에코가 우유를 사 온 시점에 이미 준비실에 숨어 있었을 터라서 나와 사에코의 대화를 들었고, 그 우유 팩으로 라떼 아트 부문에 임할 예정이라는 것도 파악했다. 따라서 두 번째 혼입을 저지를 때 세 번째 혼입까지 동시에 해치우기로 마음먹었을 가능성이 크다. 오히려 처음부터 이시이와 사에코의 재료에 똑같이 이물질을 넣을 계획이었다고 한다면, 두 번씩이나 기회를 엿보는 것보다 한 번에 해치우는 게 더 자연스럽다고 할 수 있다.

그런데 조금 전까지 지켜보기도 딱할 만큼 궁지에 몰려 있던 센케가 갑작스레 자신만만한 웃음을 터트렸다.

"하하하, 그것 참 묘하네. 그렇게 성급하게 굴다니, 우습군요."

처음에는 센케가 드디어 정신이 나가버렸다고 생각했다. 하지만 그다음에 이어진 지적은 다름 아닌 미호시 씨가 가장 우려했던 바로 그 점이었다.

"잘 들어요, 내가 첫 번째 혼입 사건에 대해 알고 우발적으로 두 번째와 세 번째 혼입 사건을 저질렀다고 했지요? 그리고 에스프레소 부문이 끝난 시각이 어제 오후 1시라면, 그 때부터 대기실의 대화를 도청해 첫 번째 혼입에 대한 상황을 알아내고, 거기에 준비실에 감시인을 세운다는 얘기까지 들은 다음에 경비원이 교대하는 빈틈을 노려 준비실에 몰래 들어오기까지, 단 십여 분밖에 시간이 없어요. 그런데 어떻게 내가 그 짧은 시간에 식용색소를 입수할 수 있지요? 설마 내가 어제 이곳에 도착했을 때 혼입 사건을 일으킬 계획도 없으면서 미리 식용색소를 챙겨왔다고 할 건가요?"

합당한 반론이었다. 분명 어제 내가 감시를 서고 출전자들이 동시에 점심 식사를 시작한 게 오후 1시 10분이었다. 경비원은 1시 20분부터 오 분가량 담당구역을 벗어났다고 했으니까 그 짧은 시간 안에 어디선가 식용색소를 구해왔다고 하기는 어렵다.

또한 애초부터 식용색소를 소지한 채 준비실에 숨어들 이유가 희박하다는 점도 미호시 씨는 내게 이미 얘기했었다. 참고로, 몇 시간 전에 준비실 창문 밖에서 그런 얘기를 했을 때, 그녀는 '그 밖에도 범인이 식용색소를 미리 준비했다고 생각하기 어려운 중요한 이유'가 있다고 덧붙였다. 이제 그 이유는 명백해졌다. 센케가 일을 저지른 것은 첫 번째 혼입 사건을 알았기 때문일 뿐, 어떤 사전 계획도 없는 우발적인 일이라서 식용색소를 사전에 준비했을 리 없는 것이다.

여기서 간다가 센케에게 이의를 제기했다.

"범인이 준비실에 침입한 뒤에는 창문 밖에 경비원이 있었으니까 일단 창문으로 다시 나가 식용색소를 구해올 수 없었다는 점은 잘 알겠어요. 하지만 문 쪽으로 나갔다면 어떨까요? 자동으로 잠기지 않게 하려면 문을 살짝 열어두기만 하면 되잖아요. 그렇게 해놓고 전시장을 빠져나가 식용색소를 구해서 사에코 씨의 우유 팩에 넣었겠죠. 그런 다음에 문을 닫고 준비실을 떠나면 됩니다. 커피 칵테일 부문은 세 시간쯤 걸렸으니까, 시간은 충분했어요."

그 지적은 나는 미처 생각하지 못한 점이었지만, 센케는 이미 그것까지 상정하고 있었다.

"전시장 입구에서 접수를 맡은 도우미들을 알고 있죠? 나는 그들과 얼굴 마주하면 인사를 나누는 사이예요. 즉 식용색소를 구해올 때, 내가 세 명이나 되는 도우미들의 시선을 피해 전시장에 드나들 수 없었다는 얘기예요. 입장하는 이들의 이름표를 확인하려고 도우미들이 눈을 번뜩이며 지켜본다는 건 간다 씨도 잘 알지요?"

"그렇다면 전시장 밖으로는 나가지 않았겠죠. 수많은 부스 중에 식용색소를 구할 만한 데가 있었던 거 아니에요?"

"어제오늘 사이에 나는 어떤 부스에서도 물건을 받은 적이 없어요. 의심스럽다면 모든 부스를 돌면서 확인해 봐도 좋아요."

막힘없는 반격에 간다는 머쓱한 듯 뒤로 물러섰다. 센

케의 열렬한 팬이라고 했던 접수처 도우미들이 머릿속에 떠올랐다. 센케의 주장은 미호시 씨가 그녀들에게서 얻은 증언과 일치했다.

간디를 설복시킨 것으로 다시 힘을 얻었는지 센케는 미호시 씨를 향해 도전하는 투로 말했다.

"어때요, 미호시 씨. 이래도 여전히 내가 식용색소를 썼다고……."

"그만 멈춰주세요, 센케 씨. 제가 이미 모든 걸 알고 있어요."

미호시 씨는 센케의 도전을 그렇게 받아넘겼다. 마치 그에게 마지막 자비의 손을 내미는 듯한 말이었다.

"그렇게 자신 있다면 어디 한번 들어볼까요?"

그런 상황에서도 센케는 아직 자신의 죄를 인정하려 하지 않았다.

마침내 미호시 씨는 자신을 아슬아슬한 곳까지 몰아붙이며 가까스로 건져 올린 진실을 한 마디 한 마디 곱씹듯이 천천히 얘기하기 시작했다. 살갗이 에이는 듯한 긴박감 속에서 그 자리에 있던 사람들 모두가 그녀의 말에 진지하게 귀를 기울였다.

"다시 한번 어제 점심 때로 의식을 집중해 볼까요. 로커에 숨어 아오야마 씨와 사에코 씨의 대화를 들은 센케 씨는 우유에 뭔가를 넣기로 마음먹었습니다. 사에코 씨가 가장 잘하는 라떼 아트 부문을 망치게 하려면 선택지는 원두나 우유밖에 없었으니까요. 양면테이프가 유용하겠다는 생각을 한 것도 바로 그때였겠지요.

그런데 혼입에 따른 효과를 거두려면 사에코 씨가 우유팩을 들고 무대로 올라갈 예정인 것을 감안해 우유의 맛이나 색깔을 바꿔놓지 않으면 안 됩니다. 그렇다고 혼입을 알아차리지 못하고 자칫 마셔버릴 가능성이 있는 투명한 독극물 따위를 쓸 수는 없었어요. 그랬다가 경찰이 나서면 센케 씨가 한 짓이라는 게 당장 드러날 것이고, 애초에 누군가 다치거나 숨지는 사태는 센케 씨가 원하는 바는 아니었을 테니까요.

그런 상황에서 자신이 가진 것 중에 쓸 만한 게 무엇인지 고민하다가 센케 씨는 문득 한 가지 적합한 게 있다는 걸 깨달았습니다. 그리고 아마 이렇게 생각했겠지요. 이걸 우유에 넣으면 사람들은 분명 식용색소라고 생각할 것이다, 그러면 혹시라도 내게 혐의가 돌아올 때도 자신 있게 결백을 주장할 수 있다, 하고요. 방금 센케 씨가 했던 것처럼."

그렇다면 식용색소는 속임수였고, 센케가 실제로 우유팩에 넣은 건 식용색소가 아닌 다른 것이었다는 얘기인가. 그러고 보니 식용색소 병은 센케가 대기실 쓰레기통에서 찾아냈다. 사실은 쓰레기통에서 집어내는 척하면서 자신의 품속에서 병을 꺼냈던 것인가.

하지만 다른 뭔가를 썼을 가능성에 대해서도 미호시 씨

는 꽤 오랫동안 검토했다. 그런 장고 끝에 센케가 마침맞게 갖고 있었을 만한 것은 없다고 잘라 말했던 것이다.

"내가 만일 범인이라면, 그 시점에 내게 혐의가 돌아올 것을 염려했다는 게 우선 이상한 얘기로 생각되는데?"

센케의 말도 일리는 있었지만, 그 점에 대해서는 그 스스로 잠시 미뤄두었다.

"나는 대체 무엇을 갖고 있었을까. 그림물감? 아니면 페인트? 그나마 식용색소보다는 갖고 다닐 가능성이 있을지도 모르지만, 그런 걸 일일이 꼽아보자면 한이 없겠군요."

"갖고 다닐 가능성이 있을지도 모른다는 정도의 얘기로 센케 씨를 설득할 생각은 없어요. 제가 말하려는 것은 100퍼센트 완벽하게 혼입에 사용할 수 있는 것이죠."

미호시 씨는 조용히 몸을 돌렸다. 그곳에는 아스카가 있었다.

"오늘 낮에 아스카 씨에게 사건에 관해 질문했을 때, 나는 센케 씨에게 아스카 씨와 단둘이 대화하면서 좀 더 많은 정보를 얻어달라고 부탁했었어요. 실제로는 그 시점에 이미 센케 씨를 의심하고 있었기 때문에 그 뒤의 수사에서 제외시키기 위한 방편이었는데……. 아스카 씨, 기억하고 있죠? 그때 센케 씨가 보인 뜻하지 않은 반응."

아스카는 잠시 생각해 보더니 자신 없는 목소리로 대답했다.

"내가 뒤에서 급히 팔을 잡았는데…… 센케 씨가 난폭하게 내 손을 뿌리쳤어요."

미호시 씨는 만족스러운 듯 고개를 끄덕였다.

"처음에는 2년 전 일로 아스카 씨에 대한 불신감이 쌓여 그런 반응을 보였다고 생각했어요. 하지만 그게 아니었죠. 그건 센케 씨 스스로 통제할 수 없는 반사적인 행동이었어요."

센케는 대답하지 않았다. 미호시 씨는 아랑곳하지 않고, 이시이 쪽을 돌아보며 말을 이었다.

"그리고 점심시간이 끝난 뒤에는 이시이 씨가 아오야마 씨를 마찬가지로 힘껏 밀쳤어요."

"뭐, 그때는 화가 나서 그랬죠."

이시이가 겸연쩍은 얼굴로 말했다.

"그때의 이시이 씨가 내 눈에는 아스카 씨의 손을 뿌리치던 센케 씨처럼 보이더군요. 그리고 흙바닥에 나동그라진 아오야마 씨에게 달려가 그 곁에 몸을 웅크리고 앉은 순간, 몇 가지 단편적인 조각들이 하나로 연결되었어요."

미호시 씨가 나를 지그시 바라보았다. 하지만 그때까지도 나는 그녀가 무슨 생각을 하는지 알지 못했다. 나의 그 볼썽사나운 모습에서 그녀는 대체 무엇을 깨달았다는 것인가.

"아직 뭐가 뭔지 모르겠어요. 센케 씨가 대체 무엇을……."

"그런 게 있잖아요, 누구나 몸속에 반드시 갖고 있고, 우유를 선명한 붉은 색으로 물들일 수 있는 것."

미호시 씨가 그렇게 말했을 때, 나를 바라보던 사람들의 표정이 한순간에 경악으로 바뀌었다.

나 혼자만 뒤늦게 알아차린 데는 이유가 있었다. 내 얼굴을 만져보고서야 그 답을 알았기 때문이다.

이시이에게 떠밀려 나동그라졌을 때, 얼굴을 흙바닥에 쓸려 상처가 났다. 뺨이 어떤 상태인지 가장 먼저 알려준 사람은 미호시 씨가 아니었다. 그건 아이러니하게도 마지막 종목이 시작되기 직전에 내 옆자리에 앉아 있던 센케 료였다.

"이제 다들 아셨겠지요?"

미호시 씨는 멍해져 있는 센케에게 다가가 힘없이 늘어진 그의 왼팔을 잡았다. 그리고 재킷 소매 끝을 쑥 걷어 올렸다. 드러난 손목에는 붕대가 감겼고 겉에는 생생한 핏빛이 배어 있었다.

"센케 씨는 자신의 손목을 그어 **거기서 떨어지는 핏방울로 사에코 씨의 우유를 붉게 물들였습니다.**"

그래서 센케는 그토록 난폭하게 아스카의 손을 뿌리쳤던 것인가.

그래서 내 뺨의 상처에 돋은 피를 보고 미호시 씨는 진실을 알았던 것인가.

온몸에 오싹 소름이 돋았다. 무엇이 그렇게까지 센케를 몰아붙였을까. 기껏해야 혼입 따위를 위해. 기껏해야 한 사람의 경기를 방해하기 위해. 오직 그 이유만으로.

이 사람, 미쳤구나.

그런 진부한 말 외에는 어떤 적절한 표현도 찾을 수 없었다.

센케는 고개를 숙인 채 말이 없었다. 그 옆얼굴은, 손목을 통해 온몸의 피가 빠져나간 게 아닌가 싶을 만큼 창백했다. 그뿐만이 아니다. 피해자인 사에코도, 누구보다 센케를 염려하던 아스카도, 그리고 다른 사람들도 모두 생기를 잃은 얼굴이었다.

"우에오카 씨, 그때 무대에 흘린 우유는 어떻게 처리했지요?"

미호시 씨가 고개를 돌려 물어보자, 우에오카는 눈빛을 허우적거리며 대답했다.

"아, 그건……우선 타월로 닦아 양동이에 담아두라고 했어요. 청소부는 아침에나 나오니까 아직 무대 근처에 그 양동이가 있을 거 같은데."

"그럼 거기에 아직 센케 씨의 피가 섞여 있겠군요. 어떠세요, 센케 씨, 여전히 인정하지 못하시겠다면 혈액 감정을 부탁하는 방법도 있습니다. 제가 전문가가 아니라서 자세한 건 모르지만 아마도 센케 씨의 혈액이라는 결과가 나올 것 같은데요."

"아니, 그럴 필요 없어."

센케는 자신의 팔을 잡고 있는 미호시의 손을 가만히 밀어냈다.

"미호시 씨의 말이 모두 맞아요."

함락되는 순간에 그가 되찾은 옅은 웃음. 그건 들씌운 것이 떨어졌다는 증거일까.

"내가 한 짓입니다. 이시이 씨의 소금 병에 위장약을 넣은 것도, 사에코 씨의 우유에 피를 넣은 것도 모두 내가 혼자서 한 일이에요."

5

"왜 그런 짓을 하셨어요!"

날카로운 목소리에 우리는 흠칫 놀라 옆을 돌아보았다. 지금껏 불안한 눈빛으로 일의 추이를 지켜보던 아스카의 그 물음은 거의 비명에 가까웠다.

센케는 비웃듯이 양쪽 손바닥을 천장으로 향하며 말했다.

"아스카가 나를 비난하다니, 이건 천만뜻밖이군. 너를 함정에 빠트리려던 두 사람에게 내가 대신 제재를 가해줬는데."

"그런 짓을 하는 분이 아니었잖아요. 커피에 넣을 재료를 제재 도구로 쓰다니……. 누구보다 커피를 사랑하던 센케 씨는 어디로 사라진 거예요?"

"어디로 사라졌느냐고? 그걸 꼭 내 입으로 말해야 알겠어?"

센케가 돌연 되물었다. 그 차가운 말투에 아스카의 어깨가 파르르 떨렸다.

"그래, 나는 누구보다 커피를 사랑했어. 하지만 이제 두 번 다시 그걸 맛볼 수 없어. 알기나 해? 네가 내 심정을? 오늘 눈이 보이지 않아도 내일의 그림을, 오늘 귀가 들리지 않아도 내일의 노래를, 너는 계속 사랑할 수 있겠어? 누구보다 커피를 사랑하던 센케 료는 잃어버린 미각과 함께 이 세상에서 사라졌어!"

아스카는 입도 뻥긋하지 못했다. 그 대신 미호시 씨가 입을 열었다.

"센케 씨, 2년 전 일에 대해 좀 더 자세히 얘기해 주세요. 센케 씨가 마신 에스프레소에는 이물질이 없었다고 들었습니다. 하지만 분명 단순한 자작극은 아니었을 거예요."

"흥, 새삼스럽게 그런 얘기를 해봤자 어느 누가 믿어줄까."

"아니, 저는 센케 씨를 믿어요. 정직하게 얘기해 주신다면 틀림없이."

그러자 센케는 허를 찔린 듯 미호시 씨를 빤히 보았다. 족히 십여 초쯤 바라본 뒤에 그는 코웃음을 치며 말했다.

"그런 말을 덥석 받아들일 내가 아니야. 하지만 뭐, 좋아요, 얘기해 봅시다. 약해빠진 내 모습도, 추한 내 꼬락서니도, 내 분노와 고통도 낱낱이 까발려 드릴 테니까. 이대로 침묵하는 것도 너무나 원통한 일이니까."

잠시 말을 끊은 순간에 센케는 저 끝에 앉은 이시이와 사에코를 노려보았다. 두 사람이 그의 시선에 온몸이 꿰뚫린 듯 움츠러드는 것을 나는 놓치지 않았다.

"어디서부터 얘기해야 할까. 그래요, 제3회 대회까지 세 번 연속 우승을 달성한 나는 그 직후에 우에오카 씨에게 은퇴하겠다는 뜻을 전했어요. 순순히 받아주지는 않았지만, 그건 상관없었어요. 내가 끝내 고사하면 끝날 일이니까. 결코 내 뜻을 뒤집을 생각은 없었다는 얘깁니다.

그러던 내가 왜 제4회 대회에 출전했는가. 본선 한 달여 전에 일어난 사건이 발단이었어요. 오토바이 사고가 나는 바람에……."

센케가 오토바이를 탄다는 것은 접수처 도우미도 말했었다.

"커피점 일을 마치고 돌아가던 길에 오토바이와 함께 넘어져 버렸어요. 머리를 부딪쳐 정신을 잃고 구급차로 병원에 실려 갔죠. 그 종합병원이 커피점과 가까워서 원장이 내 단골손님이었어요. 잘 아는 사이라 편할 거라면서 원장이 직접 증상이며 진료에 관한 설명을 해줬습니다. 생명에 별 지장이 없고 부상도 가벼우니 1, 2주 뒤에는 퇴원할 수 있다고 하더군요. 그 말에 나도 마음이 놓여서 잠깐 커피점 일을 쉬면서 치료에 전념하기로 했죠.

뭔가 이상하다고 자각한 건 그 며칠 뒤였어요. 환자식이 거의 아무 맛도 느껴지지 않았습니다. 그전부터 별맛이 없었지만, 환자식이라는 게 원래 밍밍한 모양이다, 의식을 잃은 탓에 혀가 둔해졌나 보다, 하고 대수롭지 않게 생각했어요. 하지만 며칠째 그런 상태가 이어지니 아무래도 뭔가 이상하더군요. 원장에게 상의했더니 깜짝 놀라면서 미각과 후각 검사를 해줬어요. 그 결과, 거의 모든 미각과 후각을 잃었다는 게 밝혀졌죠. 사고로 머리를 부딪쳤을 때 뇌의 중추신경에 장애가 생긴 거예요."

"아, 나도 그런 얘기 들은 적이 있어요. 머리에 외상을 입고 미각장애 증세가 나타났다는."

우에오카가 심각한 표정으로 말했다.

"하지만 그건 미각장애 중에서도 아주 드문 케이스라고 하던데? 뇌의 중추신경이 장애를 입을 정도의 외상이라면 그 밖에도 광범위한 증세가 나타나야 하는데……."

"그 점은 원장도 고개를 갸웃거리더군요. 중추신경의 극히 일부분만 핀 포인트로 장애를 입었다고 생각할 수밖에 없다고 했어요."

센케가 대답하자 우에오카는 중간에 얘기를 끊은 것에 대해 사과하고 조용히 입을 다물었다.

"아무튼 그 진단을 받고 눈앞이 캄캄해졌어요. 미각과 후각 없이는 앞으로 바리스타로 일할 수 없으니까요. 어떻게든 치료해 달라고 매달려 봤지만, 원장의 반응은 탐탁지 않았습니다. 일단 치료는 해보겠지만 중추성 미각장애는 반드시 낫는다는 보장을 할 수 없다더군요. 그건 곤란하다, 꼭 낫게 해달라고 애원했더니 원장이 그리 내키지 않는 기색으로 한 가지 방법을 일러줬습니다. 국내에는 아직 그런 사례가 없지만, 미국에는 선진적인 뇌 기능 재활치료 의료기관이 있다, 거기서 다양한 중추성 장애를 종래의 치료법보다 훨씬 높은 비율로 회복시켜 준다더라…….

당장 그 의료기관을 소개해 달라고 했죠. 하지만 원장 얘기로는 치료비가 초기 비용만 해도 10만 달러가 넘는다더군요. 그래서 내게 추천하기를 망설였던 모양이에요. 얼마 안 되는 자본을 닥닥 긁어 커피점을 개업했기 때문에 경제적인 여유가 없다고 그에게 털어놓은 적이 있으니까요.

그날부터 돈을 마련하러 여기저기 뛰어다녔습니다. 하지만 나는 일가친척도 없고 큰돈을 선뜻 빌려줄 만큼 친한 사람도 없었어요. 커피점은 개업 초기에 비하면 번창했지만, 개인이 경영하는 소규모 가게에 흔쾌히 대출해 줄 은행이라고는 한 군데도 없었죠. 국내에서 인정받은 치료가 아니라서 의료보험도 적용되지 않아요. 생각다 못해 원장에게도 머리 숙여 부탁해 봤습니다. '딱하지만 그런 큰돈은 빌려줄 수 없다. 그나마 갚을 전망이라도 있다면 얘기가 달라지겠지만'이라면서 거절하더군요.

아무튼 돈이 필요했습니다. 미각과 후각을 잃은 바리스

타의 커피점 따위, 아무도 찾아줄 리 없을 터라서 장애 건은 대외적으로 비밀로 해달라고 원장에게 신신당부하고, 서둘러 커피점 영업을 재개했습니다. 한때는 가게든 설비든 다 팔아치울 생각도 했어요. 아무튼 모든 수단을 동원해 필사적으로 돈을 모았죠. 그러던 때였어요, 우편으로 제4회 KBC 팸플릿이 내게 도착한 게."

센케는 어제 통화에서 팸플릿을 입수한 게 본선 한 달 전이었다고 했다. 그러고 보니 미호시 씨에게로 제5회 KBC 팸플릿이 우송된 것도 지금부터 한 달 전쯤이었다.

"출전자 소개 페이지에 실린 내 프로필을 보고 우에오카 씨가 아직도 나를 포기하지 않았다는 걸 알았습니다. 미각과 후각을 잃었으니 분명 불리한 경기가 되겠지만, 그래도 내게는 경험이 있어요. 지금까지 해온 대로만 대회에 임하면 틀림없이 우승한다, 그러면 상금이 손에 들어온다……. 고작 50만 엔으로는 채워질 리도 없지만, 당시에는 그거라도 잡아야 할 만큼 아쉬운 상황이었어요. 곧바로 우에오카 씨에게 연락해 출전하겠다고 했더니 크게 반겨주더군요. 어떤 절박한 속사정인지도 모르시고.

그렇게 나는 벼락치기로 제4회 대회에 출전했습니다. 하지만 장애의 핸디캡이 상상 이상으로 컸어요. 지레 겁을 먹었기 때문인지도 모르지만, 경기 중에 끊임없이 위화감이 따라다니고, 예전 같으면 생각할 수도 없는 실수를 거듭했죠.

초조하고 답답하고, 그러다 세 번째 종목에서는 엄격한 평가를 내린 심사 위원에게 분통을 터트리기도 했습니다. 이런 평가는 너무 부당한 거 아니냐고."

그런 얘기는 우에오카에게서도 들었다. 심사 위원은 어디까지나 공정하게 평가했을 텐데도 센케로서는 그런 평가 하나하나가 인생을 좌지우지하는 벽으로 느껴졌을 것이다. 평정심을 잃고 거칠게 대든 것도 무리는 아니라고 생각했다.

"그런 속에서도 세 번째 종목을 마친 시점에 나는 1위를 기록했어요. 게다가 마지막 종목은 에스프레소 부문이고, 오랫동안 써온 나만의 원두를 준비했기 때문에 절대적으로 자신이 있었습니다. 경기 전 점심시간에 마음을 가라앉히려고 혼자 준비실로 향했어요. 프로 골퍼가 공을 치기 전에 맨손으로 샷 연습을 하고, 뮤지션이 무대에 오르기 전에 가볍게 악기로 손을 풀잖아요. 나도 재료와 도구를 다시 한번 확인해 두면 마음이 차분해질 것 같았죠.

대기실 앞을 지나 통로 모퉁이를 돌아섰을 때, 활짝 열린 준비실 문으로 때마침 남자와 여자가 나오는 게 보였습니다. 바로 이시이와 사에코였어요."

그 말에 모두가 두 사람을 돌아보았다. 이시이는 벌게진 얼굴로 센케를 쳐다보고 사에코는 하얗게 질린 채 가늘게 어깨를 떨고 있었다.

"마주치는 참에 둘이 내게 인사를 건네는데 아무래도 태도가 어색하더라고요. 그 이유는 준비실에 들어가자마자 알았습니다.

냉장고에 넣어둔 내 원두 캐니스터가 테이블 위에 죄다 나와 있었어요. 그리고 그 옆에 싱크대 청소용 분말 세제가 보란 듯이 올라와 있더라고요. 지금도 저기 싱크대 밑에 있군요. 바로 저 세제였어요.

급히 캐니스터를 열어봤습니다. 다른 종목에 쓰고 남은 것까지 모든 원두에 분말 세제가 뿌려졌어요. 방해 공작을 한 거라고 단박에 알았습니다. 커피 원두를 다시 준비하는 건 단시간에는 도저히 안 되지요. 그 순간, 나는 우승으로 가는 길이 끊겨버렸다는 걸 알았습니다."

숨을 헉 삼킨 것은 간다인가, 우에오카인가. 아니면 아스카였는가. 역시 2년 전에 센케는 혼입 피해를 보았다. 자작극이 아니었던 것이다.

그런데 왜 그 일은 어둠 속에 묻혀버렸을까.

"무슨 뚜렷한 증거가 있었던 건 아니에요. 하지만 그 시점에 우승의 여지가 있었던 게 사에코였다는 걸 생각하면 그녀가 범인이라고 봐도 틀림없겠지요. 평소처럼 에스프레소 부문에 나가봤자 나를 이기지 못한다는 걸 사에코는 알고 있었어요. 1위인 나를 다른 어떤 대회 때보다 바짝 따라잡았는데 바로 코앞에서 우승을 놓치는 게 견딜 수 없었겠죠. 그런 욕심 때문에 남의 원두에 세제를 끼얹는 금단의 행동으로 내달린 거예요.

　이시이 씨는 아마 감시인 역할이라도 맡았을 겁니다. 무대에서 마술 퍼포먼스를 하는 자기 자신에 도취해 KBC에 참가했다고 할 만큼 경박한 친구니까, 상금 얘기를 슬쩍 내비치며 자기편으로 끌어들이는 거야 어렵지 않았겠죠. 어쨌든 저 두 사람도 우발적으로 내 원두에 손을 댔을 거예요. 방금 말한 것처럼 감정에 휘둘려 무턱대고 일을 저질러놓고, 아무튼 끝까지 딱 잡아떼면 누구 짓인지 밝혀낼 수 없다고 낙관했던 게 아닌가, 나는 그렇게 생각합니다.

　어떻든 세제 범벅이 된 원두를 보면서 내가 어떻게 해야 할지, 결단을 내려야 했어요. 운영위원회 측에 얘기할까. 하지만 그 두 사람이 실격 처리가 되더라도 후원사에 대한 체면도 있으니, 대회는 계속 강행하겠지요. 그렇다면 우승은 거의 확실하게 아스카에게 돌아가겠죠. 어차피 상금이 내 손에 들어오지 않으면 저 둘이 실격을 당하든 말든 나한테는 아무 의미도 없는 거예요."

　그럴까. 그래도 사제지간이라는 친분이 있는데 아스카에게 상금을 빌려달라고 부탁할 수도 있지 않았을까. 일가친척도 없고 딱히 친한 사람도 없는 환경에서 자라온 그의 정신은 누군가에게 기대는 게 그토록 싫은 일이었을까. 나도 모르게 그런 생각을 하지 않을 수 없었다.

　"다른 출전자에게 원두를 얻어올까도 생각해 봤어요. 하지만 설령 아스카가 원두를 나눠주더라도 그 원두에 대해 잘 아는 그녀를 뛰어넘기는 어렵겠지요. 그래서는 결국 우승은 요원한 일이 되고 말아요.

내게 가장 유리한 선택은 무엇인가. 머리를 쥐어뜯으며 고민하다 보니 세제 혼입이라는 게 마중물이 되었는지 며칠 전에 읽은 기사가 퍼뜩 생각나더군요. 우리 커피점 잡지 코너에 비치해 둔 주간지의 기사였어요."

주간지, 기사, 혼입—.

귀에 익은 키워드여서 나는 설마, 하고 화들짝 놀랐다.

"몇 년 전 일어난 살인미수 사건의 후일담을 추적한 르포 기사였어요. 홍차에 독극물을 혼입한 사건이었는데, 나도 직업상 기호음료를 다루는 사람이라 마음에 걸려서 자세히 읽어봤습니다. 그 기사에 따르면, 피해자는 민사소송에 승소해 가해자에게서 배상금 400만 엔을 받았더군요."

어제 미호시 씨를 기다리는 동안에 벤치에서 내가 검색해 본 것과 똑같은 기사를 예전에 센케도 본 것이다. 2년 전 11월경에 실린 기사니까 제4회 대회에 출전했던 센케의 기억에 새로운 기사였다는 말에 고개가 끄덕여졌다. 하지만 그 기사가 이번 일과 관계가 있을 줄은 꿈에도 생각하지 못했다.

"그때는 솔직히 내가 정신이 나갔던 것 같아요. 그럴 만큼 절박한 상황이었습니다."

센케는 한 걸음 두 걸음, 우리가 지켜보는 앞에서 비틀

비틀 걸음을 옮겨 중앙 테이블 옆에 서더니 갑자기 두 손으로 테이블을 탕 내리쳤다.

"방해 공작을 눈치채지 못한 척하면서 세제가 섞인 에스프레소를 내가 직접 마셔버리고 저 두 사람에게서 배상금을 받아내자. 그게 내가 내린 결단이었어요."

정적이 실내를 뒤덮었다.

나도 모르게 고개를 내저었다. 그 시점에 이미 센케는 돌이킬 수 없이 미쳐 있었던 것이다.

우에오카와 간다, 마루조코는 넋이 나간 듯 멍하니 서 있고, 이시이와 사에코는 얼굴이 흙빛이 되었다. 그 속에서 죄책감에 빠진 두 사람 못지않게 바짝 얼어붙은 아스카의 반응이 나는 마음에 걸렸다.

"……소송을 해서 400만 엔을 받아낼 생각이었다고요?" 우에오카가 머뭇머뭇 입을 열었다. "너무 터무니없는 얘기잖아요. 경기를 방해하려는 혼입과 살인미수를 똑같이 생각하다니……"

"네, 알아요, 나도 안다고요!"

센케의 절규가 준비실에 메아리쳤다.

"실제 재판에서 내 뜻대로 그런 큰돈이 나올 리 없다는 것쯤은 당연히 알죠. 하지만 그건 정상적인 사람의 사고예요. 어쨌든 혼입 행위는 저질러졌으니 그걸 내가 마셔버리면 그때는 형사사건이 될 것이고, 그러면 경찰이 그들의 죄를 밝혀낼 것이다, 그다음에는 서로 담판을 짓든 화해하든, 최대한 돈을 뜯어낼 수만 있다면 무슨 짓이든 하겠다……. 진심으로 그런 생각을 했을 만큼 나는 분별력을 잃은 상태였어요."

"설령 재판에 들어가더라도 돈이 그렇게 금세 나오지는 않을 텐데요."

냉철하게 지적하는 미호시 씨를 향해 센케는 자조를 섞어 대답했다.

"딱지만 그런 큰돈은 빌려줄 수 없다. 그나마 갚을 전망이라도 있다면 얘기가 달라지겠지만……. 원장이 한 말입니다. 머지않아 저 두 사람이 배상금을 내게 될 것이다, 그걸 근거로 돈을 빌릴 수 있겠다 싶더군요."

생각해 보면 원장의 그 말은 그저 표현상의 비유였을 뿐이다. 더구나 합의금이나 배상금 같은 불확정적인 것을 담보 삼아 돈을 빌려줄 리도 없다. 하지만 당시 센케는 그런 판단조차 내리지 못하는 상태였던 것이리라.

"나는 즉시 행동에 들어갔습니다. 우선 혼입 따위는 알지 못한 척하려고 세제 통과 캐니스터를 원래 위치에 돌려놨어요. 그걸 열어본 걸 들킬까 봐 서둘러 준비실을 나왔고, 그 뒤로 무대에 오를 때까지 한 번도 캐니스터 뚜껑을 열지 않았어요. 에스프레소 부문 경기 때는 객석을 향해 뚜껑을 열고 원두를 한꺼번에 그라인더에 투입했습니다. 점심시간에 열어봤을 때 세제 가루가 아래로도 들어갔지만 그래도 위쪽에 더 많았으니까, 그라인더에 왈칵 뒤집어 넣어버리면 세제도 원두 가루와 함께 추출되겠지요.

 포터 필터에 담은 원두 가루는 탬핑을 하니까 안 보려고 해도 눈에 들어와요. 얼핏 봤더니 다행히 평소와 별반 다르지 않더군요. 머신에 세팅하고 추출을 시작했습니다. 데미타스 잔을 채운 에스프레소도 별다른 이상이 없었어요. 하지만 당연하지요, 세제가 든 에스프레스는 내려본 경험이 없으니. 크레마와 세제 거품이 분간되지 않는다는 것에 한순간 감탄까지 했을 정도예요.

 그리고 마침내 실행에 들어갔습니다. 뭔가 좀 이상하다는 표정을 지으며 내 손으로 잔을 들어 에스프레소를 마셨어요. 맛도 냄새도 전혀 몰랐지만, 한껏 고통스러운 표정으로 머리를 카운터에 찧으며 털썩 쓰러졌습니다. 그리고 그대로 의식을 잃은 척했어요. 자화자찬 같지만, 아주 실감 나는 연기였죠. 그리고 그다음에 어떻게 됐는지, 다들 알고 있지요?"

 센케는 원두에 세제가 섞였다고 믿고 에스프레소를 마셨다. 하지만 우에오카가 확인해 보니 수상한 점은 전혀 발견되지 않았다. 세제를 거기에 뿌렸던 사에코와 이시이가 이미 흔적을 인멸했던 것일까. 어쨌든 센케의 계획은 그렇게 맥없이 무너져 버렸다.

 "저들에게서 돈을 뜯어내겠다는 작전은 완전히 실패로 돌아갔습니다. 그뿐만이 아니에요, 나는 처음으로 우승을 놓칠 위기에 몰리자 혼입 사건이라는 자작극까지 펼친 추악한 집착의 바리스타라는 오명까지 뒤집어썼어요. 마지막 종목 전까지 1위였으니까 그런 일을 벌일 필요도 없었는데.

그때도 몇 번이나 말했지만, 내 원두에 세제가 뿌려졌던 것은 틀림없는 사실이에요. 하지만 확실한 증거가 없는 데다, 나도 간계를 꾀했던 터라서 그때는 더 이상 이시이와 사에코를 비난할 기력도 없었습니다. 뭐, 어차피 영업을 계속할 수도 없고, 커피점과 내부 설비를 팔아치웠는데 내 손에 쥔 돈은 몇 푼 되지 않았어요. 근근이 최소한의 치료를 받으며 주위 사람들과 관계를 끊고 한동안 아무것도 못 한 채 하루하루를 보냈습니다."

센케는 전화 통화에서, 커피점을 접은 것은 몸이 에스프레소를 받아들이지 않게 되었기 때문이라고 고백했다. 하지만 지난달에는 탈레랑에서 에스프레소를 마셨다. 장애 때문만이 아니라 KBC에서 소동을 일으켰다는 악평을 짊어진 채 영업을 계속하느니 팔아치우는 게 그나마 돈이 된다고 판단했다는 게 더 맞는 말일 것이다.

"그런데 시간이 흐를수록 내 인생을 엉망으로 만든 이시이와 사에코를 이대로 내버려둘 수 없다는 생각이 들더군요. 아니, 미각장애를 갖게 된 건 물론 그들의 탓은 아니지요. 하지만 그때 무사히 경기를 치러 상금을 받았다면 상황은 크게 달라졌을 거예요. 그렇다면 그들에게도 많든 적든 책임이 있는 거 아닙니까. 그들의 손에 의한 혼입이 있었다는 걸 증명하기만 하면 다시 손해배상을 청구할 수 있을지 모른다는 생각이 들더군요.

우선 두 사람이 자진해서 실토하게 하는 걸 검토해 봤는데 정면으로 캐물어 봤자 입을 열 것 같지 않았어요. 그 일에 관한 얘기를 나누는 장면을 몰래 녹음하려고 해봤지만, 평소에 두 사람의 접점 같은 건 눈에 띄지 않더군요. 게다가 그다음 해의 KBC는 소동의 영향으로 중지되어 버렸어요.

어떻게 해볼 방법이 없어서 혼자 고민하면서도 지난 일 년 동안 나는 포기하지 않았습니다. 그리고 올해, 2년 만에 KBC가 개최되고 게다가 이시이와 사에코 둘 다 예선을 통과했다는 소식을 듣고 마침내 천재일우의 기회가 찾아왔다고 생각했습니다.

하지만 첫날부터 대회장에 나가면 두 사람이 지레 겁을 먹고 자신들의 잘못을 은폐할 우려가 있었어요. 그래서 생각해 낸 게 도청기를 통한 녹음으로 행동을 파악하는 것이었죠. 예년과 똑같은 일정으로 진행될 것으로 예상하고, 그저께 오전에 대기실에 침입해 도청기를 설치했습니다. 그때는 아직 접수처 도우미들이 없어서 자유롭게 드나들 수 있었으니까요. 대기실에 도청기를 설치한 것은 이시이와 사에코가 둘만 있을 때는 분명 2년 전 일을 얘기할 거라고 예상했기 때문이에요. 그뿐 아니라 두 사람이 나란히 밖에 나가는 움직임이 포착되면 미행도 할 생각이었습니다. 그밖에 도청기를 설치할 만한 곳은 기껏해야 준비실 정도였지만, 거기라면 창문 밖에 숨어서도 대화를 녹음할 수 있었어요."

한편으로, 첫째 날에 별다른 성과를 얻지 못했을 때는 둘째 날에 당당히 대회장에 나타난다는 것도 계획에 넣어두었다. 그의 등장에 크게 당황한 이시이와 사에코에게서 실언을 이끌어낼 속셈이었던 것이다. 그게 나중에는 우유 팩 혼입으로, 만일 의심을 받을 경우의 보험으로 혈액을 식용 색소인 것처럼 위장하는 수단으로 이어졌던 모양이다. 그가 대회장에 얼굴을 내밀면 사실은 어제도 왔었던 게 아니냐고 의심하는 사람도 분명 나올 터였다.

"그렇게 어제를 맞이했고, 도청기를 통해 또다시 혼입 사건이 일어난 것을 알았어요. 정확한 근거야 없었지만, 그 즉시 이시이와 사에코가 최대의 경쟁자인 아스카를 함정에 빠트리려고 꾸민 짓이라고 직감했습니다. 두 사람이 명백히 아스카를 의심하도록 유도하는 말을 수없이 했으니까요. 자작극이라는 우회적인 방법을 쓴 것은 지난번 혼입 직후에 준비실 앞에서 내게 들켜버린 실수의 반성이라는 면도 있었겠지요."

"그러니까 두 사람의 간계를 깨부수려고 센케 씨도 혼입 사건을 일으켰다는 거예요? 그래서야 똑같은 죄를 범한 거라서 더 이상 돈을 요구할 수도 없잖아요."

우에오카가 추궁하자 대답 대신 센케는 갑작스레 사에코를 매섭게 노려보았다.

"사에코, 아스카가 억울한 혐의를 쓰고 대기실에서 뛰쳐나갔을 때, 당신 뭐라고 했는지 알아?"

사에코는 대답하지 않았다. 하지만 그녀가 내뱉었던 말은 내 귀에 되살아났다.

―아스카, 어디 좀 이상해진 거 아냐? 그 사람이 그 꼴이 되는 바람에…….

"또다시 방해 공작을 꾸미고 못된 짓을 저지르는 와중에도 주위 사람들에게 예전에 자신이 결백했다는 식으로 은근슬쩍 흘리고, 게다가 나한테는 '그 꼴이 되었다'고 비웃어? 당신은 정말 교활하게 제 잇속만 챙기는 썩어빠진 인간이야!"

겁에 질린 사에코를 향해 센케가 덤벼들었다. 아슬아슬한 참에 간다가 중간에서 붙들고 만류하자 센케는 일그러진 얼굴로 혀를 끌끌 차며 돌아섰다.

"그 말을 들은 순간에 결심했어요, 저것들에게 똑같은 방법으로 제재를 가하기로. 방해 공작을 펼치고도 모르는 척 시치미를 뚝 떼는 방법이죠. 그렇게 결심한 순간, 돈을 뜯어내겠다는 쩨쩨한 목적 따위는 깨끗이 사라졌어요."

"하지만 센케 씨, 똑같은 방법이라면 아예 원두를 못 쓰게 만드는 게 그나마 이시이 씨한테는 훨씬 더 유효하고 확실한 방해가 되었을 것 같은데요."

 미호시 씨의 예리한 지적에 나는 허를 찔린 기분이었다. 분명 원두라면 간단히 싱크대의 수돗물만 뿌려도 못쓰게 된다. 일찌감치 발견해 시판하는 원두를 다시 사 올 수도 있겠지만, 그래도 향미가 크게 떨어지는 건 피할 수 없다. 이시이가 냉장고에 보관해 둔 원두를 그런 식으로 훼손했다면 두 번째 종목인 커피 칵테일 부문에 대한 방해 공작은 성공했을 터였다. 혼입한 게 어제 점심때였으니까 라떼 아트 부문에 나가는 사에코에 대한 방해 공작은 하룻밤의 유예 시간이 있어서 이 방법은 유효하지 않다. 하지만 이시이에 대해서라면 개미의 힘을 빌려 소금 병에 위장약을 섞는 것보다 훨씬 간단하고 타격이 큰 방법이었을 것이다.

 그러지 않은 이유를 설명하는 센케는 조금 쓸쓸해 보였다.
 "나도 그쪽을 생각했죠. 하지만 그건 도저히 할 수 없더군요. 마지막 순간에 저들과 똑같은 인간이 되는 것을 내 자존심이 허락하지 않았다고 할까. 아니, 아스카가 말한 대로 커피를 사랑하던 센케 료가 허락하지 않았는지도 모르겠네요."

 감상에 젖는 것은 한순간이고, 센케는 다시 옅은 웃음을 지으며 왼쪽 손목의 붕대를 풀기 시작했다.
 "한 가지, 얘기해 드리죠. 미호시 씨가 우유에 피를 섞었다고 했을 때, 다들 큰 충격을 받은 것 같더군요. 기껏해야 혼입 사건을 위해 왜 그런 짓까지 하느냐고 생각했겠지요. 하지만 나한테 그런 건 아무것도 아니에요."

붕대가 바닥에 떨어지고 아직 아물지 않은 상처가 드러났다. 하지만 내 등줄기가 서늘해진 것은 그 상처의 생생함 때문이 아니었다.

센케의 손목에는 새로 생긴 상처를 에워싸듯이 수많은 자해 흔적이 새겨져 있었다.

"미각과 후각을 잃으면서 정신적으로 지독히 힘들었어요. 수없이 손목을 그었죠. 그래서 어디를 얼마큼 그으면 얼마나 피가 나오는지, 경험상 잘 알고 있었어요. 이미 익숙한 일이라 별반 저항감이 없었다는 얘깁니다. 싱크대로 다가가, 양면테이프를 자를 때 사용하고 가방에 넣어둔 가위를 꺼내 손목을 긋고 뚝뚝 떨어지는 피를 사에코의 우유 저그에 모아서 팩에 넣었습니다. 물론 저그나 싱크대에 묻은 피는 깨끗이 씻어냈어요."

센케의 말에 사에코는 토할 듯한 몸짓을 보였다. 아마도 그녀는 우유 저그를 당장 내다 버릴 것이다.

"준비실 문이 튼튼해서 그런 작업을 통로 쪽에서는 아무도 눈치채지 못했죠. 그런데도 사람 소리는 다 들릴 만큼 방음이 허술했던 것은 나한테는 행운이었어요. 덕분에 사에코와 이시이가 들어오기 직전에 아슬아슬하게 로커에 숨을 수 있었으니까. 그 대신 오늘 대기실에서 식용색소를 꺼내든 건 실수였던 것 같군요. 그 바람에 저기 저 친구의 무죄를 본의 아니게 증명해 주긴 했지만."

센케가 나를 보며 말했다. 그로서는 자기만 의심을 피하면 누가 어떻게 되든 상관없었겠지만, 두 번째 혼입의 유일한 용의자였던 내가 세 번째 혼입에 대해서는 분명 무죄일 거라고 증명해 준 것은, 범인이 따로 있다는 미호시 씨의 주장을 다른 사람들이 순순히 받아들이는 데 큰 도움이 되었다.

"끝으로 한 가지, 물어봐도 될까요?"

미호시 씨도 아직 미진한 게 있는 모양이었다. 센케는 눈빛으로 응했다.

"오늘 왜 여기에 나오셨어요? 내 부탁을 거절했더라면 센케 씨가 의심받을 일도 없었을 텐데."

"그야 뻔한 일 아닌가? 사에코가 어떤 얼굴을 할지, 내 눈으로 확인하고 싶었어요."

센케는 진심으로 만족스러운 듯한 기색으로 말했다.

"게다가 여러분을 만나는 것과는 상관없이, 나는 처음부터 오늘도 대회장에 나올 예정이었어요. 미호시 씨의 부탁을 거절했다가 혹시라도 이 근처에서 누군가 나를 알아본다면 틀림없이 혼입 사건의 범인으로 내 이름이 거론될 테니까요. 그러니 아예 당당하게 관계자로서 참여하기로 했죠. 미호시 씨가 전화했을 때, 나는 승낙하는 것 말고는 다른 선택지가 없었어요."

센케의 기나긴 고백은 그렇게 막을 내렸다.

누구도 자리에서 움직이지 못했다. 누구도 입을 열지 못했다. 영원처럼 느껴지는 긴 침묵이 이어졌다. 그 저주의 주문을 가장 먼저 깨뜨린 것은 책임자 우에오카였다. 그녀는 센케에게 다가가 어머니가 자식을 타이르듯이 말했다.

"개인적으로 나는 센케 씨가 참으로 마음 아프군요. 그리고 2년 전에 우리 운영진이 방해 행위를 막지 못했을 뿐만 아니라 그 일을 센케 씨의 자작극으로 처리해 버린 것에 대해 깊이 사과합니다. 미안해요."

뜻밖의 말이었던 것이리라. 센케는 당황한 것처럼 보였다.

"하지만 그렇다 해도 센케 씨의 행동은 용서받을 수 없는 일이에요. 센케 씨가 프로 바리스타였기 때문에 더더욱, 아니, 지금도 센케 씨는 간사이의 모든 바리스타에게 동경의 대상이기 때문에 더더욱······."

조용히 고개를 끄덕인 것은 미호시 씨였다. 센케 료라는 바리스타를 동경했기 때문에 미호시 씨는 몇 년째 거듭해서 KBC에 도전했다.

"당신이 KBC를 농락한 사실을 우리는 절대 잊지 않을 거예요. KBC는 반드시 그에 대한 보상을 받도록 할 겁니다. 그 임무를 다할 생각이 조금이라도 있다면 이제부터 어떻게 KBC에 공헌할지, 진지하게 고민해 보세요. 설령 미각과 후각을 잃었다 해도 센케 씨가 할 수 있는 일이, 센케 씨가 아니면 할 수 없는 일이 분명히 있을 테니까."

내 뺨을 후려친 손이 바로 구원의 손길이 되는 일도 때로는 있는 것이다.

센케는 대답하지 않았다. 옅은 웃음 뒤에 갇혀 있는 감정이 눈과 코와 입을 밀치고 터져 나오려는 것을 어떻게 처리해야 할지 몰라 그저 멍하니 우에오카를 바라보고 있는 것 같았다. 우는 것도, 웃는 것도, 정색하는 것도 아니었지만 센케의 그 속내를 나는 모두 다 알 것 같았다.

"그리고 거기 두 사람."

우에오카는 몸을 돌려 엄격한 눈빛으로 이시이와 사에코를 바라보았다.

"한 번도 아니고 두 번씩이나 그런 방해 공작을 꾸며서 센케 씨를 막다른 궁지로 내몰았다는 건 의심의 여지가 없는 일이에요. 그런 점에서 두 사람의 죄는 센케 씨보다 훨씬 더 무겁습니다. KBC에서 추방당하는 것에 이의는 없겠지요?"

"아니, 잠깐만요."

이시이가 쩨쩨하게 물고 늘어졌다.

"이번 자작극을 꾸몄다는 거, 인정해요. 하지만 내가 내 원두에 손을 댔을 뿐인데 뭘 그리 잘못했다는 겁니까? 그보다 2년 전 일은 어떤데요? 그때는 결국 혼입한 흔적도 없었잖아요. 센케 씨가 하는 얘기, 제멋대로 지어낸 것인지도……."

"이시이 씨, 그만해요. 창피하니까."

어색해진 분위기를 끊어낸 것은 사에코였다.

"2년 전 혼입 사건도 우리가 했어요. 전부터 센케 씨를 못마땅해하던 이시이 씨를 상금으로 꼬여서 통로를 감시하라고 하고 나중에 서로 알리바이를 증명해 주기로 했어요. 조금만 더 하면 센케 씨를 이길 수 있는데, 정말 견딜 수가 없더라고요. 에스프레소 부문은 특히 센케 씨가 너무나 잘해서 방해라도 하지 않는 한 역전할 가능성이 전혀 없었으니까요."

그 당시 2위였던 아스카에게는 방해 공작을 시도하지 않았다고 사에코는 말했다. 아스카의 재료에까지 혼입하면 범인이 누군지 뻔히 드러나게 된다. 게다가 사에코는 라떼 아트 부문이 특기였고, 그 기초가 되는 에스프레소도 자신이 있어서 아스카라면 실력으로 역전이 가능하다고 생각한 것이다.

"그렇게까지 해가며 우승했는데 혜택은 거의 받지 못했다는 건 이미 다들 아시죠? 이번 대회에서 굳이 자작극을 펼친 것도 실은 지난번처럼 일이 지나치게 커질까 봐 나름대로 조심했던 거예요. 피해자인 이시이 씨가 적당히 넘어가 주면 된다고 생각했죠."

"……나는 그런 짓, 두 번 다시 안 한다고 거절했었어요."

그 말로 이시이도 2년 전의 과오를 인정한 셈이었다.

"근데 도와주지 않으면 2년 전 일을 다 불겠다고 협박을 하니 가담할 수밖에요. 하긴 내 원두 통 속임수는 좀 지나치긴 했죠. 마술사 근성이 발동했다고 할까, 그렇게까지 복잡하게 할 필요도 없었는데."

"센케 씨는 알지 못했다고 했지만, 우리는 지난 2년 동안 이따금 연락을 주고받았어요. 그러니 이번 계획을 실행에 옮겼죠. 뭐, 그렇게 된 거예요. 우에오카 씨, 추방이든 뭐든 마음대로 하세요. 남을 저주하면 나한테도 재앙이 돌아온다더니, 그 말이 딱 맞네요. 2년 전 혼입 사건을 저질렀을 때부터 나는 발각되면 추방이라고 미리 각오했어요."

사에코는 도리어 당당하다는 태도였다. 도저히 봐줄 수 없었는지, 제1회 때부터 유일하게 연속 출전해 KBC에 대해 속속들이 잘 아는 간다가 우에오카를 대신해 그녀를 나무랐다.

"좀 반성하는 모습도 보여야 하는 거 아닙니까? 2년 전에 둘이 방해 공작을 꾸미지 않았다면 센케 씨의 인생이 이렇게 어긋날 일도 없었어요."

"어쩌라고요, 내가 그런 걸 어떻게 알았겠어요!"

사에코의 히스테릭한 부르짖음을 듣고 나는 돌멩이에 유리가 와장창 깨지는 영상이 떠올랐다.

"센케 씨가 그렇게 힘든 줄 알았으면 나도 우승을 양보했을 거예요. 말을 했으면 될 거 아니에요. 자기 사정을 솔직히 털어놓고 도움을 청했으면 좋았잖아요. 물론 나는 방해 공작을 꾸며서라도 이기려고 했어요. 바리스타로서 자격이 없는 진짜 나쁜 인간이에요. 근데요, 캐니스터에 뿌려진 세제를 봤으면 누군가 해코지를 했다는 것쯤은 금세 알 수 있잖아요. 그걸 진짜로 먹을 줄 누가 알았겠냐구요. 센케 씨가 아무도 모르게 한사코 감춰둔 속사정 때문에 내가 왜 한 사람의 인생에서 모든 희망을 앗아간 악녀처럼 욕을 먹어야 하죠?"

그 말을 듣고 나는 더 이상 사에코를 나무랄 마음은 늘지 않았다.

커피 원두는 바리스타에게는 생명과 같은 것이다. 그걸 훼손한 행동은 물론 매서운 비난을 받아 마땅하다. 하지만 방해는 방해일 뿐, 그 이상도 이하도 아니다. 사에코도 센케의 인생이 이렇게까지 어긋나는 건 결코 원하지 않았을 것이다. 순간순간 택할 수 있는 다양한 대처 중에서 상황을 가장 나쁜 방향으로 몰고 가는 행동을 선택한 것은 다름 아닌 센케 자신이라는 생각이 들었다.

어쩌면 내가 잠시나마 사에코와 비밀을 공유했기 때문에 동정 비슷한 감정이 들었는지도 모른다. 하지만 간다는 사에코의 항변 따위, 아무 가치도 없는 헛소리라는 듯 단칼에 잘라버렸다.

"그런 식으로 자신의 행동을 정당화하려고? 일이 예상치 못한 방향으로 흘러간 것은 사에코 씨의 생각이 짧았기 때문이고 그게 결코 면죄부가 될 수는 없어요. 증거를 대볼까요? 센케 씨가 세제 에스프레소를 마시고 쓰러졌을 때, 당신은 그 즉시 자신이 한 짓을 실토하고 그를 구해주려고 했어요? 그러기는커녕 우선 세제를 넣은 증거부터 인멸하고, 다른 사람들과 한편이 되어 센케 씨의 자작극이라고 몰아붙였잖아요. 그런 주제에 참 잘도 책임을 전가하는군요."

"세제를 넣은 증거를 인멸하다니, 난 그런 적 없어요."

—그런 적이 없다고?

이 판국에 새삼 사에코가 이의를 제기하리라고는 생각도 못 했던 것이리라. 간다는 말문이 막힌 모습이었다.

"그런 적이 없다니……. 그럼 센케 씨가 무대에서 쓰러진 뒤에 당신과 이시이 씨가 그 증거를 인멸한 게 아니란 말이에요?"

견딜 수 없어서 내가 나서서 물었다. 사에코는, 그것만은 믿어달라는 얼굴이었다.

"우리가 어떻게 증거를 인멸하겠어요? 모두가 쳐다보는 무대 위에서 센케 씨가 남긴 에스프레소와 머신에 세팅된 포터 필터, 그리고 그라인더 안에 든 세제까지 모조리 없애다니, 그건 도저히 불가능하죠. 나도 뭐가 어떻게 된 건지 알 수가 없었어요. 센케 씨가 쓰러졌을 때, 내가 뿌린 세제 때문인 줄 알고 나까지 기절할 뻔했다고요. 근데 카운터에 있는 것들을 샅샅이 살펴본 우에오카 씨가 세제라는 말조차 꺼내지 않았어요. 이시이 씨와도 얘기해 봤는데, 그때 왜 세제가 검출되지 않았는지 우리는 알지도 못한 채 일이 끝나버렸어요."

그 말을 듣고 이시이도 옆에서 연신 고개를 끄덕였다.

대체 어떻게 된 건가. 우리는 다시금 공황 상태에 빠져

서로를 마주 보았다. 그런 가운데 전혀 다른 반응을 보이는 두 사람이 있다는 것을 깨달았다.

한 사람은 모든 진실을 꿰뚫어 보는 미호시 씨. 그리고 또 한 사람은…….

"나 때문이에요."

귀를 기울이지 않았다면 미처 알아듣지 못했을 것이다. 내쉬는 한숨에 윤곽이 흐려진 아스카의 목소리는 그러나 분명 '나 때문이에요'라는 것이었다.

"……그래서 제4회 대회 우승자가 사에코 씨였군요, 당신이 아니라."

마찬가지로 그 목소리를 알아듣고 미호시 씨는 그런 질문을 던졌다. 하지만 아스카는 대답도 없이 멍하니 허공을 보고 있었다.

"무슨 뜻이지? 아스카, 네가 뭘 어떻게 했는데?"

센케가 재우쳐 물었고, 사에코도 의아한 표정이었다.

"오늘 점심때, 2년 전 대회의 마지막 종목에서 사에코 씨에게 역전당한 이유를 물었더니 아스카 씨는 이렇게 대답했어요. 그때는 센케 씨 일로 너무 당황해서, 라고요."

그건 나와 아스카가 주고받은 이야기다. 미호시 씨는 우리를 등지고 있었는데도 용의주도하게 귀를 기울여 그 얘기를 들었던 것이다.

"이상하지요? 2년 전, 에스프레소 부문에서 센케 씨는 마지막 순서였어요. 그보다 먼저 경기를 마친 아스카 씨가 왜 센케 씨 일로 당황했을까요?"

나도 모르게 앗, 하는 소리가 새어 나왔다. 별생각 없이 나눈 이야기여서 나는 그 말의 이상함을 전혀 깨닫지 못했었다.

"처음에는 단순히 아스카 씨가 착각했다고 생각했어요. 하지만 사실은 그런 게 아니었지요?"

그때 센케가 갑자기 드잡이라도 할 기세로 아스카에게 캐물었다.

"아스카, 내 원두에 세제가 뿌려진 걸 알고 있었어?"

"……."

"대답해 봐!"

그러자 허탈한 눈빛으로 아스카는 띄엄띄엄 말했다. 마치 한두 방울씩 떨어지기 시작하는 비처럼.

"내가, 봤거든요. 2년 전 점심시간에, 활짝 열린 준비실 문 너머에서, 센케 씨가 자신의 캐니스터와 세제 통을 테이블에 올려놓고 뭔가 하고 있는 거……."

점점 빗발이 강해지듯이 말이 빨라지더니 수많은 빗소리가 겹치듯 명료함을 잃어 갔다.

"센케 씨는 자기 손으로 세제 통을 싱크대 밑에 밀어 넣었어요. 나는 일단 대기실로 돌아갔지만 아무래도 마음에 걸려서 센케 씨가 나간 것을 확인하고 다시 준비실에 갔어요. 급히 센케 씨의 캐니스터를 찾아봤더니 원두에 세제가 뿌려진 거예요. 그걸 보고 센케 씨가 심사 위원에게 앙갚음하려 한다고 생각했어요. 왜냐하면 그 조금 전에 심사 위원들에게 거칠게 항의하는 걸 봤으니까요."

이런 평가는 부당하다—. 그건 세 번째 종목의 평가에 대한 항의였다고 센케 본인도 말했었다. 전 종목을 매번 같은 심사 위원단이 심사하기 때문에 분명 세제가 혼입된 에스프레소로 평가에 대해 앙갚음하려는 것이라고 지레짐작할 만했다.

"너무 겁이 나서 센케 씨에게 차마 무슨 일이냐고 물어볼 수도 없었어요. 하지만 나라도 어떻게든 해야 한다고 생각해서, 그래서……."

거세게 쏟아지던 말의 비는 거기서 뚝 멈췄다. 하지만 단 한 줄기, 함께 멈추지 못한 눈물방울이 바닥에 툭 떨어졌다.

"그래서 센케 씨의 원두는 내버리고 그 대신 내 원두를 캐니스터에 넣어드렸어요."

침을 꿀꺽 삼키는 소리가 센케 쪽에서 들려왔다.

"캐니스터 안의 원두 분량을 보고, 에스프레소 부문에서 사용할 예정이라는 건 금세 알았어요. 그걸 쏟아버리고 캐니스터를 씻어서 내가 에스프레소 부문에서 쓰려고 준비했던 원두로 다시 채웠어요. 나는 다른 종목 때 쓰고 남은 원두를 쓰자고 생각했죠. 뒤죽박죽 섞인 맛이 나서 우승은 못 하겠지만, 센케 씨의 나쁜 짓을 막을 수만 있다면 나는 어떻게 되든 상관없었어요.

 그러고는 경기 내내 센케 씨의 움직임을 골똘히 지켜봤는데 그 캐니스터는 열어보지도 않았어요. 경기 중에 내린 에스프레소를 자신이 마셔버린 건 뜻밖이었지만, 어떻든 내가 원두를 바꿨으니까 별일 없을 거라고 생각했어요. 근데 센케 씨가 털썩 쓰러지시는 거예요. 바로 내 눈앞에서 일어난 일을 정말 믿을 수가 없었어요."

 그렇게 된 거였구나. 나도 모르게 시선을 떨구었다.

 아스카가 놀란 것도 당연하다. 아무 이상도 없을 터인 에스프레소를 마시고 센케가 쓰러져 버린 것이다. 원두를 갈기 전에 캐니스터 안은 애써 쳐다보지 않았고, 게다가 미각과 후각을 잃은 탓에 센케는 자신이 내린 에스프레소에 세제가 없었다는 걸 알지 못했다.

 "왜, 왜 말하지 않았어?"

 센케가 신음하듯이 물었다. 아스카는 감정이 격해져 있었다.

 "어떻게 그런 말을 하겠어요, 센케 씨가 돌이킬 수 없는 나쁜 짓을, 아니, 범죄를 저지르려고 하는데. 그때는 겁이 나서, 뭐가 뭔지 알 수도 없고, 센케 씨에게 말할 수도 없고……. 겨우 마음이 가라앉았을 때는 벌써 센케 씨는 소식이 끊겨버리고……."

 나 때문이에요, 라고 아스카는 자책의 말을 되풀이했다.

"내 마음대로 원두를 바꿔버려서……. 아니, 내가 2년 전 대회 때 센케 씨를 이기겠다고 기를 쓰고 경기를 하는 바람에……. 센케 씨가 어떤 심정인지도 모르고 어린애처럼 악착같이 경기하는 바람에……. 내가 정말 잘못했어요, 그렇게까지 센케 씨를 힘들게 할 일이 아니었는데……. 세 번째 종목까지 센케 씨가 여유 있게 우승할 만큼 크게 격차가 벌어졌다면 어떤 방해 공작이 있었더라도 그런 엄청난 일은 저지르지 않았을 텐데……."

절대 그렇지 않다고 말해주고 싶었다. 하지만 나는 아스카를 어떻게도 달래줄 수 없었다.

세제로 버무려진 원두를 보고 격분해서 감정적으로 내달린 것은 이해할 만하다고 쳐도, 일을 이렇게까지 비극적으로 만들지 않고 정당하게 해결할 수 있는 선택의 순간이 얼마든지 있었다. 그 모든 기회를 팽개치고 센케가 선택한 엄청난 잘못을 아스카는 몸을 던져 막은 것이다. 게다가 아스카는 기를 쓰고 경기에 임해서 센케의 뒤를 바짝 쫓았던 것을 자책하고 있지만, 그녀가 아니더라도 실력 있는 바리스타들이 센케의 자리를 호시탐탐 넘보던 상황이었다.

하지만 아스카는 그래도 계속 자신을 책망할 것이다. 참된 의미에서 자신을 용서할 수 있는 건 언제나 자기 자신뿐이니까.

"아스카, 아스카……."

그 이름을 연거푸 중얼거리며 센케는 부상병처럼 휘청휘청 아스카에게 팔을 내밀어 그 손을 잡으려 했다. 하지만 손끝이 닿기 전에 아스카는 털썩 주저앉아 호읍號泣했다. 그 비통한 울음소리는 센케의 가슴속에 깊숙이 박혀 오래도록 그를 괴롭힐 게 틀림없었다.

아직 밖에 서 있던 나는 조용히 창문을 닫았다. 그 안에서 펼쳐지는 혼돈의 세계를 나는 평생을 들여도 이해할 수 없을 것 같았다. 남을 방해하면서까지 우승에 집착한 사에코. 상금 몇 푼에 눈이 멀어서 그 우승을 간단히 내던져 버린 이시이. 잘못된 길로 내달린 옛 천재 바리스타 센케와 그것을 어떻게든 막아보려고 자신을 희생한 아스카. 그리고 바리스타 대회의 명맥을 이어가기 위해 사건 해명에 동분서주한 미호시 씨. KBC는 외부인인 내가 정식으로 발을 들이미는 것을 거부하는 성역聖域이었다.

고개 들어 위를 보니 저물어가는 만추의 하늘은 복잡한 색채를 품고 있었다. 멀리서 부르는 소리가 들려 돌아보니 입구에서 모카와 씨가 나를 향해 크게 손을 휘젓고 있었다.

"시상식 시작하는구먼. 어서어서 들어와."

십 분 뒤, 예정보다 조금 늦은 시각에 시상식이 거행되었다.

드립 부문의 평가를 반영한 결과, 기권 종목이 있었던 미호시 씨를 누르고 야마무라 아스카가 제5회 KBC의 영예로운 우승자로 뽑혔다. 무대 뒤에서 어떤 일이 있었는지 알지 못하는 후원사 고위직, 스태프, 관객들이 열렬한 박수로 새로운 천재 바리스타의 탄생을 축하해 주었다.

하지만 그 승리가 그녀에게 과연 무엇을 가져다줄까.

그 영광에 달라붙어 그녀의 마음속에 혼입된 것은 어떤 감정이었을까.

트로피를 받으면서도 웃음기가 없었고 사회자가 청한 기쁨의 수상 소감조차 거부한 아스카의 모습을 낙인처럼 눈에 담은 채, 우리의 KBC는 그렇게 안타까움 속에 막을 내렸다.

제6장 그 후

"와아, 그럼 설탕 그릇에 소금을 넣은 건 결국 모카와 씨였군요?"

카운터에 두 팔을 얹고 말하자 미호시 씨는 핸드밀에 드르르륵 원두를 갈면서 쓴웃음을 지었다.

"그렇다니까요. 센케 씨는 미각장애가 있어서 소금인 줄 알지 못했어요."

"이렇게 말하면 좀 미안하지만, 정말 재미있는 얘기네요. 하필 그날 그 테이블에 센케 씨가 앉았다니."

예전에 그녀가 들려준 '재미없는 이야기', 즉 설탕 그릇에 소금이 들어 있어서 손님에게 혼이 났다는 그 이야기다. 이제야 새삼 밝혀진 진실에 나는 그런 감회를 밝히지 않을 수 없었다.

우리를 뒤흔든 KBC가 끝나고 벌써 한 달이 지났다. 대회 기간의 사흘 연휴를 온전히 개인적인 일에 써버리는 바람에 나는 그 뒤로 눈이 핑핑 돌 만큼 바쁜 날이 이어져서 미호시 씨와는 시상식 날 헤어지고 오늘에야 다시 만났다.

달력은 이미 12월로 넘어가서 코트 없이는 찬바람을 견딜 수 없는 계절이 되었다. 평일 오후, 이렇게 난방이 잘된 커피점 탈레랑 카운터에 느긋하게 몸을 맡기고 있으려니 그 사흘 동안의 기억이 아득히 먼 꿈속처럼 느껴졌다. 정말 꿈이었다면 얼마나 마음이 가벼울까. 나는 또다시 여태껏 살아오면서 전혀 알지 못했던 감정을 배운 것인지도 모른다.

"설탕 그릇에 소금이 들었다고 했던 그 남자 손님에게는 정말로 미안하게 됐지 뭐예요."

미호시 씨는 약간 풀이 죽어 있었다.

"소금 커피를 드신 데다, 대놓고 말하지는 않았지만, 마음속으로 그분의 자작극이라고 단정해 버렸으니. 아저씨에게 앞으로는 절대 그런 일이 없도록 하라고 따끔하게 주의를 줬어요."

구석 쪽을 돌아보니 모카와 영감님은 고양이 샤를과 놀고 있었다. 나 외에는 다른 손님이 없으니 괜찮겠지만, 그 모습은 너무도 천하태평이었다. 미호시 씨의 따끔한 말도 영감님에게는 쇠귀에 경 읽기라는 생각이 들었다.

"KBC 쪽에서는 그 뒤로 별다른 소식 없었어요?"

이야기가 나온 김에 물어보았다. 미호시 씨는 원두를 갈던 손을 멈추고 빙긋이 미소를 지었다.

"우에오카 씨가 며칠 전 식사에 초대하셨어요. 혼입 사건을 해결해 준 보답이라면서. 괜찮다고 극구 사양했는데도 꼭 나와 달라는 거예요. 와아, 정말로 한 번도 가본 적이 없는 최고급 이탈리안 레스토랑이었는데……. 드레스 코드고 뭐고 나는 아무 생각 없이 나갔거든요. 완전 난감했죠. 요리가 엄청 맛있었는데 너무 긴장해서 무슨 맛이었는지 기억도 안 나요."

장난스러운 말투에 나는 피식 웃음이 터져버렸다. 나도

비슷한 부류라 그런지 미호시 씨의 그런 서민적인 면을 보면 마음이 턱 놓인다.

"미호시 씨가 해결해 준 덕분에 KBC가 다시 살아난 셈이니 식사 대접도 받을 만하죠."

제5회 KBC는 작은 문제는 있었으나 2년 전과는 달리 일이 말끔히 수습되었고, 더 이상 악화될 우려도 없었기 때문에 함구령 따위는 내려지지 않았다. 물론 일련의 혼입 사건과 그 진실에 대해서는 비밀로 했지만.

언론사마다 대회 실황이며 그 결과를 대대적으로 보도했다. 재미있는 일은, 우수 띤 얼굴로 트로피를 든 아스카의 사진이 다양한 추측을 낳았다는 점이다. 그 바람에 커피 업계에서도 일약 화제의 인물로 떠올라 그녀가 근무하는 후시미의 커피점은 지난 한 달 사이에 확고부동한 인기 가게로 변모했다. 2년 만에 부활한 KBC는 새로운 천재 바리스타를 배출하면서 제1회 때처럼 각계의 주목을 받았다. 벌써 내년 개최가 결정되는 등, 일반인의 눈에는 대성공으로 비친 모양이었다.

"그래서 우에오카 씨는 어떤 얘기를?"

애매한 질문이지만, 두 사람이 이탈리안 레스토랑에서 어떤 대화를 나눴는지 무척 궁금했다. 미호시 씨는 '아주 조금' 기쁜 일이라는 듯이 내게 알려주었다.

"우에오카 커피 회사 명의로 센케 씨에게 치료비를 지원해 주기로 했대요. 원래 우수한 인재를 지원하는 제도가 있었는데, 우에오카 씨가 강력히 추천해서 그 자금을 활용하기로 얘기가 된 모양이에요."

이건 놀라운 일이다. 커피 업계 최대 기업 우에오카 커피 회사를 단 한 사람의 판단으로 움직일 수 있다니, 역시 우에오카 씨가 경영자 가족이라는 소문이 사실인 모양이다.

"오, 그래요? 다행이네."

나도 '아주 조금' 기쁜 일인 것처럼 대답했다. 실은 진심으로 다행이라고 생각했다. 하지만 중추신경에 장애를 입은 센케는 적절한 치료를 받더라도 완치될지 어떨지 알 수 없다. 어떻든 지금으로서는 바리스타로서 천부적 재능을 가진 센케의 미각과 후각이 되돌아오기를 조심스럽게 기원하고 싶다. 그리고 그 기원이 통했을 때, 비로소 마음껏 기뻐하며 그가 내려주는 커피를 마시러 갈 것이다.

"센케 씨는 두 번이나 KBC에 혼란을 초래했지만, 역시 제1회 때부터 대회를 성황으로 이끈 공로가 있으니까요. 회사에서 그런 점을 높이 평가했다는군요. 이대로 센케 씨를 묻어두기보다 반드시 복귀시켜서 커피 업계를 위해 매진하도록 하겠다고 힘주어 강조하시던데요."

"사에코 씨와 이시이 씨에 대한 처분은?"

"어떤 형태로든 죄를 보상한다면 추방까지는 하지 않을 생각이래요. 단지 유감스럽게도 그 두 사람에게서 정식으로 사과하는 말은 못 들었다는군요."

뭐, 그럴 것이다. 두 사람이 전혀 반성하지 않았다고는 하기 어렵다. 그저 얼굴 들고 나설 염치가 없었기 때문인지도 모른다. 어느 쪽이든 앞으로 다시 KBC에 출전하겠다는 생각 따위는 못 할 것이다.

미호시 씨는 원두를 갈아 융 드립으로 커피를 내리면서 콧노래라도 흥얼거리듯이 전혀 예상도 못 한 얘기를 해주었다.

"아참, 그러고 보니 마루조코 씨도 탈레랑에 다녀갔어요. 형 야스토 씨하고 함께."

"그래요?"

정말 뜻밖이었다. 마루조코 요시토가 두고두고 인연을 소중히 여기는 인물인 줄은 상상도 못 했다. 대회 기간 내내 주위 사람들에게는 아무 관심도 없이 혼자 헤드폰에만 집중하고 있지 않았던가.

"뭔가 볼일이라도 있었어요?"

"형에게 이번 일과 2년 전 사건의 진실을 얘기한 모양이에요. 그랬더니 나를 꼭 한번 만나보고 싶다고 했대요."

그러고 보니 2년 전, 센케에게 자작극이라고 쏘아붙인 사람은 형 마루조코 야스토라고 했다. 그도 2년 전 사건이 내내 마음에 걸렸는지도 모른다. 그걸 해결해 낸 미호시 씨에게 관심을 가질 만도 하다고 나는 짐작했다.

"센케 씨도 말했지만, 정말 형제가 붕어빵처럼 닮았더라고요. 말투는 형이 좀 더 진중한 느낌이었어요. 아, 그리고 요시토 씨가 계속 헤드폰을 쓰고 있었잖아요, 그게 사실은 형의 충고에 따른 것이었대요."

"헤드폰을 쓰는 게 무슨 의미가 있지요?"

"혼입이라는 노골적인 방해 공작은 2년 전에 처음 일어났지만, 그전에도 출전자들끼리 이런저런 다툼이 많았나 봐요. 다들 그만큼 열심히 우승을 노렸다는 뜻이겠지만, 서로 험담하거나 누군가를 따돌리는 일도 한두 번이 아니었대요. 나는 이번에 이시이 씨와 사에코 씨가 서로 반목하는 척한 것이 공범이라는 걸 들키지 않으려는 연막이라고 생각했어요. 근데 아마 그게 평소 모습이었던 것 같아요."

―아마 이런 대회 따위, 지긋지긋했겠죠. 나도 그런 생각이 절실하게 들 정도니까.

준비실 창문 밖에서 들었던 간다의 말이 생각났다. 그건 제1회부터 빠짐없이 출전해 KBC의 추악한 면을 처음부터 끝까지 목격한 사람만이 할 수 있는 말이었던가.

"헤드폰을 쓰면 그런 다툼이나 험담은 무시할 수 있다는 게 형이 해준 충고였군요. 그러고 보니 센케 씨와 통화했을 때, 자신이 탈레랑을 찾아온 진짜 이유는 미호시 씨에게 조심하라는 말을 전하기 위해서였다고 했는데 그것도 그런 의미였을까요?"

"센케 씨가 탈레랑에 찾아온 이유는 아직도 잘 모르겠어요. 조심하라는 말은 그때 한마디도 하지 않았는데……. 단지 설탕 그릇 사건이 없었다면 나는 센케 씨가 미각장애라는 건 생각도 못 했을 거예요. 그걸 돌이켜보면, 물론 우연이 거듭된 결과라는 건 알지만, 왠지 그런 느낌이 들어요, 센케 씨는 자신의 미각장애를 내가 알아봐 주기를 바라고 탈레랑에 왔던 게 아닌가 하는."

미각을 잃고 주위 사람들과의 관계도 끊어버렸지만, 사실은 자신의 장애를 누군가 알아봐 주고 도와주기를 간절히 바랐는지도 모른다는 뜻이다. 그건 미호시 씨의 선한 마음이 그대로 드러나는 해석이었다. 그녀는 자신이 미리 알아보기만 했어도 센케가 혼입 사건으로 내달리는 일은 없었다고 안타까워하는 사람인 것이다. 실제로는 미호시 씨가 사건을 해명한 덕분에 센케를 둘러싼 암울한 환경에 서광이 비쳤는데도.

다만 나는 약간 다른 견해를 갖고 있었다. 센케가 탈레랑에 왔을 때, 미호시 씨는 2년 전 일에 대해 아무것도 알지 못했었다. 그런 그녀에게서 센케는 예전에 자신이 천재 바리스타라고 불렸던 시절에 받았던 동경의 눈빛을 다시 한번 받고 싶었던 게 아닐까. 그 눈빛에 의지해 자부심을 되찾고 아직껏 과거에 사로잡혀 있는 자신을 극복하고 싶었던 게 아닐까.

물론 나는 그런 말은 입 밖에 내지 않았다. 그랬다가는 그때 센케가 탈레랑에 왔을 때 제대로 대처하지 못했다고 미호시 씨가 또다시 후회할 것 같아서.

"어쨌거나 그런 아귀다툼 대회라면 어떤 사람도 행복해질 수 없겠지요."

"네, 역시 동경憧憬의 대상은 직접 경험하는 게 아니었어요. 그저 멀리서 바라보며 즐기는 게 좋죠."

미호시 씨는 농담처럼 웃었지만, 그건 좀 지나치게 쓸쓸한 말 아닐까.

―언젠가는 직접 경험하더라도 아름다움을 잃지 않는 동경의 대상을 꼭 찾아낼 거예요.

그렇게 위로하려 했는데 그 참에 커피가 나오는 바람에 말하지 못했다.

잔을 들자 콧속에 커피 향이 자욱하게 퍼졌다. 한 모금 맛보니 역시 두말할 나위가 없다. 세상 떠난 모카와 부인에게서 미호시 씨가 착실히 이어받은 커피, 그리고 나에게는 최상의 커피다.

그러고 보니 미호시 씨는 KBC에 대해 '바리스타로서 아주 소중한 것을 배우는 계기가 된 대회'라고 했었다. 문득 그 말이 마음에 걸려 그녀에게 물어보았다.

"미호시 씨는 어떻게 센케 씨를 알게 됐어요?"

그러자 그녀는 내 쪽을 흘낏 쳐다보고는 손이 심심한 듯 뭔가 작업을 시작했다.

"5년 전 제1회 대회에서 센케 씨가 우승했을 때, 호기심이 발동해서 그의 커피점에 찾아갔었어요."

지금은 이미 사라지고 없다는 센케의 커피점. 나도 한번 가보고 싶었는데.

"그 무렵은 내가 탈레랑에서 일을 막 배우기 시작한 때였어요. 세상 무서운 것 없이 마냥 호기심 가득하던 철없는 시절이었죠. 커피에 대한 기술도 지식도 짧은 주제에 센케 씨를 찾아가 염치도 없이 부탁했어요, 맛있는 커피 내리는 방법을 좀 가르쳐달라고."

그녀가 큭큭 웃는지라 나도 덩달아 웃었지만 이건 진심에서 우러난 웃음은 아니었다. 미호시 씨의 발랄한 시절 이야기에 저절로 흐뭇해지는 건 현재의 그녀에게는 그런 모습이 없다는 방증인 것이다.

"그렇게 철없이 굴었는데도 센케 씨는 정말 친절하게 대해주셨어요. 그리고 맛있는 커피 내리는 한 가지 비결을 가르쳐줬죠."

"비결이라니, 그게 뭔데요?"

그 질문에 미호시 씨는 고개를 들고 빙긋이 미소 지으며 말했다.

"미안하지만 그건 비밀이에요."

누구에게도 보여주고 싶지 않은 보물 한두 가지쯤은 나도 갖고 있다. 그만큼 그녀에게는 소중한, 그리고 환한 곳에 꺼내놓자마자 즉시 빛이 바래는 그런 가르침인 것이리라. 그래서 나는 더 이상 캐묻지 않았다.

"그 얼마 뒤에 남자를 꺼리던 시기가 있었어요. 그래서 센케 씨의 커피점에도 발길을 끊었죠. 그래도 지난 5년 동안, 바리스타로 일하면서 이따금 센케 씨의 가르침을 떠올렸어요. 그 가르침이 내 안에 바리스타로서 지녀야 할 마음가짐의 밑바탕이 되었죠. 이번에 그런 일이 벌어졌어도 센케 씨에 대한 감사의 마음은 털끝만큼도 줄지 않았어요."

고개 숙인 미호시 씨의 손이 어느샌가 움직임을 멈췄다. 손끝이 희미하게 떨리는 것이 보였다.

"하지만 센케 씨는 커피를 보복의 도구로 변질시켰어요. 아스카 씨의 말처럼 누구보다 커피를 사랑하던 분이었는데······."

2년 전 대회에서 센케가 저지른 일은 치료비 때문이라는 사정은 있었더라도 어떻든 돈을 갈취해 이시이와 사에코에게 보복한다는 측면이 강했다. 게다가 이번 대회의 혼입 사건은 소금이나 우유처럼 커피에 넣을 재료를 노렸고, 그 목적 또한 보복 때문이었다. 넓은 의미에서 커피가 보복의 도구로 변질된 것이다. 미호시 씨에게 그것은 애정을 기울여 키워온 내 자식에게 칼을 쥐여주는 듯 무참한 짓으로 보였을 것이다.

"장애를 떠안은 그의 절망감이 그만큼 깊었다는 건 나도 충분히 이해해요. 오감 중에 두 가지를 잃는다면 나 역시 제정신으로 살아갈 자신이 없으니까요. 하지만 나는 이런 생각이 들어요. 인간의 순수한 사랑이나 자부심의 방호벽이 그렇게 허술해도 되는 걸까요? 일단 벽이 무너져 악한 것이 혼입되면 그건 두 번 다시 제거할 수 없는 걸까요?"

결코 피하는 것을 허락하지 않는 눈빛으로 미호시 씨가 내 두 눈을 지그시 바라보았다.

나는 지금까지 가까이에서 지켜본 미호시 씨의 모습을 머릿속에 떠올렸다. 그녀 역시 온갖 힘겨운 일을 겪으면서 마음속에 원치 않는 이물질이 혼입되었다. 그리고 지금도 그건 그녀의 작은 몸속 어딘가에 분명하게 똬리를 틀고 있었다.

센케가 시도한 혼입 사건은 우리 마음속을 적잖이 흐트러트렸다. 그런 센케 역시 2년 전에는 악의에 찬 혼입의 피해자였다. 제거하기는 너무도 어려운데 흐트러지는 것은 한순간이다. 마치 유행병처럼 그렇게 번져버리면 우리는 그 앞에 그저 납작 엎드리는 수밖에 없는 걸까.

내 마음속 깊은 곳에 물었을 때, 답은 저절로 입을 뚫고 나왔다.

"이미 일어난 일을 없었던 일로 할 수 없듯이 완전하게는 제거할 수 없겠죠."

미호시 씨는 금세라도 눈물이 터질 듯한 모습이었다. 아랑곳하지 않고 나는 말을 이어갔다.

"하지만 조금씩 줄여갈 수는 있지 않을까요? 피베리에 혼입된 결점 원두도, 소금에 혼입된 위장약도, 우유에 혼입

된 혈액조차도 그럴 마음만 먹는다면 하나하나 골라내고 깨끗이 씻어낼 수 있다고 생각해요. 게다가……."

싸구려 위안이라고 비웃어도 좋다. 그래도 나는 현재 미호시 씨의 마음에 뒤섞인 불안과 망설임을 아주 조금이라도 제거해 주고 싶었다.

"게다가 제거하지 못하기로 치자면, 원래 분명하게 자리잡고 있었던 순수함이나 자부심도 마찬가지로 쉽게 제거할 수 없지 않겠어요?"

그래서 인간은 아무리 어리석은 일이더라도 절망의 한복판에서 희망을 버리지 못하고, 악의로 가득 채워졌어도 문득 선의가 고개를 치켜들고, 지겹기만 한 자기 자신조차 사랑스럽게 여겨지는 소중한 순간순간을 맛보는 게 아닐까. 그 아주 작은 부분이 남아 있다는 것을 굳게 믿고 한사코 필요 없는 것은 내버리고자 하는 바람을 어느 누가 무모하다고 할 수 있을까.

말을 마치자 얼굴이 붉어졌다. 서둘러 뜨거운 커피를 후룩 마셔서 그 열기 때문인 것으로 얼버무렸다. 그런 내 모습을 지켜본 탓인지 뭔지, 미호시 씨의 얼굴에 빙긋이 미소가 돌아왔다.

"네에, 센케 씨의 마음에 혼입된 것이 언젠가는 꼭 제거되었으면 좋겠네요."

문득 보니 커피잔이 바닥을 드러냈다. 마지막 한 모금까지 환상적이었기 때문에 깜빡 이런 말이 흘러나왔다.

"아, 그래도 아쉽다, 이렇게 맛있는 커피라면 충분히 우승할 수 있었는데."

제5회 대회에서 미호시 씨는 라떼 아트 부문에서 1위에 올랐는데도 드립 부문을 기권했다. 드립 부문에 출전해 그것까지 1위를 따냈다면 우승자 아스카와 두 종목씩 1위를 나눠 갖는 셈이다. 물론 다른 종목의 평가에 따라 달라졌겠지만, 미호시 씨도 충분히 우승할 수 있는 상황이었다.

칭찬으로 한 말이었는데 미호시 씨는 입을 툭 내밀었다.

"그랬으면 상금 타서 이탈리아에 갈 수 있었는데, 그게 못내 아쉬운 모양이죠?"

"아, 아닌데요?" 나는 급히 손을 내저었다. "그런 쪽 얘기가 아니라고요. 미호시 씨의 커피가 얼마나 환상적인지 공식적으로 인정받을 좋은 기회였다, 라는 뜻이죠. 본선 진출이 정해진 뒤로 연습도 그렇게 열심히 했는데 아깝잖아요."

그러자 미호시 씨는 뭔가 꿍꿍이가 있는 표정으로 나를 향해 두 손을 내밀었다.

"뭡니까, 이 손?"

"아오야마 씨 마음속에서는 내가 우승자라는 얘기죠?"

"네, 뭐, 말하자면……."

"그럼 상금 좀 받아야겠네요. 어서 주세요."

크윽. 아니, 손을 쭉쭉 들이대시면 나더러 어쩌라고요.

하지만 이래저래 고생한 그녀가 얻은 것은 하나도 없이 동경의 대상만 잃게 된 것은 너무도 딱하다. 나는 목덜미를 슬슬 비비며 말했다.

"어쩔 수 없네. 내가 해줄 수 있는 범위에서 소원을 들어드릴게요."

"그럼 나를 어떻게 생각하시는지 말해보세요."

"차, 차라리 돈으로 하시죠. 상금을 달라고 했잖아요."

아슬아슬했다. 미호시 씨, 이따금 뜨끔한 말로 나를 놀라게 한다니까.

하지만 그건 역시 장난삼아 던진 말이었는지, 미호시 씨는 혼자 중얼중얼하면서 상금 검토에 들어갔다. 표정이 어찌나 진지한지, 대회 사흘 동안에도 그런 표정은 본 적이 없을 정도다. 흠, 자동차로 할까? 아니면 맨션으로? 그런 섬뜩한 중얼거림이 들려오는 건 내 귀가 이상해진 탓인가.

"좋아, 결정했어요."

그녀의 상쾌한 웃음에 나는 불길한 예감을 억누르며 물었다.

"네에, 무엇인지요. 애초의 상금 50만 엔은 뛰어넘지 않기, 예요."

미호시 씨는 고개를 갸우뚱하며 검지를 뺨에 대고 말했다.

"역시 이탈리아가 좋겠어요. 뭐, 50만 엔이면 충분하겠죠?"

"5, 50만……."

"뭐예요, 신문지를 꾹꾹 뭉친 듯한 그 표정은?"

말문이 턱 막힌 내 얼굴을 보며 미호시 씨가 그런 비유를 입에 올렸다.

에필로그

5년 전

"……제 이름은 기리마 미호시. 끊을 절切에 사이 간間, 아름다울 미美에 별 성星 자를 써서 기리마 미호시切間美星예요."

이름을 밝힌 뒤, 소녀는 하얀 이를 내보이며 빙긋이 웃었다. 그 스스럼없는 표정을 보고 센케는 문득 생각나는 게 있었다.

며칠 전에 찾아온 소녀도 이 미호시라는 아가씨와 비슷한 말을 했다. 커피점에서 이제 막 일하기 시작했고, 커피 맛있게 내리는 방법을 전수해 달라는 것이었다. 서로 다른 점은 그 소녀는 제자가 되기를 간청하며 정기적으로 배우러 오겠다고 맹세까지 했다는 정도일까. 일단 닮았다고 느끼고 보니, 헤어스타일도 키와 몸무게도, 나아가 분위기까지 꼭 빼닮은 것처럼 보였다. 그 소녀는 이름이 야마무라 아스카라고 했던가.

바리스타라는 직업이 생각보다 훨씬 더 젊은이들 사이에 동경의 대상이 됐구나, 하고 센케는 실감했다. 참으로 흐뭇한 일이다. 그 싹을 소중히 키워가는 게 제1회 KBC의 왕좌에 오른 자신에게 주어진 사명일 것이다.

"그러면 미호시 씨."

이름을 부르자 소녀는 즉시 등을 꼿꼿이 세웠다.

"기술적인 걸 알려주자면 한이 없지만, 그건 본격적으로 배울 마음만 있으면 꼭 내가 아니더라도 지식을 얻을 방법은 얼마든지 있어요. 그보다는 내가 그간의 경험으로 체득한 것을 특별히 알려줄게요. 커피 맛있게 내리는 비법이에요."

"정말요? 네네, 꼭 알려주세요."

소녀는 찰싹 손뼉을 쳤다. 크리스마스를 기다리는 어린애처럼 들떠 있었지만, 그 눈빛에서는 진지함이 느껴졌다.

센케는 고개를 끄덕이고 카운터에 양손을 짚었다. 그리고 소녀의 눈빛을 똑바로 마주 보며 말했다.

"커피 맛있게 내리는 비법, 그건 아무것도 섞이지 않은 깨끗한 마음으로 커피를 내리면 됩니다."

"아무것도 섞이지 않은 깨끗한 마음?"

소녀는 어리둥절한 듯 입을 헤벌리고 있었다.

"아주 희한해요, 커피를 내릴 때 불안이나 망설임 따위가 마음속에 섞여 있으면 추출되는 커피도 왠지 불순물이 혼입된 것처럼 너저분한 향기가 나고 맛의 윤곽이 흐려져요."

센케는 핸드 픽으로 골라낸 결점 원두를 카운터 원두 쟁반에 다시 쏟아 넣어 마음이 흐트러진 모습을 실제로 보여주었다.

"믿기지 않지요? 그런 심리적인 차이는 아무도 알 리 없다고 생각하겠죠. 하지만 손님들이 유난히 커피를 흡족하게 마셔주신 때를 되돌아보면 반드시 내 마음이 깨끗하게 맑은 날이었어요. 그걸 깨달은 뒤로 항상 커피를 내릴 때는 오로지 맛있게 나오기를, 최상의 한 잔을 손님께 대접할 수 있기를, 하는 생각만 해요."

다시 주의 깊게 결점 원두를 하나하나 골라냈다. 쓸데없는 것이 섞이지 않은 질 좋은 원두는 바라보기만 해도 흠뻑 빠져버릴 만큼 아름답다.

소녀는 아직도 멍해져 있었다. 이제 막 커피에 관심을 갖기 시작한 어린 아가씨에게 역시 지나치게 추상적인 이야기였는지도 모른다. 그렇게 센케가 반성하고 있을 때였다.

"멋있다……."

헤벌어진 소녀의 입에서 말이 흘러나왔다. 잘 알아듣지 못해서 센케는 반사적으로 되물었다.

"응?"

"멋있다고요! 바리스타라는 거, 정말 멋있어요!"

소녀는 뺨을 발그레 붉히며 낭랑한 목소리로 감동을 표출했다. 그 말을 들은 센케가 오히려 머쓱해질 정도였다. 중요한 비법을 전수했다는 자부심은 있었지만, 앞으로 시간을 들여 서서히 이해해 주면 그나마 다행이라고 생각했다. 이토록 선명한 반응이 돌아올 줄은 상상도 못 했다.

"네, 결심했어요! 꼭 바리스타가 될 거예요. 지금 일하는 커피점은 별로 바리스타다운 분위기는 아니지만, 언젠가는 자부심을 가지고 나도 바리스타라고 당당하게 말할 거예요."

비법을 알려줬더니 즉석에서 자신의 장래까지 결정해 버리는 소녀를 보며 센케는 쓴웃음을 지었다. 그래도 그는 분명하게 답해주었다.

"좋아, 열심히 해봐요. 미호시 씨는 꼭 훌륭한 바리스타가 될 겁니다."

그건 거짓말도 공치사도 아니었다. 어떤 값비싼 기구나 원두보다 소녀의 그 순수함은 맛있는 커피를 내리는 데 큰 역할을 할 것이다. 자신의 경험에 비추어 센케는 그렇게 굳게 믿었다.

"열심히 하겠습니다!"

의욕이 충만한 소녀를 보고 있으려니, 제자가 되겠다고 반강제로 다짐을 받고 돌아간 야마무라 아스카가 센케의 머릿속에 다시금 떠올랐다. 그녀도 기리마 미호시처럼 순수함이 느껴지는 소녀였다. 어떤 일에도 흐트러지지 않는, 불순물

없이 깨끗한 마음으로 이 소녀들이 바리스타의 실력을 쌓아 간다면, 필시 자신의 왕좌도 머지않아 위태로워질 것이다. 나도 태평하게 앉아 있어서는 안 되겠네, 라고 센케는 생각했다.

"정말 중요한 것을 가르쳐주셨어요. 고맙습니다."

계산을 마치고 소녀는 깊숙이 허리 숙여 인사한 뒤에 커피점을 나섰다. 열린 문 너머로 비추는 햇살이 눈부셨다. 그 빛 속으로 사라지는 소녀의 뒷모습을 눈으로 배웅하며 센케는 새로운 바리스타의 탄생을 마음속으로 축복했다.

―기리마 미호시의 앞날에 부디 행복이 가득하기를.

그렇게 기원하는 자신도 바리스타로서 한 단계 높은 곳에 올라서서 저 앞을 내다보니 무한한 빛이 펼쳐져 있었다. 그 너머에서 자신을 기다리는 세계를 확인해 보고 싶었다. 자신만이 할 수 있는 일을 찾고 싶었다. 뜨겁게 그런 상상을 펼쳤을 때, 센케는 불안이나 망설임 따위 섞이지 않은 맑고 순수한 마음의 안내를 받아 자신이 뜻하는 길을 한없이 달려갈 것 같았다.

옮긴이의 말

미혹을 씻어주는 한 잔의 순수 커피

　교토 번화가에서 조금 벗어난 주택가 뒤편에 숨듯이 자리한 '커피점 탈레랑'의 이야기가 벌써 세 번째 책에 접어들었다. 몇 가지 독립된 사건들을 하나하나 해결해 나가던 연작 형식의 1, 2권과는 다르게 3권에서는 전편에 걸쳐 바리스타 대회에서 일어난 사건을 다루는 장편 형식을 취하고 있다.
　시리즈물의 묘미는 뭐니 뭐니 해도 전권全卷을 관통하는 캐릭터와 주제일 것이다.
　바리스타 미호시는 소녀 같은 생김새와는 달리 명석한 두뇌로 평범한 일상에 잠재한 사건의 수수께끼를 그야말로 명쾌하게 풀어나간다. 그녀와 달콤 쌉싸래한 사랑의 '밀당'을 진행 중인 아오야마는 '허세 작렬'에 싸움도 젬병이고 덤

벙대는 캐릭터지만, 알고 보면 속 깊은 배려를 할 줄 아는 청년이다. 그 배려 덕분에 스스로 깨닫지 못하는 사이에 사건 해결의 중요한 열쇠를 제공하기도 한다. 다른 어떤 시리즈물에도 뒤지지 않을 만큼 이 두 사람은 잘 어울리는 매력적인 캐릭터다. 그러고 보면 시리즈의 다음 편이 기대되는 것은 일관된 캐릭터의 주인공과 독자가 점점 친숙해지고, 어떻게 지내는지 궁금해지고, 나아가 그 모습이 그리워지기 때문인지도 모른다.

시리즈의 주제에 관해서는 독자마다 다양한 생각이 있겠지만, 우선 '순수'를 꼽는 게 가장 타당할 것 같다. 실제로 이 소설을 처음 응모했을 때는 제목이 '순純 커피점 탈레랑'이었다고 한다. 시리즈 전체의 주요한 무대가 애초에 '순純'이라는 간판을 내걸었다는 것은 매우 상징적이다. 옛 정취가 살아 있는 고도古都의 고즈넉한 뒷골목 커피점에서 마시는 '순수 커피 한 잔'의 이야기라고나 할까. 사람과 사람 사이의 관계에서 순수란 무엇인지, 서로 사랑하며 살아가고자 하는 순한 마음이 어떻게 왜곡되는지, 각 권에서 다양한 버전으로 변주된다.

이번 3권에는 '마음을 미혹에 빠트리는 블렌드'라는 부제가 붙었고, 말 그대로 순수를 어지럽히는 '미혹迷惑'에 대한 이야기가 장절하게 펼쳐진다. 프로 바리스타들이 실력을 겨루는 'KBC(간사이 바리스타 경연 대회)'가 교토에서 개최되고, 본선 진출권을 따낸 미호시와 그녀를 응원하는 아오야마는 커피점 탈레랑의 명예를 걸고 대회에 참가한다. 1위 자리를 놓고 겨루는 경쟁은 자칫하면 순수와 대립하는 것이 되기 쉽다. 우승이라는 목표를 향해 내달리는 마음속에 탐욕과 집착, 시기와 질투 같은 이물異物이 섞여들기 때문이다. 천재 바리스타를 동경하며 최상의 커피를 만들어내려는 순수한 노력은 대회장에서 벌어진 혼입 사건으로 오히려 점점 더 훼손되어 가는데…….

오카자키 다쿠마는 '사람이 죽어나가는 일이 없는 미스터리'를 써내는 작가로 정평이 나 있다. 자극적인 소재를 끌어들이지 않고 우리의 평범한 일상에 잠재한 작은 수수께끼를 가져와 주인공의 명석한 두뇌로 해명해 나가면서 매우 중요한 가치관의 변화로까지 승격시킨다. 그래서 범죄라는 비일상적 사례로 인해 마음 흐트러지는 일 없이, 드물게도 '편안한 독서'라는 특별한 경험을 하게 된다. 거기에 '서술 트릭'이라는 추리 기법이 실로 교묘하게 짜여 들어가서 커피 한 잔을 옆에 두고 두뇌를 풀 가동해 보는 미스터리의 순수한 즐거움을 마음껏 맛볼 수 있다.

시리즈 세 번째 이야기를 번역하면서 이 작가의 소설에 또 한 가지가 '없다'는 것을 새삼 깨달았다. 오카자키 다쿠마의 추리소설에는 악인이 없다. 미스터리라면 반드시 참혹한 사건이 일어나고 그 사건을 저지른 '악의 화신'이 등장하게 마련이다. 인간의 내면에 잠재한 악을 천착해 보는 것은 어쩌면 미스터리에 쥐어진 양면의 칼날과도 같은 것인지도 모른다. 작가에게 인간의 선의에 대한 굳건한 믿음이 없다면 자칫 저급한 흥미본위의 악서^{惡書}로 떨어질 위험이 나분한 것이다. 온갖 참혹한 사건과 범죄자에 대한 뉴스가 매일같이 쏟아져 나와 우리를 경악에 빠트린다 해도 그것이 인간의 본질일 수는 없다. 이 세상에는 악의 화신이나 악인 대신 최악의 선택을 해버린 인간의 죄가 있을 뿐.

누구나 삶에 부대끼며 살아가다 보면 순수를 잃고 크고 작은 미혹에 빠지게 된다. 마음속에 이물이 혼입되는 것은 한순간이고, 일단 혼입된 이물을 깨끗이 제거해 내기는 너무도 어렵다는 건 인간이 평생 짊어져야 하는 멍에 같은 것이라고 한다.

"인간의 순수한 사랑이나 자부심의 방호벽이 그렇게 허술해도 되는 걸까요? 일단 벽이 무너져 악한 것이 혼입되면 그건 두 번 다시 제거할 수 없는 걸까요?"

순수한 동경에 대한 기대가 깨져버린 절망감에 미호시 씨는 그런 슬픈 질문을 던진다. 거기에 대해 아오야마는 어눌하기는 해도, 유치하기는 해도, 매우 감동적인 대답을 해주었다. 소설을 끝까지 읽어서 아오야마의 그 대답을 만난 독자라면 '역시 아오야마!'라는 흐뭇하고도 몽글몽글한 감동에 빠져들 것이다.

미호시 바리스타처럼 핸드밀에 원두를 넣고 드르르륵 갈아 커피를 내린다. 그렇게 까다로운 절차를 거쳐 한 잔의 차를 만들어내는 과정이 마음속에 뒤엉킨 미혹을 씻어내고 순수를 회복하는 시간이 되기를 가만히 빌어본다.

커피점 탈레랑의 사건 수첩 3
마음을 미혹에 빠트리는 블렌드

초판 1쇄 인쇄 2025년 11월 17일
초판 1쇄 발행 2025년 11월 26일

지은이	오카자키 다쿠마
옮긴이	양윤옥
책임편집	주소림
디자인	mykc
책임마케팅	최혜령, 박지수, 도우리, 양지환
마케팅	콘텐츠IP사업본부
해외사업팀	한승빈, 박고은
경영지원	백선희, 권영환, 이기경, 최민선
제작	재영P&B
교정·교열	서은미
펴낸이	서현동
펴낸곳	㈜오팬하우스
출판등록	2024년 5월 16일 제2024-000141호
주소	서울특별시 강남구 테헤란로 419, 11층 (삼성동, 강남파이낸스플라자)
이메일	info@ofh.co.kr

ⓒ오카자키 다쿠마
ISBN 979-11-94979-75-3 (04830)
ISBN 979-11-94979-72-2 (세트)

모모는 ㈜오팬하우스의 출판브랜드입니다.

* 이 책은 저작권법에 따라 보호받는 저작물이므로 무단전재와 무단복제를 금지하며, 이 책 내용의 전부 또는 일부를 이용하려면 반드시 저작권자 ㈜오팬하우스의 서면동의를 받아야 합니다.

* 책값은 뒤표지에 표시되어 있습니다.

* 잘못된 책은 구입하신 서점에서 바꿔드립니다.